Friedrich Schiller, Moriz Carriere

Wilhelm Tell, Schauspiel

Mit Einleitung, dem alten Volksschauspiel von Uri und Erläuterungen

Friedrich Schiller, Moriz Carriere

Wilhelm Tell, Schauspiel
Mit Einleitung, dem alten Volksschauspiel von Uri und Erläuterungen

ISBN/EAN: 9783743491014

Hergestellt in Europa, USA, Kanada, Australien, Japan

Cover: Foto ©Andreas Hilbeck / pixelio.de

Manufactured and distributed by brebook publishing software (www.brebook.com)

Friedrich Schiller, Moriz Carriere

Wilhelm Tell, Schauspiel

Wilhelm Tell.

Schauspiel

von

Friedrich Schiller.

———

Mit Einleitung,

dem alten Volksschauspiel von Uri, und Erläuterungen

herausgegeben

von

Moriz Carriere.

Leipzig:
F. A. Brockhaus.
—
1871.

Einleitung.

1. Die Befreiung der Waldstätte in der Geschichte.

Unser Jahrhundert hat zu unterscheiden begonnen, was in der Ueberlieferung vom Leben der Menschen und Völker der Wirklichkeit angehört, und was Zuthat der Auffassung ist oder durch die gestaltende Kraft der Phantasie geschaffen ward. Der Darsteller gibt die Ereignisse wieder nach dem Eindruck, den sie auf ihn machen; aber wie wenig hat er selbst gehört und gesehen, und wie muß er das meiste von andern annehmen, die es bereits absichtlich oder unabsichtlich nach ihrer Eigenthümlichkeit gefärbt haben! Wie anders ist schon heute das Bild Napoleon's nach seinen eigenen Briefen und nach dem Bericht der Augenzeugen, als es in der Legende erscheint, die er selbst und seine Anhänger allmählich verbreitet, oder welche die Einbildungskraft des Volks sich zur Veranschaulichung seiner Größe unwillkürlich hervorgebracht, wenn er die Fahne bei Arcole ergreift, wenn die Garde stirbt aber sich nicht ergibt bei Waterloo! Gottfried von Bouillon wird der erste König in Jerusalem: da glaubt das Abendland, daß er auch den Kreuzzug geleitet, daß seine Thaten den Ausschlag gegeben; und was die Heimkehrenden von ihm singen und sagen, das gilt für das Entscheidende, dazu wird auf ihn übertragen was andere gethan, und alles wird ausgeschmückt nach der Idee, welche man von ihm in der Seele trägt. Langwährende verwickelte Ereignisse, deren Ergebniß sich aus vielen kleinen Ursachen und Dingen hergestellt, vermag die Erinnerung so nicht

festzuhalten; einzelnes Typische wird aus dem Totaleindruck ge=
schaffen und an die Stelle des Mannichfaltigen gesetzt. Der
große Erfolg ist da; die Bedingungen, die wirkenden Kräfte aber,
die in der Vergangenheit liegen und für sich unbedeutend schienen,
sind vergessen. Nun spinnt sich die Phantasie so gut wie die Re=
flexion aus den Zuständen eine Geschichte ihres Werdens heraus
und bereichert die Vergangenheit mit Charakteren und Thaten,
in welchen die Gegenwart sich selber abspiegelt, an welche sie
aber glaubt, da sie ihr wahrscheinlich dünken und die Sache er=
klären. Dichterische Bilder gelten für Wirklichkeiten und werden
prosaisch genommen, alte Erinnerungen knüpfen sich an neue Ge=
stalten und Geschicke, und eine ursprüngliche Göttermythe, die
eine Naturerscheinung personificirt hatte, gewinnt in leiser Um=
bildung in einem Helden den Träger, an dem sie haften kann.
So sind die Erzählungen der römischen Königszeit geworden, so
die Sagen in Griechenland, so auch die Darstellung von der
Gründung der Schweizer Eidgenossenschaft, wie sie bis vor kurzem
als Geschichte galt.

Zwar hatte schon 1607 Professor Williman in Freiburg ge=
äußert, er halte die Erzählung vom Tell für eine Fabel, weil
kein Schriftsteller vor dem 16. Jahrhundert sie erwähne, und
man weder seine Familie noch seine Nachkommen aufweisen könne;
und 1727 ließ Iselin im „Historisch=geographischen Lexikon" drucken,
daß eine ähnliche Begebenheit vom Schützen Toko und dem König
Harald berichtet werde, früher als vom Tell und dem Landvogt.
Der Pfarrer Freudenberger von Ligerz schrieb darnach 1752 ein
Schriftchen: „Die Fabel von Wilhelm Tell", das Imhoff zu wider=
legen suchte, indem er sich auf feierliche Umzüge, Kapellen, Ge=
mälde, Denkmünzen berief, ohne zu bedenken daß dieselben alle
viel jüngern Ursprungs sind, auch eine Urkunde vorbrachte, daß
im Jahre 1388 noch 114 Personen ausgesagt, sie hätten den
Tell gekannt, ohne zu erwägen daß dies ja unter den Zeit=
genossen selbst einen Zweifel an der Existenz des Mannes und
seiner That beweisen würde, und ohne zu begründen daß dies
Actenstück authentisch sei. Freudenberger's Schriftchen aber ward
in Uri 1760 durch Henkershand verbrannt. Durch Johannes
Müller und durch Schiller ward die herkömmliche Ueberlieferung all=
gemein bekannt. Zwar Jakob Grimm erklärte den Namen Tell
(telum) durch Schütz und sah im Apfelschuß einen Mythus, den

das Volk auf einen Mann übertragen habe, der ihm als Vor-
kämpfer seiner Freiheit lieb geworden; und fortan war selbst
Ißeln in seiner Vertheidigung der alten Erzählungen doch in
diesem Punkte schwankend. Jdeler sammelte verwandte Sagen,
ohne die Sache zu bezweifeln daß ein kühner Schütze durch
Selbstvertheidigung gegen einen Landvogt das Beste zur Befreiung der Schweiz gethan.

Bereits aber war J. E. Kopp mit einer Geschichte der eid-
genössischen Bünde beschäftigt, und seine Forschungen in den
Archiven förderten die Urkunden zu Tage, die er 1835 heraus-
gab und erläuterte. Dadurch gewann die ganze alte Geschichte
der Schweiz eine neue Gestalt. Da fand sich, daß kein Geßler
in Küßnacht gewaltet, keine Burg im Aufstand gegen österreichische
Vögte gebrochen, kein Druck von solchen geübt worden; keines
Tells und Stauffachers ward gedacht; an die Stelle eines kurzen
Kampfes gegen rechtswidrige Vergewaltigung trat ein langsames
Aufstreben zu Freiheit und Einigung. Ein beschränkter Patrio-
tismus wollte und will zwar die seitherige Ueberlieferung halten;
aber das immer mehr zu Tage geförderte und beleuchtete urkund-
liche Material, die Arbeiten von Aschbach und Häußer, und neuer-
dings die Schriften von Alfons Huber: „Die Waldstätte bis zur
Begründung der Eidgenossenschaft" (1861), von Wilhelm Vischer:
„Die Sage von der Befreiung der Waldstätte" (1867), von Rilliet:
„Les origines de la confédération Suisse" (1868) haben für
die Wissenschaft die Sache entschieden, und machen es möglich,
ein gedrängtes Bild von der wirklichen Geschichte zu zeichnen
und daneben die Entstehung und Ausbildung der Sage zu halten.
Es zeigt sich, was schon Georg von Wyß in der „Geschichte der
Abtei Zürich" (1850) gesagt: „Statt des Einzelnen wird das Allgemeine, statt sagenhafter Personen werden ganze Gemeinden,
statt dramatischer Handlungen Volks- und Staatszustände in den
Vordergrund der Geschichte treten"; — aber dann werden wir auch
die Sage in ihrer Bedeutung als Symbol der Wirklichkeit und
in ihrem Werthe für das Volksgemüth erkennen, und das allmäh-
liche Wachsthum eines classischen Dichterwerks in der Mitarbeit
der Jahrhunderte wird uns klar werden.

Die Alemannen scheinen im 5. Jahrhundert die ersten An-
siedler in den rauhen Gebirgsthälern um den Vierwaldstättersee

gewesen zu sein; Waldleute nannte man sie selber, und als Stätten
im Wald bezeichnete man das Land. Freie Männer zogen dort=
hin, machten das Feld urbar, theilten das Land und behielten
Wald und Weide gemeinsam: so war der Anfang der Gemeinde=
bildung in Schwyz. Oder Klöster und weltliche Herren legten
einen Hof an, ließen das Feld durch Leibeigene bebauen, oder
gaben Hörigen dort Wohnung oder auch Freien gegen Pacht und
Dienstleistungen ein Stück Land, und setzten einen Verwalter über
die kleine Colonie. So schenkte dann im Jahre 853 König Lud=
wig der Deutsche dem Frauenmünster in Zürich seinen Hof im
Thurgau mit dem Zubehör, den Gebäuden, Leibeigenen und Ein=
künften in Uri, und im 12. Jahrhundert gehört dieser Abtei
sowie den Rittern von Seedorf und Attinghausen, den Edlen von
Rapperschwyl das meiste Grundeigenthum dort vom See bis zur
Teufelsbrücke; aber neben ihren Hintersassen finden sich auch freie
Bauern. Diese überwogen in Schwyz, wo neben ihnen das Kloster
Einsiedeln und die Grafen von Habsburg Besitzungen hatten.
Um die Höhe, die vom Titlis herabzieht nach dem See, liegt
Niderwalden im Osten, Oberwalden im Westen. In dem nider=
waldner Thal ging die Colonisirung vom Kloster Engelberg aus;
auch das Kloster Muri und die Grafen von Habsburg waren
nachher dort begütert. Ebenso neben andern Klöstern in Ober=
walden. Freie Bauern in größerer Anzahl sind dort nicht nach=
weisbar. Wo sie sich finden, da erkennen sie nur das Haupt
des Deutschen Reichs als ihren Herrn an, sind ihm zum Kriegs=
dienst verpflichtet und können nur von ihren Genossen gerichtet
und gestraft werden. Die Leibeigenen sind von den Gutsherren
abhängig. Aber wie Freie den Schutz weltlicher oder geistlicher
Herrschaften gegen Entrichtung einer Abgabe suchten, so erhielten
Hörige der Kirche auch Grundstücke zu eigen und gewannen da=
durch Freiheiten und Rechte. Die auf den Gütern eines Herrn
saßen, wurden einem bestimmten Hof zugetheilt, und der Meier,
der dessen Bewirthschaftung vorstand, führte die Herrschaft und
Rechtspflege über die Unterthanen. Die Abgaben nahm er oder
neben ihm der Kellner in Empfang. Solche Beamte, aus den
Hintersassen hervorgegangen, machten ihre Stelle erblich und traten
allmählich in ein Lehnsverhältniß; sodaß wir manche von ihnen
im 13. Jahrhundert mit der Ritterwürde finden. Alle Hinter=
sassen eines Grundherrn fanden sich im Herbst und im Mai am

Dinghof zusammen, um die Abgaben einzuliefern und Streitigkeiten zu schlichten; sie selber sprachen und wiesen das Recht, der Gutsherr oder sein Verwalter vollzog es. So war auch hier ein Keim der Selbständigkeit, der zum Wachsthum drängte. Es kam hinzu, daß Freie und Hörige an Wald und Weide gemeinsame Rechte hatten und, um die Benutzung und Pflege derselben zu ordnen, in einer Markgenossenschaft vereinigt waren; dadurch hatten sie ein gemeinsames Band und reiften für Selbstverwaltung gemeinsamer Angelegenheiten heran. Ueber Verbrechen gegen Leben und Eigenthum entschied die Versammlung der Freien unter dem Vorsitz des Grafen, den der König ernannte; die Waldstätte gehörten theils zur Grafschaft Zürichgau, theils zu Aargau, welche beide aber im 13. Jahrhundert bei den Habsburgern vereinigt wurden. In den Besitzungen des Frauenmünsters vertrat der Klostervogt den Grafen. In Unterwalden kamen die Vogteien gleichfalls an Habsburg, das die Grafen von Lenzburg beerbte und auch in Schwyz zwischen der Landgemeinde und dem Kloster Einsiedeln ein Schiedsrichteramt übte.

Aus diesen Verhältnissen entwickelte sich ein Gegensatz und Kampf zweier Mächte, der Bauern, die eine freie Gemeindeverfassung, der habsburger Grafen, die eine fürstliche Landeshoheit anstrebten und mit dem Vorsitz in der Rechtspflege auch die Verwaltung in ihre Hand zu nehmen und damit die Staatsgewalt zu erlangen trachteten. Das Gefüge ihrer Macht aber erfuhr den ersten Bruch durch Uri. Das ganze Thal war frühe zu Einer Markgenossenschaft zusammengetreten, und daraus entwickelte sich die Volksgemeinde, welche über Wohl und Weh der Landschaft berieth. Als die Zäringer, die dort die Vogtei geführt, ausstarben, nahm Friedrich II. 1218 das Amt an das Reich und versprach es nicht wieder erblich werden zu lassen, und Heinrich VIII. verbriefte 1231 den Männern von Uri, daß sie reichsunmittelbar bleiben sollten. Nur für außerordentliche Fälle ward ein kaiserlicher Verwalter oder Vogt gesandt, sonst vertrat der Gemeindevorsteher seine Stelle, der Ammann, der bereits bald als Landammann dem Ganzen vorsteht, das sein eigenes Siegel führt.

Nun versuchten auch die Schwyzer eine ähnliche Unabhängigkeit von den Grafen von Habsburg für sich zu erlangen, und während Friedrich II. Faenza belagerte, wußten sie es dahin zu bringen daß er ihnen einen Freiheitsbrief ausstellte, worin er ihren Eifer für das Reich belobte und sie unter dessen alleinige Obhut und besondern Schutz nahm. Zwar mußten sie in den nächsten Jahren die Herrschaft der Habsburger wieder anerkennen, allein in den Wirren und Kämpfen zwischen Staat und Kirche verstanden sie die Umstände klug zu benutzen; während die Grafen und Aebte auf der Seite des Papstes standen, hielten die Landgemeinden und Städte treu zum Kaiser. Die Bürger von Luzern reichten den Bauern von Unterwalden die Hand, und ihnen schlossen die Schwyzer sich an, um sich von den Grafen von Habsburg unabhängig zu machen; der Papst bedrohte sie dafür (1247) mit dem Bann, und hie und da' erscheinen die Habsburger wieder im Besitz hoheitlicher Rechte. Feindseligkeiten unter den eigenen Leuten bewogen die Urner im Jahre 1257 den Grafen Rudolf von Habsburg zum Richter zu berufen; sein Spruch ward durch das Siegel der Genossenschaft des Thals bekräftigt.

1273 ward Rudolf zum deutschen König erwählt. Er sicherte den Männern von Uri ihre Ehren, Freiheiten und Rechte, also daß die Vogtei allein beim Reiche bliebe; und sie ward durch den Ammann ausgeübt, wenn nicht besondere Fälle die Sendung eines Bevollmächtigten des Kaisers erforderten. Den Schwyzern ward ihr Freiheitsbrief nicht bestätigt; sie zahlten eine Abgabe an Habsburg. Doch wurden sie als Gemeindegenossenschaft anerkannt, und die Verwaltung war angesehenen Landleuten übertragen; die Namen Rudolf von Stauffach, Konrad von Iberg begegnen uns hier. Der Landammann vertrat den Vogt.

Als nach Rudolf's Tod wieder ein Zwischenreich eintrat, da trieb die Unsicherheit und Verwirrung der Verhältnisse überall im Reich die Ritter, die Städte zu Bündnissen, in denen die Nachbarn einander Schutz versprachen; und so schlossen denn auch die Genossenschaften von Uri, Schwyz und Niderwalden am 1. August 1291 ihren Bund, und die Eidgenossen gelobten mit Rath und That innerhalb und außerhalb ihrer Thäler einander beizustehen gegen jedermann, der sie an Person oder Gut schädigen oder vergewaltigen würde. Sie beschlossen keinen Richter mehr anzunehmen, der nicht ihr Landsmann wäre; und die Rechte der Grafen und Vögte für sich handhabend, stellten sie fest wie es fortan mit Räubern und Mördern gehalten werden sollte: den Todtschlägern drohte Hinrichtung oder Verbannung, Brandstifter wurden von der Gesellschaft ausgeschlossen und ihre Güter, gleich denen der Räuber, mit Beschlag belegt zum Schadenersatz.

Die Sorge Rudolf's für die Vergrößerung seiner Hausmacht hätte die Fürsten und Herren in Oberschwaben bedenklich gemacht; und während Herzog Albrecht in Oesterreich beschäftigt war, betrieben die Grafen von Savoyen eine Verbindung gegen die Habsburger vom Bodensee bis zu den Apenninen; auch Zürich und die Waldstätte traten hier ein, und besonders suchte Zürich auf diese Weise seine Reichsunmittelbarkeit wiederzuerlangen. Jeder, heißt es, soll seinem Herrn dienen nach Gewohnheit und Recht; will ihn der Herr aber zu weiterm zwingen, so sollen die Verbündeten ihn schützen. Herzog Albrecht erschien aber mit einem Heer und unterwarf einen Gegner nach dem andern, doch bevor er die Waldstätte erreichte, rief ihn ein Aufstand der Steirer (1292) dorthin. Die Landgemeinde von Schwyz verordnete 1294, die Klöster zur Besteuerung heranzuziehen oder von der Benutzung der Gemeindegüter auszuschließen; niemand sollte fernerhin der Kirche Land verkaufen oder verschenken. Dann wandten sich die Schwyzer an Adolf von Nassau, der mittlerweile König geworden und mit Albrecht in Feindschaft lebte, und er erneuerte ihnen den Freiheitsbrief Friedrich's II. Eine gleiche Urkunde erhielt Uri. Adolf fiel 1298 in der Schlacht bei Göllheim; die Kurfürsten erwählten Albrecht zu seinem Nachfolger, und dieser nahm sich alsbald der Klöster an gegen die Besteuerung und Pfändung von seiten der Eidgenossen. Ihre Freiheitsbriefe wurden nicht bestätigt, aber fremde Vögte auch nicht eingesetzt, vielmehr erscheint ein Stauffacher in Schwyz, ein Attinghausen in Uri als Landammann, und Unterwalden ward jetzt durch die Vereinigung der Gemeinden ein politisches Ganzes.

Am 1. Mai 1308 ward Albrecht durch seinen Neffen Johann und dessen Mitverschworene ermordet. Heinrich von Luxemburg ward sein Nachfolger, und dieser säumte die Herzöge von Oesterreich, die Habsburger, zu belehnen. Die Waldstätte aber benutzten die Zeit, schickten Gesandte an ihn und erwirkten die Bestätigung ihrer Reichsunmittelbarkeit, die er auch auf Unterwalden ausdehnte. Nur innerhalb ihrer Grenzen sollten sie einem Vogte des Reichs zu Recht stehen. Zu solchem ernannte der Kaiser einen Grafen Werner von Homberg, der aber bald abgerufen ward und keinen Nachfolger in den Waldstätten erhielt. Die Herzöge

von Oesterreich beschwerten sich über Beeinträchtigung ihrer gr[äf]
lich habsburger Gewalt, und Heinrich versprach auch dem tapfe[rn]
Leopold, der in Italien für ihn kämpfte, eine Untersuchung [über]
ihre Güter und Rechte in der Schweiz anstellen zu lassen; [ab]er
es kam nicht dazu, der Kaiser starb bereits 1313. Die Schw[yz]er
aber verdrängten die Leute des Klosters Einsiedeln von den Alpe[n],
plünderten die Klosterkeller, ja das Gotteshaus, führten die Geist=
lichen gefangen mit, und ließen sie erst auf Fürsprache der Grafen
von Habsburg frei. Niemand strafte diesen Bruch des Land=
friedens. Denn Herzog Friedrich von Oesterreich und Herz[o]g
Ludwig von Baiern waren beide (1314) zu Kaisern erwählt u[nd]
stritten mit den Waffen um die Krone. Ludwig suchte die Bundes
genossenschaft der Waldstätte, hob die Acht auf, die der Ab[t]
von Einsiedeln über Schwyz erwirkt hatte, und ermahnte sie
treu zu ihm zu stehen; Friedrich von Oesterreich drohte ihnen
mit Krieg. Sie aber befestigten die Zugänge zu ihren Thälern,
und besetzten die Engpässe und die Höhen um dieselben. Voll
Siegeszuversicht rückte Herzog Leopold gegen Schwyz; seine Sol=
daten brachten die Stricke schon mit, um das erbeutete Vieh
daran wegzuführen. Er rückte am 15. November 1315 vor; da
rollten vom Berg Morgarten Steine und Baumstämme auf seine
Reiter, und die Landleute drangen von allen Seiten auf den
Feind und schlugen die Ritter mit Hellebarten und Morgensternen
zu Boden, oder drängten sie in den Aegerisee.

Der Sieg war entscheidend. Die Eidgenossen gaben Gott die
Ehre und feierten den Tag fortan wie einen Aposteltag. Sie
erneuerten ihren Bund. Kaiser Ludwig bestätigte 1316 ihre
Freiheitsbriefe; Oesterreich schloß mit ihnen einen Waffenstillstand,
der die Habsburger in den Besitz ihrer Höfe mit Steuern, Zinsen
und Gerichten einsetzte, aber die gräflichen Hoheitsrechte preisgab.
Doch die Gefahr, die von den Habsburgern drohte, nöthigte die
Eidgenossen treu zusammenzuhalten, und die Gemeinsamkeit der
Interessen, das Streben nach gleicher Unabhängigkeit führte ihnen
Landgemeinden und Städte zu, sodaß die Schweiz zu einem freien
Bundesstaat erwuchs, der die Hoheit des Reichs zwar anerkannte,
aber die eigenen Angelegenheiten selbst verwaltete.

2. Die herkömmliche Ueberlieferung und die Sage vom Tell.

Die Schlacht von Morgarten, der Sieg von Bauern und
Hirten über einen berühmten Feldherrn und seine Ritter, zog
zuerst die Augen der auswärtigen Zeitgenossen auf die Waldstätte.
So gedenken ihrer die Chronikschreiber Johann, Abt von Victring
bei Klagenfurt, und der Barfüßermönch Johann von Wintertur.
Nach dem erstern will Leopold das freie Bergvolk der Schwyzer
mit Gewalt sich und seinem Bruder dienstbar machen, um es in
den Kampf gegen Ludwig von Baiern zu führen; nach dem
andern sollen die Schwyzer der habsburger Herrschaft, der sie
sich entzogen hatten, wieder unterworfen werden. Beide reden
weder von den frühern Zuständen, noch erwähnen sie Tells und
des Rütlibundes. Hundert Jahre später verfaßt der Berner
Justinger eine Geschichte der Stadt im Auftrag des Raths. Er
berichtet, was er in den Waldstätten erfahren. Da heißt es, sie
hätten vor alten Zeiten Krieg gehabt mit den Habsburgern und
mit Oesterreich. Daß sie allmählich die Reichsunmittelbarkeit er-
rangen, das ist vergessen, aus den gegenwärtigen Zuständen
heraus glaubt bereits das Volk, sie seien immer so gewesen, das
Land sei einmal vom Reich den Habsburgern verpfändet worden,
und die hätten nun Vögte und Amtsleute eingesetzt, welche über
die alten Dienste und Rechte noch weitere neue Ansprüche erhoben
und sich freche Handlungen gegen ehrbare Männer und Frauen
erlaubt hätten. Darüber sei es zum Krieg, zur Schlacht von
Morgarten gekommen. Die Chronik der thurgauer Ritter von
Klingenberg, die bis 1462 reicht, berichtet, daß Schwyz, Uri,
Unterwalden den ersten Bund 1336 schlossen, und daß der Krieg
ausbrach, weil die Vögte und Landherren Schwyz zwingen und
gehorsam machen wollten. Gleichfalls um die Mitte des 15. Jahrhunderts schrieb Hemmerlin von Zürich ein Gespräch über Ursprung, Namen und Bund der Schweizer; er schweigt von dem
Kampf um alte Rechte und von den politischen Zuständen, weiß
aber bereits dafür anekdotenartig von einzelnen Vögten zu erzählen. Man sieht bereits, wie von jener allmählichen langdauernden
Entwickelung nur der Eindruck eines Ringens und Kämpfens in
der Erinnerung des Volks geblieben ist, und wie dasselbe nach
besondern Ereignissen und persönlichen Trägern für dieselben verlangt. Jemand erzählt was ihm wahrscheinlich dünkt, ein anderer

überträgt auf die Heimat, was er auswärts gehört, und man glaubt das, pflanzt das fort, erweitert es, da es der Wirklichkeit wie der dunkeln Kunde von der Vergangenheit zu entsprechen, sie aufzuklären scheint. Da setzt ein Graf von Habsburg einen Verwalter für Schwyz auf das Schloß Lowerz; derselbe wird von zwei Männern getödtet, mit deren Schwester er sich auf verdächtige Weise eingelassen, und als der Graf die Brüder strafen will, verschwören sich immer mehrere der Thalbewohner mit ihnen und so fängt der Bund an und wird bald stark genug das Schloß zu zerstören, dessen Trümmer noch inmitten des Sees zu erblicken sein sollen. Als das die Unterwaldner vernehmen, bemächtigen sie sich der Burg Sarnen in der Christnacht, während der Herr, der Edle von Landenberg, in der Christmette ist, schließen ihn aus, zerstören die Burg, und verbinden sich mit den Schwyzern.

Weit reicher ist bereits das „weiße Buch", so genannt nach seinem Einbande im Archiv von Obwalden, neuerdings durch Gerold Meyer und durch G. von Wyß herausgegeben; es ward etwa 1470 niedergeschrieben. Da werden die Waldstätte mit Erlaubniß der Römer angerodet, und Schweden kommen nach Schwyz; der Name Suecia für beide Länder wird hier Anlaß der Sage, er soll erklärt werden. Man lebt in guter Ruhe, indeß in der Nachbarschaft die Grafen von Habsburg groß werden; und als Rudolf Kaiser geworden, schickt er in die Länder, daß sie dem Reiche sich anschließen, daß sie für eine kleine Steuer schirmen werde. Nach seinem Tode wurden die Vögte, die er eingesetzt, übermüthig. Edelleute von Thurgau und Aargau waren es, Geßler zu Uri und Schwyz, Landenberg zu Unterwalden. Sie beschatzten und drückten das Volk, sie trieben Muthwillen mit hübschen Frauen und Töchtern, sie möchten das Land gern in ihre Gewalt bringen. Der Landenberg war schon von Hemmerlin genannt; der Geßler tritt hier auf, öfters aber heißt er Geißler, Johannes Müller nennt ihn Hermann Geßler von Bruneck und weiß damit auf einmal mehr als alle seine Quellen.

Das „weiße Buch" erzählt nun beispielsweise Geschichten. Der Landenberger hört, daß in Melchi einer ein schönes Paar Ochsen habe, schickt seinen Knecht sie ihm abzunehmen: die Bauern sollten den Pflug selber ziehen. Der Sohn schlägt dem Knecht, der die Stiere ausspannen will, mit dem Treiberstecken den Finger entzwei und flüchtet; da läßt der Herr den Vater blenden und

ihm all seine Habe nehmen. Das war in Obwald. Nun erhält
auch Nidwald seine Anekdote. Da bemüht sich der Vogt um die
schöne brave Frau eines Biedermannes von Altsellen, und als
ihr Gatte eines Tages ins Holz gefahren ist, verlangt er von
der Frau, daß sie ihm ein Bad berichte und mit ihm bade;
sie aber ruft zu Gott in ihren Nöthen, da kommt der Mann
nach Haus und erlöst seine Frau von der Schande, indem er
den Herrn mit der Axt erschlägt. Der Name Rudolf von Stauf=
fach ist uns unter den Landammännern von Schwyz begegnet.
Nun heißt es, daß er sich in Steinen an der Brücke ein präch=
tiges Haus erbaut habe; Geßler ritt vorbei und fragte, wem die
Herberge gehöre. „Sie ist Euer und mein Leben", antwortete der
Eigenthümer und hatte großen Kummer, daß ihm der Vogt sein
Gut nehme. Da drang seine weise Frau in ihn, daß er ihr
seinen Kummer offenbarte. Dann gab sie ihm Rath und fragte,
ob er nicht in Uri jemand hätte, wie das Geschlecht Fürst, dem
er seine Noth klagen könnte; und er fuhr gen Uri, und gen
Unterwalden, wo sie meinte daß auch bekümmerte Leute säßen.
Da fand er den Sohn des Mannes von Melchi, und so kamen
sie beide mit einem der Fürste von Uri zusammen, klagten
einander ihre Noth, hielten Rath und schwuren einander Treue.
Sie fanden nach und nach immer mehr Leute, die entschlossen
waren Leib und Gut zu wagen, um sich der Herren zu erwehren.
Und oftmals kamen sie mit denen des Nachts unter dem Mythen=
stein im Rüdli zusammen, hielten Rath und tagten insgeheim.

So ist denn eine concrete Fassung für den Beginn der Eid=
genossenschaft gefunden, die wir vortrefflich nennen können, und
die sofort im Volksgemüth Wurzel schlägt, wenn wir auch nicht
wissen, was der Schreiber erzählen hörte, und was er selber
hinzugethan, weil es ihm sachgemäß dünkte. Rilliet erinnert an
die Gebote: Du sollst nicht begehren deines Nächsten Haus,
deines Nächsten Weib, deines Nächsten Vieh: die sind hier über=
treten von den Vögten. Aber Uri, der Urcanton und die Wiege
der Freiheit, hat nun auch seine Sage, und hier begegnet uns
zum erstenmal der Tell. Die Erzählung des „weißen Buchs" klingt
wie eine Aufzeichnung nach dem Volksmund und lautet also:
Geßler steckt eine Stange mit einem Hut auf unter der Linde
zu Uri, stellt einen Knecht dazu und gebietet, es solle sich jeder=
mann vor dem Hute neigen, als ob es der Herr selbst wäre.

Da war aber ein redlicher Mann, hieß der Thäll, der hatte auch zu dem Stoupacher und seinen Gesellen geschworen, der ging mehrmals vor der Stange auf und ab und wollte sich nicht neigen. Der Knecht verklagte ihn dem Herrn, dieser fuhr zu, ließ den Tall kommen und befragte ihn wegen seines Ungehorsams. Der Thall (so wechselt die Schreibart des Namens) erwiderte: „Es ist von ungefähr geschehen, ich habe nicht gewußt, daß es Euer Gnaden so hoch ansehen würde; wäre ich witzig, so hieße ich anders und nicht der Tall." Nun war der Tall gar ein guter Schütze; er hatte auch hübsche Kinder, die ließ der Herr kommen und zwang den Tall, daß er einem seiner Kinder einen Apfel von dem Haupte schösse, und legte selbst dem Kinde den Apfel auf das Haupt. Der Tall, welcher sah daß Widerstand unmöglich sei, nahm einen Pfeil und steckte ihn in seinen Göller, den andern Pfeil nahm er in seine Hand, spannte die Armbrust, bat Gott daß er sein Kind behüte, und schoß dem Kinde den Apfel vom Haupte. Der Herr fragte, was er mit dem zweiten Pfeile gemeint habe. Der Tall, für sein Leben besorgt, hätte sich gern ausgeredet, der Herr aber ließ nicht ab und sprach: „Sage mir die Wahrheit, ich will dich deines Lebens sichern und nicht tödten." Da sprach der Tall: „Da Ihr mich gesichert habt, so will ich Euch die Wahrheit sagen. Hätte mir der Schuß gefehlt, so wollte ich mit dem zweiten Pfeile Euch oder der Euern einen erschossen haben." Da sprach der Herr: „Es ist wahr, ich habe dich gesichert daß ich dich nicht tödten will", ließ ihn binden, und sprach, er wolle ihn an einen Ort bringen, wo er weder Sonne noch Mond je wiedersehen solle. Da nahmen ihn die Knechte in einen Nachen, legten sein Schießzeug aufs Hintertheil, und fuhren den See ab bis zum Axen; da brach ein heftiger Sturm über sie los, daß sie alle fürchteten, sie müßten ertrinken; da sprach einer unter ihnen: „Herr, Ihr sehet wol wie es gehen will, thut wohl und bindet den Tall los, er ist ein starker Mann und kann auch wohl fahren, und heißet ihn daß er uns helfe, daß wir von hinnen kommen." Da sprach der Herr: „Willst du dein Bestes thun, so will ich dich losbinden, daß du uns allen helfest." Der Tall sprach: „Ja, Herr, gern", stellte sich ans Steuer und fuhr hin, indem er immer nach seinem Schießzeug blickte. Als sie an die „ze Tellen blatten" kamen, da rief er sie alle an und sprach, sie sollten alle mit Macht ziehen, kämen sie vor die

Platte hin, so hätten sie das Böse überstanden. Da zogen sie
alle mit Macht, und da ihm däuchte daß er zu der Platte
kommen möchte, da schwang er den Nachen zu ihr hin, nahm
sein Schießzeug, sprang auf die Platte, stieß den Nachen zurück
und ließ ihn auf dem See treiben; dann eilte er durch die Berge
so schnell er konnte, lief durch Schwyz hin gen Küßnacht in die
hohle Gasse, da war er vor den Herren, und als sie herangeritten
kamen, da stellte er sich hinter eine Staude, spannte seine Arm=
brust, erschoß den Herrn und lief dann wieder heim nach Uri
durch die Berge. Nun ist Stauffacher's Gesellschaft so mächtig
geworden, daß sie anfangen die Häuser und Burgen der Vögte
zu brechen. Der Roßberg ward durch eine Jungfrau gewonnen.
Nach Sarnen mußten die Leute Festgeschenke bringen. Da verab=
redeten sie sich zu Weihnacht miteinander hinzugehen, während
andere sich unten in der Mühle versteckt hielten. Die in der
Burg waren, stießen ins Horn als der Herr in die Kirche gegangen,
die andern kamen durchs Wasser gesprungen und besetzten das Haus,
die Herren erschracken und eilten aus dem Lande. So ist hier
die Erzählung weiter ausgesponnen. Die Eidgenossen erwehrten sich
dann der Vögte, gaben ihnen nicht mehr als sie schuldig waren,
und wollten sie etwas unternehmen, so tagten sie zu Beckenried.

Ein Lied vom Ursprung der Eidgenossenschaft beginnt mit
Tell, erwähnt dann der Erweiterung des Bundes und der Kämpfe
gegen Karl von Burgund. Liliencron hat erwiesen, daß es seine
jetzige Gestalt 1477 erhielt, es scheinen aber alle weitern Strophen
an ein älteres Stück angeschlossen zu sein, das ein Ganzes für
sich bildet und also lautet:

> Von der eidgnoschaft so wil ich heben an,
> des glichen hort noch nie kein man,
> in ist gar wol gelungen!
> sie hand ein wisen vesten pund,
> ich wil üch singen den rechten grund,
> wie die eidgnoschaft ist entsprungen.

> Ein edel land, gůt recht als der kern,
> das lit beschloßen zwüschen berg
> vil vester dann mit muren,
> do hůb sich der pund zům ersten an,
> sie hand den sachen wislich getan,
> in einem Land heißt Ure.

Schiller, Wilhelm Tell.   b

Nůn merkent, lieben herren gůt,
wie sich der pund zům ersten anhůb,
und land üch nit verdrießen,
wie einer můst sin eigenen sun
ein epfel ab der scheitel schon
mit sinen henden schießen.

Der landvogt sprach zů Wilhelm Tell:
„nůn lůg, daß dir die kunst nit fel
und vernim min red gar eben:
triffstu in nit am ersten schutz,
fürwar es bringt dir kleinen nutz
und kostet dich din leben.

Do bat er got tag und nacht,
daß er den epfel zům ersten traf,
es kond si ser verdrießen!
das glück hat er von gotes kraft,
daß er von ganzer meisterschaft
so hoflich konde schießen.

Alsbald er den ersten schutz hat gtan,
ein pfil hat er in sin göller gelan:
„het ich min kind erschoßen,
so hat ich das in minem můt,
ich sag dir für die warheit gůt,
ich wölt dich han erschoßen!“

Domit macht sich ein großer stoß,
do entsprang der erst eidgenoß,
si wolten die landvögt strafen;
si schüchtent weder got noch fründ,
wenn eim gefiel wib oder kind,
so woltent si bi im schlafen.

übermůt triben si im land, —
böser gewalt der wert nit lang!
also bindt mans verschriben.
Das hand des fürsten vögt getan,
Drumb ist er umb sin herrschaft kan
und uß dem land vertriben.

Also meld ich üch den rechten grund;
si schwůrent alle ein trüwen pund,
die jungen und ouch die alten.
Got laß si lang in treu stan
fürbaß hin als noch biß har,
so welln wirs got lan walten!

Der Apfelschuß ist hier der Anlaß zur Befreiung der Schweiz; vom aufgesteckten Hut ist keine Rede, und daraus folgt, daß derselbe zur Motivirung und zum Beweis von der Vögte Uebermuth hinzugefügt ward.

Melchior Ruß begann 1482 eine Chronik von Luzern, darinnen sagt er, daß Tell vom Haupte des Kindes habe einen Apfel schießen müssen, „wie ihr werdet hören in einem Liede." Aber er hat vergessen dies aufzuzeichnen; und fährt fort, daß Tell nach dem Apfelschuß beschlossen habe, die Unthat zu rächen; er ging nach Uri und klagte vor der Gemeinde seine Noth; da ließ der Vogt ihn binden und fuhr mit ihm über den See. Aber es erhub sich, wie vielleicht auch Gott gewollt, eine solche Ungestümigkeit der Winde, daß die im Schiff den Herrn anriefen, er soll Tell freilassen, und dem ward Sicherheit verheißen, wenn er das Schiff wohl ans Land führe. Tell aber lenkte das Schiff zu der Platte, die noch heutzutage Wilhelm-Tellen-Platte heißt, sprang auf sie, nahm seine Armbrust, die hinten auf dem Bord lag, spannte sie und erschoß den Landvogt. Im „weißen Buch" ist der Geheimbund im Rütli die Hauptsache, bei Ruß die Geschichte vom Tell; er ist der erste Eidgenosse, er erfährt das Härteste von den Vögten, rächt sich und wendet sich an das Volk, das sich zur Befreiung erhebt. Man beachte auch, daß Tell den Landvogt nicht in der hohlen Gasse, sondern von der Platte aus erschießt.

An das „weiße Buch" schloß Etterlin (1507) sich an. Der Tall heißt bei ihm Wilhelm Tell, und wie eine zürcher Ausgabe des Liedes erweitert auch er die Geschichte vom Apfelschuß dahin, daß der Vogt heimlich nach Tell's Kindern schickt und ihn fragt, welches er am liebsten habe, um ihn doppelt zu quälen. Auf die Frage, was der zweite Pfeil bedeute, gibt er zuerst die ausweichende Antwort, daß das so Schützenbrauch sei. Der Landvogt heißt hier Geißler, Tell erwartet ihn in der hohlen Gasse bei Küßnacht, hört aus dem Versteck allerlei Anschläge, die gegen ihn gemacht werden, erschießt den Feind, und meldet seinen Gesellen wie alles ergangen. Zudem verlegt Etterlin das Schloß Schwanau am Rhein und seine Bewältigung im Jahre 1333 in die Waldstätte und die Zeit ihrer Erhebung; andere folgen ihm und legen die Burg in den Lowerzsee, und so heißt denn heute die größere Insel im Lauerzersee mit ihren Trümmern Schwanau.

b*

Der Luzerner Diebold Schilling, der um 1510 eine Chronik ver=
faßte, läßt die drei Lande durch Wilhelm Tell verbunden werden,
den ein Graf von Sardorf zum Apfelschuß gezwungen habe.

Damals fand denn auch die Sage eine dichterische Darstellung
in einem urner Volksschauspiel. Die Handlung wird von drei
Herolden eingeleitet, von zweien beschlossen. Die erstern melden
von der Vorgeschichte der Waldstätte, die andern berichten was
nach 1296, dem Jahre der Befreiung, geschehen bis zum Jahre
1511, also bis zur Zeit der Abfassung des Dramas, das inner=
halb dieses Rahmens steht. Der Vogt tritt auf und kündet sich
als Herrn an, das verdrießt den Tell, und er beredet sich mit
Stauffacher und Erny aus Melchthal, sie verbinden sich, und
das Ganze gewinnt vom Standpunkt Uris aus seine Einheit
dadurch, daß Tell als Stifter der Eidgenossenschaft erscheint. Da
wird der Hut mit der Stange aufgestellt, es kommt der Apfel=
schuß, Tell wird in den Kahn gebracht, dann aber im Sturm
losgebunden; er entspringt und kommt wieder zu seinen Genossen,
denen er erzählt wie er den Vogt erschossen; Cuno von Abatzellen
berichtet, wie er, um die Ehre seiner Frau zu retten, einen
andern Vogt erschlagen. Die Eidgenossen kommen überein, die
Sache nun ans Volk zu bringen, das geschieht durch eine Rede
Tell's, und die Gemeinde beschließt, die Schlösser zu brechen und
in Freiheit zu leben. Ich theile im Anschluß an diese Einleitung
den vollständigen Originaltext des Schauspiels mit.

Darnach reden von jetzt an auch Geschichtschreiber außerhalb
der Schweiz, wie Sebastian Frank und Sebastian Münster vom
Ursprung der Eidgenossenschaft in der Art wie dieselbe nun gänz
und gäbe geworden. Ausführlicher Stumpff von Zürich in seiner
„Schweizerchronik“ 1548. Bei ihm sind Tell, Stauffacher und der
Landammann von Atzellen, der den Landenberger erschlagen, die
drei Stifter des Bundes. Um die Eidgenossen kennen zu lernen,
richtet Geßler die Stange mit dem Hute auf. Nach Geßler's
Tod werden die Vögte verjagt im Jahre 1314. Kaspar Suter
von Horgen erzählt eine andere volksthümliche Geschichte. Tell
ist bekümmert um die Lage des Vaterlands; da begegnet ihm der
Stauffacher mit einem leeren Sack, und auf die Frage, was er
denn kaufen wolle, versetzt er: Treue, Tapferkeit, Verschwiegen=
heit. Sie geloben einander Hülfe, nehmen Erny von Melchthal
als dritten in den Bund und sammeln Genossen. Sie tagen

im Grütli. Es folgt Tell's That, darauf machen sie den Bund
bekannt und vertreiben die Vögte.

Nun schrieb ein gelehrter, in Staatsämtern angesehener Mann,
Aegidius oder Gilg Tschudi von Glarus (1505—1572), seine
Chronik, zu der ihm die seitherigen Schriftsteller sammt Volks=
überlieferungen und Urkunden zu Gebot standen. Er wußte alles
in Zusammenhang zu bringen, die Namen festzustellen, Wider=
sprüche auszugleichen und so anmuthig zu erzählen, daß die Be=
gebenheiten wie er sie darstellt bis auf die Gegenwart gegolten
und durch Johannes von Müller, durch Schiller zum Gemeingut
der gebildeten Welt geworden sind. Freilich verfuhr er wie der
Dichter eines historischen Romans. Er legt die Zerstörung der
Burgen auf den Neujahrstag 1308. Einige Jahre vorher sind
die Vögte eingesetzt, um die Waldstätte von der Reichsunmittel=
barkeit an Oesterreich zu bringen. Zuerst erfolgt (1306) die
That des Alzellers, für den Tschudi anfangs nur den Vornamen
des Volksschauspiels hat, später nennt er ihn Konrad von Baum=
garten. Daß er ungestraft und verborgen bleiben konnte, erklärt
Tschudi durch die Mißbilligung, welche das Gelüst des Wolfen=
schießen auch bei dessen eigener Familie gefunden. 1307 läßt
Beringer von Landenberg, wie Tschudi motivirt, dem Heinrich
von Melchthal um geringen und unerwiesenen Vergehens willen
zur Buße die Stiere ausspannen; der Sohn, der nun Arnold
heißt, widersetzt sich und flüchtet; als der Vater nicht angibt, wo
derselbe hingekommen, wird er geblendet. Geßler (so corrigirt
Tschudi das ursprüngliche Geißler), bereits durch solche Wider=
setzlichkeiten aufgeregt, will in Altdorf eine Burg Zwinguri bauen.
Er läßt den Hut aufrichten, kommt zum Hause Werner's von
Stauffach zu Steinen in Schwyz, den dann seine Frau an gleich=
gesinnte Männer nach Uri und Unterwalden weist. Der Stauf=
sacher trifft in Uri Walther Fürst, hört von Arnold von Melch=
thal, und die drei schwören den Eid zur Wiedergewinnung der
alten Freiheit. Sie halten heimliche Zusammenkünfte unter Selis=
berg im Rüdli, jeder bringt ein paar Vertraute mit; auch Edel=
leute (so erfindet nun Tschudi), wie der Freiherr von Attinghausen
und der Edelknecht Rudenz, Stauffacher's Schwestersohn, stehen
auf der Seite des Volks. Der Bund wächst, und so kommt
am Martinstag, 8. November 1307, jeder der drei Eidgenossen
mit zehn Mann seines Ländchens zur Tagsleistung zusammen.

Man bestimmt die allgemeine Erhebung auf den kommenden Neu=
jahrstag. Dann geht einer der Verbündeten, Tell von Uri, am
18. Wintermonat an dem Hut vorüber, muß den Apfelschuß thun,
tödtet den Vogt in der hohlen Gasse. Er meldet dem Stauffacher
das Geschehene, die in Uri wollen alsbald losschlagen, aber
wegen der Burgen Rotzberg und Sarnen wird doch beschlossen,
den bestimmten Tag abzuwarten. In der Neujahrsnacht läßt die
Geliebte eines Gesellen von Stans ihm einen Strick herab, ihn
ins Fenster zu ziehen, und während er mit der Dirne scherzt,
steigen die Bundesgenossen ihm nach, nehmen den Amtmann ge=
fangen, und halten das Schloß zu, bis die Kunde kommt daß
auch Sarnen genommen sei, ähnlich wie das schon anderwärts
erzählt ward. Gleichzeitig wurden die Festen in Schwyz und Uri
zerstört, die Schloßherren und ihr Gesinde vertrieben. Am Sonntag
darnach ward der Bund auf 18 Jahre beschworen. Ich werde in
den Anmerkungen Stellen mittheilen, die Schiller vor Augen hatte.

1582 ward in Bürglen eine Kapelle an dem Ort gebaut,
wo Tell's Haus gestanden habe. Die „Klingenberger Chronik“
machte ihn zum Schwiegersohn Walther Fürst's, der in Uri sehr
hinter ihm zurücksteht, wo nach der ältern Sage Tell einer der
drei Eidgenossen ist, ja sie heißen häufig die drei Telle. Das
„Helvetische Lexikon“ von Leu (1763) läßt ihn bei Morgarten mit=
fechten. Bei einer Ueberschwemmung im Schächenthal soll er
hülfebringend den Tod gefunden haben; was Uhland in einer be=
kannten Ballade besungen hat.

Die Sage vom Tell ist weder Geschichte noch freie Erfindung,
sondern ein Niederschlag und Nachklang alter mythologischer Poesie,
die im Anschluß an geschichtliche Personen und Ereignisse in ihnen
neue Träger fand. Sie begegnet uns nicht vereinzelt in der
Schweiz. Schon hundert Jahre früher, als sie hier sich ereignet
haben soll, hat sie der Däne Saxo Grammaticus in seiner sagen=
reichen „Dänischen Geschichte“ erzählt. Da heißt es: Unter Harald
Blauzahn diente Toko, der rühmte sich bei einem Gelage, daß
er im Stande wäre, den kleinsten Apfel durch den ersten Pfeil
von einem Stock herabzuschießen. Das hörte der König, und be=
fahl ihm vom Haupte seines eigenen Sohnes einen Apfel zu
schießen. Träfe er diesen nicht auf den ersten Schuß, so solle er
mit seinem Kopf für die leere Prahlerei büßen. Toko ermahnte

seinen Knaben ganz stille zu stehen und auch nicht durch die leiseste
Bewegung seine Kunst zu vereiteln, nahm drei Pfeile aus dem
Köcher, und traf sogleich mit dem ersten den Apfel. Auf des
Königs Frage, warum er mehrere Pfeile aus dem Köcher ge=
nommen, da er das Glück seines Bogens doch nur einmal hätte
versuchen dürfen, gab Toko zur Antwort: „Um an dir das Fehlen
des ersten durch die Spitze der übrigen zu rächen." Später
rühmt sich Toko, daß er ein besserer Schlittschubläufer sei als
Harald, da zwang ihn dieser von der Höhe des steilen Felsens
Stella am Meere herabzugleiten. Er schlug an die Felsen und
war nahe daran ins Meer zu stürzen, rettete sich aber auch
diesmal. Als endlich Harald in seiner Grausamkeit so weit ging,
daß er Menschen und Ochsen zusammenspannte und das Volk mit
ungewohnten Lasten bedrückte, empörten sich die Dänen, Harald
ward von Toko im Waldesdickicht von einem Pfeil getroffen und
starb an der Wunde.

In einer norwegischen Sage („Sagabibliothek" von P. E. Müller
III, 359) besucht König Harald Hardradi einen reichen Land=
mann Aslak, dessen Sohn Heming ihn zum Wettkampf im Bogen=
schießen herausfordert. Der König zwingt ihn bei Verlust seines
Lebens seinem jüngern Bruder eine Haselnuß vom Haupt zu
schießen. Heming bezeichnet später in einer Schlacht gegen die
Engländer den Feinden den König so, daß ihre Schützen denselben
treffen. In Müllenhof's „Sagen aus Schleswig=Holstein" ist der
Vorname Heming einem Wulf beigelegt, welcher eine Empörung
der Leute in der Marsch gegen König Christian anführt. Ge=
schlagen und gefangen, erhält er den Befehl, seinem einzigen
Sohne einen Apfel vom Kopf zu schießen; wenn es gelinge, solle
er frei sein. Er thut den Schuß, nimmt aber vorher einen
zweiten Pfeil in den Mund und erklärt, daß derselbe für den
König bestimmt gewesen, wenn der erste das Kind getroffen hätte.
Er wird geächtet und landflüchtig.

Bei Worms am Rhein schießt auf ähnliche Art Punzher von
Rorbach seinem Kinde eine Geldmünze vom Kopf.

Eine altenglische Ballade in Percy's Sammlung erzählt von
William von Cloudesly, der mit seinen Genossen im Wald wegen
Wilddieberei geächtet lebt, bis sie auf Bitten der Königin be=
gnadigt werden; um dem König eine Probe seiner Geschicklichkeit
zu geben, erbietet er sich seinem siebenjährigen Sohn auf

120 Schritt einen Apfel vom Kopf zu schießen; es gelingt und bringt ihm Ruhm und Ehre.

Der persische Dichter Feribeddin Attar erzählt in seinen um 1175 verfaßten „Vögelgesprächen", daß ein König seinem Liebling einen Apfel auf den Kopf legte und mit dem Pfeile danach schoß und stets den Apfel spaltete. Dies ist die älteste Aufzeichnung unserer Sage.

In der Mitte des 13. Jahrhunderts ward die Thidrek= oder Wilkinasage aufgeschrieben. Ihr Sitz ist Westfalen. Dort vernahmen sie nordische Männer, dort lebte sie in alten Liedern, wie die Wölsungsage; und das Völundslied der Edda zeigt uns in Island die älteste Weise, in welcher von Völundr (Wieland dem Schmied) und seinen Brüdern Eigil und Slagfidr gesungen ward. Da wollte, heißt es in der isländischen Darstellung der Sage, der König Nidung einstmal versuchen, ob wirklich Eigil so schießen könnte wie von ihm gesagt worden, oder nicht. Er ließ dessen dreijährigen Sohn nehmen, ihm einen Apfel auf den Kopf legen, und gebot Eigil danach zu schießen; einen Pfeil nur sollte er schießen und nicht mehrere. Eigil nahm aber drei Pfeile, besiederte sie, legte den einen auf die Sehne und schoß mitten in den Apfel. König Nidung fragte Eigiln, warum er drei Pfeile genommen habe, da ihm doch nur verstattet worden einen zu schießen. Eigil antwortete: „Herr, ich will nicht gegen Euch lügen; wenn ich den Knaben mit dem Pfeile getroffen hätte, so waren Euch diese beiden zugedacht." Der König nahm dies gut auf und dünkte allen daß er biderbe gesprochen hätte.

Mit Eigil und seinen Brüdern sind wir aber im Gebiet der Mythologie. Wieland, der Gelähmte, der sich ein Flughemd bereitet, erinnert an die Dädalussage der Griechen. Alle drei sind eines Meerweibs Söhne und mit Schwanjungfrauen vermählt, den Maruts und Ribhus der Indier verwandt, Bogenschützen und Künstler wie diese; und daß die drei Brüder Ribhus, Vibhva und Vajas mit jenen ursprünglich identisch seien, hat Kuhn nachgewiesen. Auch die persische Sage bezeugt, daß wir hier in jene erste gemeinsame Urzeit der Arier verwiesen werden, aus welcher später die als Indier, Perser, Griechen, Italier, Germanen, Kelten und Slawen auswandernden Stämme mit den Worten der Sprache auch die Ideen, die mythologischen Bilder als Erbgut mitnahmen. Was aber ursprünglich Naturerscheinungen personificirte und in Form von Handlungen göttlicher Wesen darstellte, das ist später vielfach auf

Helden übertragen werden, die mit ihrem Geschick daran erinnern mochten und sich zum fernern Träger der alten Erinnerungen boten. Indra, der Himmelsgott der Indier, schwingt die Lanze des Blitzes, und führt Pfeil und Bogen wie Wodan, wie Apollo; Wodan ist der weltbewegende Geist, der sich im Sturm offenbart, der den Frühling bringt, die Sonne ist sein Auge, und die Geister oder innenwaltenden Kräfte der Winde und Sonnenstrahlen sind seine Genossen, sein Heer, wie die Maruts und Ribhus zu Indra stehen. Das Wesen der Götter entfaltet, offenbart sich in diesen Genossen. Indra erlegt im Sturmgebraus den Dämon der Finsterniß, der die lichten Wolken und das Sonnengold geraubt hatte; das Gewitter war ein Zweikampf, der sichere Schuß befreite die Natur von der feindseligen Tyrannenmacht. Die Pfeile sind ursprünglich Sonnenstrahlen und Blitze. Im Norden ist es vornehmlich der Winterriese, mit welchem der Frühlingsgott siegreich im Gewitter kämpft; auch jener hat widerrechtlich und gewaltsam sich des Reiches bemächtigt und wird nun bezwungen, die Erde wird von ihm frei. Daran erinnernd, daß Wodan auch der himmlische Schiffer ist, und das Schiff ein Bild für die Wolke, sagt H. Pfannenschmid (in der „Germania" 1864): „In seinem Kampf mit dem Winter- und Gewitterdämon scheint Wodan anfangs zu unterliegen; ebenso der Tell. Durch das Wolkenmeer soll er gefesselt in die Wolkenkammer des Tyrannen geführt werden, des Gottes Blitze haben allein keine Wirkung mehr in den Wolkenwassern; da erheben sich die Sturmgeisterscharen, der Wilden Jagd im Sturmes- und Gewitterkampf zur rettenden Hülfe: der Seesturm bricht los. Tell wird entfesselt; als kühner und sicherer Schiffer durchschneidet er, ein furchtbarer Feind, wieder die Wogen, und plötzlich wie durch einen Sprung steht er da mit Pfeil und Bogen auf festem Gestein, ein gefährlicher Schütz, das Fahrzeug zurückstoßend und den Todespfeil in die Brust des Tyrannen sendend: die Wolke zerreißt in einem Nu; daraus hervor springt Wodan, der lichte Himmelsgott, spannt seinen (Regen-)Bogen, und sendet den tödtlichen Blitzstrahl nach der zurückgeschleuderten Wolke, in welcher der Gewitter- und Winterriese, der Tyrann, verborgen ist und nun erlegt wird." Gerade die Localität des Vierwaldstättersees könnte zu solcher Ausbildung des Mythus den Anlaß bieten.

Der Name Eigil oder Aigel, in Egilolf, Agilolf und vielen

andern Namen erhalten, bedeutet durch die Wurzel ac (acus, ἄκρος, aigu, egg) das Scharfe, Spitze, den Pfeil. Tall, wie die alte Form lautet, ward von Lutolf mit Heim-dall, Himmels=Glanz, einem noch wenig aufgehellten Götterwesen der Edda, in Zusammenhang gebracht; Bunsen wies dabei auf das griechische Ѳάλλω, sprossen, hin; der Sprossenmachende, Wachsthumgebende wäre ein Beiwort des glänzenden Sonnengottes. Thal, Delle oder Telle bedeutet nun aber auch eine Vertiefung, und der Talesad oder Tellenpfad am Pilatus, das Tellmoos bei Willisau, die Tellegasse oder hohle Gasse bei Küßnacht, die Tellenrüti, ein durch Ausreuten urbar gemachtes, in einer Telle gelegenes Stück Land, wo jetzt die Tellskapelle am See steht, konnten, wie Lutolf weiter bemerkt, leicht die Veranlassung werden, daß dort die Sage sich localisirte und einbettete.

Was dann den Apfelschuß angeht, so zeigt die englische Ballade wie der persische Dichter, daß jener zuerst für sich, als Beweis der Schützenkunst, ohne den Tyrannenzwang vorkam. Wenn jüngst vor den pfälzer Assisen ein Bürger stand, der sich seiner sichern Hand gerühmt und zum Beweis vor den Nachbarn einem Kinde mit der Flinte eine Kartoffel von der Kappe schoß, so kann das allerdings nach dem Tell angestellt sein; schwerlich aber mußte der Indianer davon, der nach Bade („Der Skalpjäger", S. 91) einem Mädchen einen Präriekürbis mit seiner Büchse vom Haupt zu schießen sich gefiel. Ein solcher Schuß mochte in der Urzeit vorgekommen sein, und die Erinnerung sich erhalten haben. Es hat etwas Ansprechendes, aber es ist bei den Ariern nicht nach=gewiesen, daß zur Zeit der Menschenopfer der Apfel statt des Kindes gegolten hätte, und es dem Vater in seine Hand gelegt war den Sohn zu retten; wenn er den Apfel traf, ließen die Götter sich daran genügen. Ward aber einmal in den grauen Tagen, nachdem der himmlische Schütz als menschlicher Held und Tyrannentödter gefaßt war, an diesen der Apfelschuß angeknüpft, so haftete er nun sicher, denn nun lag es nahe ihn zum Motiv zu nehmen, daß der Schütze den zweiten Pfeil auf den Gewalt=herrn richtet, der ihm das Ungeheure geboten. Ein guter Schütze, von dem man die Sage des Meisterschusses wiederholte, wird in Dänemark wie in der Schweiz gelebt haben; möglich, daß er einen Gegner im Zweikampf tödtete, wiewol es näher liegt, daß das natürliche Gefühl rächender Vergeltung den zweiten Pfeil für den Tyrannen forderte, und so die Sagen zusammenwuchsen, die im Volksmund lebendig waren. Wenn dann in der Schweiz, wie wir wissen, Erzählungen von Druck und Muthwillen der Vögte bereits umgingen, und zwar in den andern Cantonen, nicht in Uri, so lag es nahe, daß der Held der Sage nun hier eingeflochten ward. Dann gipfelte der Frevelmuth der Bedrücker gerade in dem Verlangen des Apfelschusses, dann war die darauf folgende Tödtung des Tyrannen die Losung zur Freiheit, wie ja in der That Uri mit der Reichsunmittelbarkeit vorangegangen ist.

Erkennt man in der Tellsage den Nachklang der Wodanmythe, dann stimmt dazu bestätigend sein Tod in einer herbstlichen Ueberschwemmung und der Glaube, daß er mit seinen zwei andern Genossen schlafe und einst wiederkommen werde, um das Vaterland aus seiner Noth zu befreien; denn auch der lichte Frühlingsgott erliegt dem regnerischen Herbstwetter und schlummert nun in Bergeskluft, bis er im Lenz von neuem erwacht, ein Bringer schönerer Zeit. So lebt die Göttersage fort im König Arthur bei den Kelten, im Marco bei den Südslawen, in unsern Kaisern Karl und Barbarossa, die im Untersberg und Kyffhäuser sitzen, was wieder beweist, daß ein ursprünglicher Mythus vor der Scheidung der arischen Völker vorhanden war und vom Gott dann auf gottähnliche Helden überging. Und so mögen die Wallfahrten nach der Tellskapelle mit alten Umzügen, so mag die Stange mit dem Hute mit einer Maistange des Frühlingsgottes zu verbinden sein. So geschieht es auch durch J. Pfannenschmid („Germania", X), und er sagt: „Steht die Stange mit dem Hute, der Meisterschuß, die Wasserfahrt, der Sprung auf die Platte, die Erschießung des Tyrannen mit der Wallfahrt nach der Tellskapelle in uraltem grauem Zusammenhange, so dürften hier die Reste einer alten heidnischen Maifeier vorliegen, die wahrscheinlich dramatisch vorgestellt und besungen wurde und sich auf Wodan bezog."

So sind denn die Elemente, die mein Werk über „die Kunst im Zusammenhange der Culturentwickelung" überall als die Grundlage des Volksepos nachgewiesen, Göttermythe, geschichtlich bedeutende Ereignisse, deren unwillkürliche Gestaltung im Volksmund, Einzelsagen und Lieder und die ordnende Zusammenfassung kraft des selbstbewußten organisirenden Geistes, bereits vorhanden; schade, daß Tschudi Prosa schrieb statt eines Heldengedichtes! Doch was er nicht gethan, das vollendete Schiller als Dramatiker.

3. Die Vorläufer Schiller's.

Wir sahen, wie Schiller's Werk auf der Mitarbeit der Jahrhunderte ruht, in welchen die Volksphantasie den Stoff bildete. Aber er hatte auch literarische Vorgänger in der künstlerischen Behandlung, die er indeß schwerlich kannte; E. L. Rocholz hat sie erst jüngst wieder hervorgezogen und gewürdigt („Grenzboten", 1864).

Zunächst ist zu erwähnen, daß das urner Volksspiel von Jakob Ruoff überarbeitet ward, einem Wundarzt aus Constanz, der nach Zürich übersiedelte. Vieles ursprünglich nur Angedeutete beutete er geschickt aus; sein Werk ward zur Neujahrsfeier 1545 aufgeführt. Tell ist der leitende Mittelpunkt des Ganzen. Er beginnt die Verschwörung, er beruft nach Geßler's Tod die Landgemeinde, daß sie die Vögte vertreibe, er stiftet zum Schluß den Bund der Eidgenossenschaft. Ruoff schrieb auch eine politische Komödie: „Etter Heini". Höllische Teufel intriguiren gegen die alte gute Sitte der Schweiz; Heini bringt den Antrag an die Landgemeinde, daß man für sich selber leben, nicht in fremde Dienste treten, keine Fürstenpensionen annehmen soll; aber alle sind gegen ihn bis auf den Tell. Gegen die Teufel und die von ihnen vollgeblasenen Pensionäre warnt zuletzt der treue Eckart; die Söldnerei wird abgeschafft. Man freut sich des Widerstandes der Dichter gegen dieselbe; wenn man bedenkt, wie die Schweizer die gedungenen Knechte des pfäffischen und weltlichen Despotismus wurden, wie sie vornehmlich die Henker der Bartholomäusnacht abgaben, wie vom elsten bis zum vierzehnten Ludwig das Land für 1,110799 Mann 1146,868623 Gulden Rekrutengeld erhielt, und die regierenden Familien die Anwerbung der Soldaten in der Hand hatten, sich durch das Blutgeld bereicherten. Im Sinne der patriotischen Reformatoren, an deren Spitze auch hier der edle Zwingli stand, sagt Attinghausen bei Schiller:

> Nein, wenn wir unser Blut dran setzen wollen,
> So sei's für uns; wohlfeiler kaufen wir
> Die Freiheit als die Knechtschaft ein.

In diesem Sinne ist auch das „Tellenlied" zu Anfang des 17. Jahrhunderts von Hieronymus Muheim gedichtet. Es ist

eine Nachbildung des niederländischen Volksgesanges: „Wilhelmus
von Nassawe bin ich von deutschem Blut". Es hebt an:

> Wilhelm bin ich der Telle von Heldes Muth und Blut,
> Mit meinem Geschoß und Pfeile hab' ich die Freiheit gut
> Dem Vaterland erworben, vertrieben Tyrannei;
> Einen festen Bund geschworen haben unser Gesellen drei.

In frischer Weise erzählt er nun die Geschichte vom Hute,
vom Apfelschuß, vom Seesturm, und von Geßler's Tod in der
hohlen Gasse.

> Als David mit der Schlingen den großen Goliath
> Mit einem Stein geringe zu Boden geworfen hat:
> Also gab Gott der Herre mir seine Gnad und Macht,
> Daß ich mich Gewalts erwehrte, den Feind hab' umgebracht.

Dann werden die andern Burgen gebrochen, der Adel mit
seinen Pfauenwedeln besiegt, und der Bund der Freiheit aus-
gebreitet. Das sollen die Eidgenossen merken, die Freiheit hoch-
halten, die mit der Väter Blut errungen ist, nicht Knechte der
Fremden werden aus Eigennutz.

> Mir ist ich sehe gekommen so manche Herren stolz
> Bringen in großen Summen des Geldes und rothen Golds,
> Damit euch abzumarkten, zu kaufen eure Kind,
> Die noch kein Wort nicht sprechen und in der Wiegen sind.

> Ich thu euch dessen warnen, weil Warnung noch hat Platz;
> Gespannt sind euch die Garne, die Hund' sind auf der Hatz;
> Gedenkt an meine Treue, kein Tell kommt nimmermehr,
> Euch wird kein Freunde neuer geben kein besser Lehr.

> Thut euch zusammenhalten in Fried' und Einigkeit
> Als eure frommen Alten, betrachtet Bund und Eid:
> Laßt euch das Geld nicht müssen (fassen, bestimmen), die Gaben
>   machen blind,
> Daß ihr nicht müsset büßen und dienen zuletzt dem Feind!

Im 17. Jahrhundert kam das gelehrte Schuldrama in
Schwang; die Jesuiten dramatisirten ihre Legenden und Contro-
versen, die reformirten Präceptoren alttestamentliche Erzählungen
und Katechismusfragen. Das bereitete dem Kunstdrama der Re-
naissance den Boden, und nachdem dieses seine Blüte durch
Corneille und Racine erreicht, wirkte es aus Frankreich auch auf
die Schweiz und die Tellendichtung ein. Samuel Henzi, ein berner

Pfarrersohn, war Hauptmann im Dienste Modenas geworden, aber bald heimgekehrt, und hatte sich 1744 an die Spitze der Bürger gestellt, welche für die regierten Geschlechter eine Stellvertretung im Rathe der regierenden begehrten. Die Bittschrift ward mit seiner Verbannung auf fünf Jahre beantwortet. Er ging nach Neuenburg und verfaßte dort französische Oden und Epigramme sowie das Drama „Grisler". Heimgekehrt schrieb er gegen die Soldatenwerberei, diesen Blutmarkt, dies Seelengewerbe, das die herrschenden Familien reich mache. Er verband sich mit Gleichgesinnten, um die alte Landesfreiheit herzustellen, kraft welcher nicht einige Patrizier, sondern die Gesammtbürgerschaft die Stadt Bern regieren sollte. Die Verschwörung ward verrathen, Henzi im Straßenkampf gefangen. Standhaft ertrug er die Folter ohne seine Genossen zu nennen. Nebst zwei Häuptern derselben ward er 1749 mit dem Schwert hingerichtet. Der junge Lessing fühlte sich von keiner Begebenheit der neuesten Geschichte mehr gerührt, er wollte eine Tragödie daraus machen, die aber leider Bruchstück blieb, da die berner Patrizier die deutsche Censur gegen den Dichter anriefen. Henzi's Tellendrama nun ist französisch geschrieben: „Grisler ou l'ambition punie. Tragédie en cinq actes." Der Schauplatz ist hier, um die Einheit des Ortes zu wahren, das Schloß des Landvogts; die Handlung geht meist hinter der Scene vor; es fehlt den Hauptpersonen die ihres Zweckes bewußte Kraft, dafür werden uns die Gemüthszustände ausführlich dargelegt und nach französischer Weise innere Conflicte einander widersprechender Empfindungen und daraus folgende Seelenkämpfe künstlich bereitet. Leinhard, der Rathgeber Grisler's, und dessen eigener Sohn Adolf streiten über den Hut auf der Stange, letzterer möchte daß er weggenommen werde; da kommt der Bericht, daß Tell die Begrüßung versagt habe. Im zweiten Act hören wir, daß Adolf Grisler das schöne Hirtenmädchen, Tell's Tochter Hedwig, liebt. Tell wird gefangen eingebracht, und Leinhard räth, daß er einen Apfel vom Haupte dieser Tochter schieße; verfehle er den Apfel, so habe er das Leben verwirkt, treffe er die Tochter, so werde er sich verzweifelnd selbst tödten, und man sei beide los. Im dritten Act erfährt Hedwig in ihrem Versteck auf der Burg die Gefangennahme des Vaters. Ihr Geliebter will nicht leiden, daß sie von Leinhard weggeführt werde; eine Vertraute begehrt, daß er Vater und Tochter mit Gewalt befreie; er will den Weg der Gnade beim Vater versuchen. Im vierten Act bittet Hedwig beim Landvogt für Adolf und ihren Vater; Grißler selbst schwankt zwischen Grausamkeit und Liebe hin und her; ihren Vater will er freilassen, wenn sie dem Geliebten entsagen und dafür ihm selber sich preisgeben will! Mit gezücktem Dolch weist sie Grißler's Umarmung zurück. Adolf fordert seinen Freund Werner auf, daß er ihm den Tell und Hedwig befreien helfe; er erfährt von dem Bund auf dem Rütli. Im fünften Act erzählt Hedwig, vom Kerker aus, der im Schloßhof am Fenster stehenden Vertrauten den Apfelschuß und Tell's Wegführung nach Küßnacht. Leinhard will Hedwig einen vergifteten Labetrunk bringen, fällt durch Adolf's Dolch. Der Seesturm, Tell's Entkommen, Grißler's Tod werden nun der Reihe nach berichtet; Tell selbst tritt auf mit Verbündeten; der todwunde Landvogt wird hereingetragen, bereut, und segnet das Bündniß seines Sohnes und der Tochter Tell's.

1766 ward in Paris aufgeführt und erschien 1767 gedruckt: „Guillaume Tell. Tragédie par Marin le Mierre". Die Scene wechselt hier, das Ganze ist eine lose Reihe von Situationen ohne innern Zusammenhang. Im ersten Act klagt Melchthal dem Tell sein Leid, und dieser ruft zwei Männer, Fürst und Werner, herbei; sie verschwören sich gegen die Despoten. Im zweiten Act beschließt Geßler den Hut aufrichten zu lassen, trifft mit Melch= thal zusammen, der ihm sagt, das Volk sei nicht gegen den Kaiser sondern gegen die Vögte; dafür wird er gefangen ge= nommen; Tell und die Genossen beschließen die Burg zu stürmen, ihn zu befreien. Im dritten Act wird Tell gefangen eingebracht, sein Weib Clerfa bittet für ihn, und Geßler will ihn freigeben, wenn er vom Haupte des Sohnes einen Apfel schieße: Kampf von Muttergefühl und Gattenliebe! Auch im vierten Act, wo sie von ihrem Vater hört, daß der Schuß gelungen sei. Jubelnd kommt das Kind, aber der Gatte ist von neuem verhaftet und fortgeschleppt. Im fünften Act hört Clerfa, daß das Volk sich erheben werde. Melchthal berichtet Tell's Rettung aus dem Sturm; Tell kommt, er hat den Vogt erschossen, das Volk ruft: „Sieg oder Tod!" Er schließt:

Qui veut vaincre ou périr est vaincu trop souvent;
Jurons d'être vainqueurs, nous tiendrons le serment.

Wer Sieg will oder Tod, bleibt oft Besiegter nur:
Zu siegen schwören wir und halten unsern Schwur.

Ganz im Gegensatz zu diesen französischen Stücken stehen fünf deutsche Schauspiele von Bodmer über die Befreiung der Schweiz aus dem Jahre 1775. Hier wird der englische Stil, wie man ihn damals verstand, oberflächlich nachgeahmt, in eilfertiger Weise werden die Chroniken dialogisirt und allerhand platte Späße gemacht; in einer Reihe loser Scenen stehen die Schweizer als edle Naturmenschen, die Vögte und ihre Genossen als gotteslästernde frivole Wütriche einander gegenüber, bis der siegreiche Held hervortritt; kein einheitlicher Plan, keine innerliche Motivirung, keine poetische Läuterung, alles ordinär oder gemein. „Wilhelm Tell oder der gefährliche Schuß“, „Geßler's Tod oder das erlegte Raubthier“ sind die zwei Stücke, die hierher gehören; daß sie ein Ganzes bilden müßten, ist dem Verfasser nicht eingefallen.

Nachklänge der französischen Manier mischt Joseph Ignaz Zimmermann 1777 in seinen Tell, wenn da Geßler's Trabant Meinhard sogleich im ersten Acte räth, Tell solle zur Abbitte vor dem Hute selbst genöthigt werden; Meinhard nämlich haßt ihn als Gatten von Stauffacher's Schwester Hedwig, von der er selber war verschmäht worden. Im zweiten Act schickt Hedwig ihren Knaben, daß der den Vater losbitte, und Geßler schließt von der Schönheit des Kindes auf die der Mutter; sie soll kommen. Nun erfahren wir vom Bunde der Eidgenossen. Dann aber legt Geßler Tell's Geschick in die Hand seiner Gattin; gibt sie sich ihm preis, so soll ihr Mann freiwerden. Sie verweist ihn auf das Bad des Landenbergers. Da heißt der Vogt den Vater vom Haupt des Kindes einen Apfel schießen; Tell ist bereit als er den fluchwürdigen Antrag des Vogts an seine Gattin erfahren, diese erhebt sich vom Mutterschmerz zur Opferfreudigkeit fürs Vaterland. Tell wird dann gebunden abgeführt, aber im fünften Acte ist er gerettet, der Vogt erschossen, das Land wird befreit.

Ludwig Ambühl, der sich vom Dorfschulmeister zum Erziehungsrath in St. Gallen emporarbeitete und sinnig empfundene Lieder dichtete, gewann mit seinem „Tell“ den 1791 ausgeschriebenen Preis für ein schweizerisches Nationalschauspiel zur Aufführung der Gymnasiasten von Zürich, weshalb keine Frauenrollen vorkommen durften. Es ist in Prosa geschrieben, der Dialog bewegt sich rasch in kurzen Sätzen; die Scenen des aufgesteckten Hutes, des Apfelschusses sind mit der Schilderung von der Lage des Landes,

von den ersten Bestrebungen der Eidgenossen wohl verknüpft;
die Gefangennahme Tell's treibt die Schweizer zum Entschluß
sofort loszuschlagen: da erscheint der gerettete Schütze, verkündet
daß er den Vogt getödtet, und das Volk beschwört den Bund
der Eidgenossenschaft, der Freiheit. Die Geschichte ist anschaulich
in Scene gesetzt, mit patriotischer Wärme belebt, ein volksthüm-
licher Hauch durchdringt das Werk; aber die Charakterzeichnung
ist schwach. Goethe's „Götz von Berlichingen", die Schauspiele von
Lenz mögen dem Dichter als Muster vorgeschwebt haben.

So sehen wir, daß auch die Kunst seit längerer Zeit an dem
bereits durch die Phantasie gestalteten Stoffe arbeitete. Wie das
Volksschauspiel und seine Erweiterung, wie Ambühl, bewahrte
Schiller die historische Ueberlieferung, aber er durchtränkte sie mit
Empfindung, statt nach Art der französischen Stücke neue
Scenen zu ersinnen, in welchen der Gefühlsausdruck neben der
eigentlichen Handlung zu Worte kommt. Und so gewann der
volksthümliche Stoff die Kunstform, in welcher er nun im Be-
wußtsein der Menschheit lebt.

Hier sei noch angefügt, daß Jeremias Gotthelf in neuerer
Zeit eine Erzählung schrieb: „Der Knabe des Tell". Bis zu dem
Heldentod des Jünglings in der Schlacht bei Morgarten ist hier
die herkömmliche Geschichte von der Gründung der Eidgenossenschaft der Hintergrund für ein novellistisches Lebensbild; manche
Erfindungen Schiller's, wie Baumgarten's Errettung durch Tell,
oder die Begegnung von diesem und Geßler, sind aufgenommen,
viele mitunter vortreffliche, sittlich empfundene Motive sind neu hinzu-
gedichtet; wäre das Büchlein in frühern Jahrhunderten erschienen,
so hätte es so gut wie Tschudi den Historikern als Quelle gedient
und wäre vom Volke für thatsächliche Wahrheit genommen worden.

4. Schiller's Tell.

Am 14. October 1797 schrieb Goethe von der Schweiz aus
an Schiller, daß dort an Ort und Stelle sich ein poetischer Stoff
hervorgethan, der ihm viel Zutrauen einflöße. „Ich bin fest
überzeugt, daß die Fabel vom Tell sich werde episch behandeln
lassen, und es würde dabei der sonderbare Fall eintreten, daß
das Märchen durch die Poesie erst zu seiner vollkommenen Wahrheit gelangte, anstatt daß man sonst, um etwas zu leisten, die

Geschichte zur Fabel machen muß. Doch darüber künftig mehr.
Das beschränkte höchst bedeutende Local, worauf die Begeben=
heit spielt, habe ich mir wieder recht genau vergegenwärtigt, so=
wie ich die Charaktere, Sitten und Gebräuche der Menschen in
diesen Gegenden, so gut als in der kurzen Zeit möglich, betrachtet
habe, und es kommt nun auf gut Glück an, ob aus diesem
Unternehmen etwas werden kann." Schiller antwortete am
30. October: „Die Idee von dem Wilhelm Tell ist sehr glücklich,
und genau überlegt könnten Sie nach dem «Meister» und nach dem
«Hermann» nur einen solchen völlig local charakteristischen Stoff
mit der gehörigen Originalität ihres Geistes und Frischheit der
Stimmung behandeln. Das Interesse, welches aus einer streng
umschriebenen charakteristischen Localität und einer gewissen histori=
schen Gebundenheit entspringt, ist vielleicht das einzige, was Sie
sich durch jene beiden vorhergegangenen Werke nicht weggenommen
haben. Diese zwei Werke sind auch dem Stoffe nach ästhetisch
frei, und so gebunden auch in beiden das Local aussieht und ist,
so ist es doch ein rein poetischer Boden und repräsentirt eine
ganze Welt. Bei dem Tell wird ein ganz anderer Fall sein;
aus der bedeutenden Enge des gegebenen Stoffs wird da alles
geistreiche Leben hervorgehen. Es wird darin liegen, daß man
durch die Macht des Poeten recht sehr beschränkt und in dieser
Beschränkung innig und intensiv gerührt und beschäftigt wird.
Zugleich öffnet sich aus diesem schönen Stoffe wieder ein Blick
in eine gewisse Weite des Menschengeschlechts, wie zwischen hohen
Bergen eine Durchsicht in freie Fernen sich aufthut."

Goethe's genialer Blick hat also richtig erkannt, daß der Stoff
der Sage angehört, und in der That hat ihm die Poesie vom
15. Jahrhundert an bis zu Schiller die bestimmte Lebensfülle
verliehen, die ihm das Gepräge des Thatsächlichen und Geschicht=
lichen gibt; das allgemein Bedeutsame, Symbolische war das
erste, es mußte mit Realität gesättigt werden: während sonst der
historische Stoff so aufgefaßt und behandelt werden muß, daß
das Ideale und Nothwendige im Begebenheitlichen zu Tage kommt.
Die Treue für das Local, für die Natur der Schweiz half hier dazu
der Poesie das Gepräge eines Spiegels der Wirklichkeit zu geben.
Die Durchsicht zwischen den Bergen in die Ferne aber ward für
Schiller dadurch gewonnen, daß er in der Befreiung der Schweiz
das Emporkommen des dritten Standes, den Sieg des Bürger=

thums sah, dem der tüchtige Adel selber sich anschloß. Melchthal ward der Vertreter des freien Mannes als solchen, des Bauern, der sich mit dem ritterlichen Rudenz verbrüdert; Attinghausen hört sterbend, daß ein Bund für die Befreiung geschlossen sei, und spricht:

> Hat sich der Landmann solcher That verwogen
> Aus eignen Mitteln, ohne Hülf' der Edeln,
> Hat er der eignen Kraft so viel vertraut,
> Ja, dann bedarf es unserer nicht mehr;
> Getröstet können wir zu Grabe steigen,
> Es lebt nach uns — durch andre Kräfte will
> Das Herrliche der Menschheit sich erhalten.
> Das Alte stürzt, es ändert sich die Zeit,
> Und neues Leben blüht aus den Ruinen.

Im Briefwechsel mit Schiller gedenkt Goethe unterm 13. Juni 1798 des Tell: das Beste, was ihm zutheil geworden, möchte wol die nähere Motivirung der ersten Gesänge sein, sowie die klarere Idee, wie er das neue Epos in Absicht auf Ton und Behandlung von dem frühern trennen könne; er sei dabei Wilhelm von Humboldt dankbar, dessen Schrift über „Hermann und Dorothea" ihm durch die ausführliche Darlegung dieses Gedichts das weite Feld deutlich gezeigt habe, in welches hinein er das zweite spielen könne. Dann aber ist es still vom Tell, bis Schiller plötzlich im Sommer 1803 nach einer Aufführung von Shake-speare's „Julius Cäsar" schreibt: „Für meinen Tell ist mir das Stück von unschätzbarem Werth; mein Schifflein wird auch da-durch gehoben. Es hat mich gleich gestern in die thätigste Stim-mung gesetzt." Goethe selber berichtet in den „Tages- und Jahresheften" 1797, daß er, weil die epische Form gerade bei ihm das Uebergewicht gehabt, einen Tell unmittelbar in der Gegen-wart der classischen Oertlichkeit ersonnen habe; und dann weiter 1804: „Der Vierwaldstättersee, die Schwyzer Hacken, Fluelen und Altorf wieder mit freiem offenem Auge beschaut nöthigten meine Einbildungskraft, diese Localitäten als eine ungeheure Landschaft mit Personen zu bevölkern: und welche stellten sich schärfer dar als Tell und seine wackern Zeitgenossen? Von meinen Absichten melde nur mit wenigem, daß ich in dem Tell eine Art von Demos (Repräsentant des Volkes in Aristophanes' „Rittern") dar-zustellen vorhatte, und ihn deshalb als einen kolossal kräftigen Lastträger bildete, die rohen Thierfelle und sonstige Waaren durchs

Gebirg herüber und hinüber zu tragen sein Leben lang beschäftigt und, ohne sich weiter um Herrschaft und Knechtschaft zu bekümmern, sein Gewerbe treibend und die unmittelbarsten persönlichen Uebel abzuwehren fähig und entschlossen. In diesem Sinne war er den reichern und höhern Landsleuten bekannt; und harmlos übrigens auch unter den fremden Bedrängern. Diese seine Stellung erleichterte mir eine allgemeine in Handlung gesetzte Exposition, wodurch der eigentliche Zustand des Augenblicks anschaulich ward. Mein Landvogt war einer von den behaglichen Tyrannen, welche herz- und rücksichtslos auf ihre Zwecke hindringen, übrigens aber sich gern bequem finden, deshalb auch leben und leben lassen, dabei auch humoristisch gelegentlich dies oder jenes verüben, was entweder gleichgültig wirken, oder auch wol Nutzen und Schaden zu Folge haben kann. Man sieht aus beiden Schilderungen, daß die Anlage meines Gedichts von beiden Seiten etwas Läßliches hatte und einen gemessenen Gang erlaubte, welcher dem epischen Gedichte so wohl ansteht. Die ältern Schweizer und deren treue Repräsentanten, an Besitzung, Ehre, Leib und Ansehen verletzt, sollten das sittlich Leidenschaftliche zur innern Gärung, Bewegung und endlichem Ausbruch treiben, indeß jene beiden Figuren persönlich nebeneinander zu stehen und unmittelbar aufeinander zu wirken hatten.“ Goethe sagt später, daß das Schwanken in der deutschen Prosodie und die damaligen Streitigkeiten der Verskünstler und Meister ihn zweifelhaft und ungewiß in der Behandlung des Hexameters gemacht; wenn er etwas vorhatte, war's ihm aber unmöglich, erst über die Mittel zu denken, wodurch der Zweck zu erreichen wäre. Allein er schrieb doch den Anfang seiner „Achilleis“, und gerade diese seine damalige Vorliebe für die Antike trägt wol hauptsächlich die Schuld, daß er nicht zum Tell kam. Glücklicherweise ging es hier besser als beim Prometheus, Muhammed und Ewigen Juden; Goethe fährt fort: „Ueber dieses innere Bilden und äußere Unterlassen waren wir in das neue Jahrhundert eingetreten. Ich hatte mit Schiller diese Angelegenheit oft besprochen und ihn mit meiner lebhaften Schilderung jener Felswände und gedrängten Zustände oft genug unterhalten, dergestalt daß sich bei ihm dieses Thema nach seiner Weise zurechtstellen und formen mußte. Auch er machte mich mit seinen Ansichten bekannt, und ich entbehrte nichts an einem Stoffe, der bei mir den Reiz der Neuheit und des unmittelbaren Anschauens verloren hatte, und überließ ihm daher denselben gern und förmlich, wie ich schon früher mit den Kranichen des Ibykus und manchem andern Thema gethan hatte; da sich denn aus obiger Darstellung verglichen mit dem Schiller'schen Drama deutlich ergibt, daß ihm alles voll= kommen angehört, und daß er mir nichts als die Anregung und eine lebendigere Anschauung schuldig sein mag, als ihm die ein= fache Legende hätte gewähren können."

In der That ist ja auch das keine Erfindung Goethe's, daß Tell's persönliche Geschichte neben den Männern des Rütlibundes steht, sondern das war das Anfängliche; wie wir sahen, vollzog sich die Verschmelzung allmählich, und im urner Volksspiel steht dann Tell an der Spitze des Ganzen. Das ist auch entschieden drama= tischer, so hat der Held von vornherein seinen Zweck, die Be= freiung des Vaterlandes, wenn ihm auch der Verlauf der Hand= lung die Art und Weise der Ausführung aufdrängt. Das Drama verlangt das Ineinander, die strenge Einheit, wo das Epos das Nebeneinander, die selbständige Entfaltung des Besondern gestattet. Goethe hatte für seinen Stoff die rechte Form gewählt, Schiller der Dramatiker hat ihn aber zu episch behandelt. Es bewog ihn dazu noch das Bestreben den Mord sittlich zu rechtfertigen; der= selbe mußte durchaus als unabwendbare Nothwehr für Tell selbst und seine Familie erscheinen, ein ihm auferlegtes Verhängniß sein, und um dies klarer hervorzuheben läßt Schiller seinen Helden nicht unter den Männern des Rütlibundes tagen. Daß die Tödtung Geßler's von der Platte am See in die hohle Gasse bei Küßnacht verlegt worden war, erschwerte die Sache; Tell handelt hier nicht vom Gefühl überwältigt im Drange der Um= stände, er lauert dem Feinde auf, er wird zur Betrachtung über seine That geführt, die er wie ein Gottesgericht vollstreckt. Um dies ganz besonders klar zu machen, ward Schiller noch zu dem Misgriff einer moralischen Parallele mit Johann Parricida ver= leitet, die eher einen störenden Eindruck hervorbringt, denn sie ruft nachträglich die moralische Erwägung der Tellenthat noch einmal wach und weckt und nährt damit die Zweifel, die sie lösen soll. Wenn unser sittliches Gefühl nicht im vierten Act auf Tell's Seite gestanden, so würde es im fünften nicht be= schwichtigt werden. Goethe hat in den Gesprächen mit Eckermann erwähnt, daß Schiller hier mehr dem Einfluß von Frauen als seiner eigenen Natur gefolgt sei.

Doch kehren wir zur Entstehungsgeschichte seines Dramas zurück. Im Briefwechsel mit Körner schreibt Schiller am 9. September 1802: „Du hast vielleicht schon im vorigen Jahre davon reden hören, daß ich einen Wilhelm Tell bearbeite; denn selbst von Berlin und Hamburg wurde bei mir angefragt. Es war mir niemals in den Sinn gekommen. Weil aber die Nachfrage nach diesem Stück immer wiederholt wurde, so wurde ich aufmerksam darauf und fing an Tschudi's schweizerische Geschichte zu studiren. Nun ging mir ein Licht auf; denn dieser Schriftsteller hat einen so treuherzigen, herodotischen, ja fast homerischen Geist, daß er einen poetisch zu stimmen im Stande ist. Ob nun gleich der Tell einer dramatischen Behandlung nichts weniger als günstig scheint, da die Handlung dem Ort und der Zeit nach ganz auseinanderliegt, da sie großentheils eine Staatsaction ist und — das Märchen mit dem Hute und dem Apfel ausgenommen — der Darstellung widerstrebt, so habe ich doch bisjetzt so viel poetische Operationen damit vorgenommen, daß sie aus dem Historischen heraus und ins Poetische eingetreten ist. Uebrigens brauche ich Dir nicht zu sagen, daß es eine verteufelte Aufgabe ist; denn wenn ich auch von allen Erwartungen, die das Publikum und das Zeitalter gerade zu diesem Stoffe mitbringt, wie billig abstrahire, so bleibt mir doch eine sehr hohe poetische Forderung zu erfüllen — weil hier ein ganz local bedingtes Volk, ein ganzes und entferntes Zeitalter, und was die Hauptsache ist, ein ganz örtliches, ja beinahe individuelles und einziges Phänomen mit dem Charakter der höchsten Nothwendigkeit und Wahrheit soll zur Anschauung gebracht werden. Indeß stehen schon die Säulen des Gebäudes fest, und ich hoffe einen soliden Bau zu Stande zu bringen."

Da Schiller damals an der „Braut von Messina" dichtete und, wie Goethe, in der Antike die wahre Kunst und Formvollendung sah, so ist der Ruf aus dem Volke nach dem Tell und der Erwartung des Zeitalters beachtenswerth; denn die Forderungen der Hörer und die Rücksicht auf sie sind ein mitwirkendes Moment in der Volkspoesie, und daß ein langsam gereiftes Werk derselben in Schiller's Tell seinen Abschluß finden sollte, ist der Grundgedanke dieser meiner Erörterungen. „Ein zu Herz und Sinnen sprechendes Volksstück" wollte aber Schiller schreiben; „es soll ein mächtig Ding werden und die Bühnen von Deutschland erschüttern",

so äußerte er selbst. Er begann das Drama am 25. August
1803; am 18. Februar 1804 notirte er im Hauskalender: Den
Tell geendigt. „Die Hauptsache ist der Fleiß; denn dieser gibt
nicht nur die Mittel des Lebens, sondern er gibt ihm auch seinen
alleinigen Werth", so schrieb er an Körner, und bat um Bücher
über die Schweiz. Neben Tschudi las er die Chroniken von
Etterlein und Stumpf, und dann Ebel's „Schilderung der Gebirgs=
völker der Schweiz" und Scheuchzer's „Naturgeschichte des Schweizer=
landes". Er machte sich Auszüge aus diesen letztern, Goethe's
Unterhaltungen kamen hinzu, daß ihm die Natur des Landes
gegenwärtig ward. Joachim Meyer und E. W. Weber in ihren
Erläuterungen des Dramas haben darauf bereits hingewiesen;
ich werde, ihnen folgend, in den Anmerkungen beispielsweise zu
einzelnen Stellen die Belege geben. Schiller, der Dichter der
Idee, gewann das Mannichfaltige und Besondere durch Studium,
aber er schmolz es nun im Feuer seiner großen Dichterseele, und
dann wuchs es wie von selbst aus der Gesammtanschauung hervor,
die seine schöpferische Phantasie ihm erzeugt hatte: und so ist es
kein Stückwerk, sondern ein organisches Ganzes, das wir immer
von neuem bewundern. Wer Schiller's Tell in der Erinnerung hat
und die Schweiz bereist — das ist eine Erfahrung von Tausenden —,
dem ist es zu Muthe als ob er alles schon einmal in einem
hellen Traum gesehen habe; und wenn er das Werk dann wieder
liest, so wird er finden, es ist kein falscher fremder Zug darin,
aber es ist ziemlich alles darin was der Wanderer selbst er=
fahren hat.

Dem Geschichtschreiber der Schweiz dankte der Dichter durch
die Verse bei der Kunde von König Albrecht's Tod im fünften Act:

> Es ist gewiß, — ein glaubenswerther Mann,
> Johannes Müller, bracht' es von Schaffhausen.

Aber von der erzwungenen Erhabenheit in Müller's Stil
weicht sein treuherziger Ton so erfreulich ab, daß wir auf Tschudi
verwiesen werden. Von hier aus gewann er jene schweizerisch
anheimelnden Ausdrücke, die den „Tell" an den „Wallenstein" an=
knüpfen, wo auch die Nachklänge der Sprache des Dreißigjährigen
Krieges im Munde der Soldaten und Generale zum Colorit ganz
meisterhaft verwerthet sind. Als man sogleich nach den ersten
Aufführungen in Weimar das wunderbare Ergreifen der schweize=
rischen Natur, Sitte und Sprache bemerkte, da äußerte Johannes

Müller — die Blicke der Zuschauer hatten sich im Theater bei jener Stelle nach seinem Sitze gewandt —: wer an sich mit göttlichen Gaben ausgerüstet in Luther's Bibelübersetzung die Patriarchengeschichte und die Bücher Samuelis studiert, und dann in Beziehung auf die Schweiz den Tschudi in der Kraftsprache des 16. Jahrhunderts in sich aufgenommen, der habe das wol treffen können. Der Dichter selbst stimmte bei und rühmte den Einfluß von Luther's Bibel besonders für die Charakterzeichnung solcher Menschen, die mit den alten Hebräern ungefähr auf gleicher Stufe ständen. Noch ein drittes hätte man heranziehen sollen, den Vossischen Homer; auch in der „Odyssee" begegnet uns eine verwandte in der Natur aufgewachsene jugendliche Menschheit, und Töne aus dem ionischen Epos klingen mannichfach nach im „Tell".

Bekannt ist Goethe's Ausspruch: „Schiller predigte das Evangelium der Freiheit". Die Freiheit, die der Räuber Moor revolutionär im Kampfe gegen die Ordnung des Lebens gesucht, die Freiheit, deren Idee Posa reformatorisch verkündet und für die er in den Märtyrertod gegangen, im „Tell" soll sie nicht erst wirklich werden, hier ist sie da in einem naturwüchsigen gesitteten Volksleben, das ein drückendes Joch abwirft und im Siege sich mäßigt. Das Gedicht ist darum keine Tragödie, sondern ein episches Schauspiel, in welchem die Zustände neben der Selbstbestimmung der Charaktere, die äußern Umstände und ihr Drang neben den Zwecken und Entschlüssen der Persönlichkeiten zu vorwiegender Geltung kommen. Das ganze Volk ist der Held; und wenn Shakespeare das Volk als die haltlose vielköpfige Menge behandelte, Goethe durch die individuellen Züge in den Volksscenen seines „Egmont" ergötzte, aber die Philister sich vor Klärchens flammenden Worten scheu zurückziehen ließ: so war Schiller der erste welcher das Volk als organisches Ganzes in seiner Tüchtigkeit, als den würdigen Träger seiner hervorragenden Führer schilderte. Instinctiv ergreift Tell das Rechte und rettet den Staat vor dem gefährlichsten Feinde, indem er zur Nothwehr gedrängt die Familie rächt; Staat und Familie gehören zusammen. Tell's Charakter braucht darum nicht kühner und selbstbewußter gezeichnet zu sein; er ist innerlich eins mit seinem Volke: auch ohne daß er am Rathe theilgenommen, trifft seine That mit der allgemeinen Erhebung zusammen, als er sein Leben und Haus

vertheidigt. Von diesem Gesichtspunkte findet auch die Episode
von Rudenz und Bertha ihre Rechtfertigung. Es war nothwendig,
daß die Verlockungen des Auslandes im Bilde eines ehrgeizigen
Jünglings gezeigt wurden; aber der Sinn fürs Vaterland mußte
triumphiren, und daß dies eingeleitet ward durch die Liebe zu
Bertha, spiegelt die Idee von der Stellung Tell's zum Ganzen
wider: es ist der Einklang von Familie und Staat im freien
gesunden Volksleben.

Die Abfassung unsers Dramas fiel in die Zeit, da Goethe
und Schiller vorzüglich nach dem Vorbilde der Antike hinschauten
und bestrebt waren, die Charaktere in ihren Dichtungen nicht nach
Shakespeare's Art realistisch zu individualisiren und mit besondern
Zügen reichlich auszustatten, sondern allgemein zu halten, zur
Personification von Begriffen und Zuständen, zu Typen menschlicher Grundstimmungen und Geistesrichtungen zu machen. Goethe's
„Natürliche Tochter", ein Stoff aus der modernen Welt, hat darunter
gelitten, für die patriarchalisch einfache Zeit des Tell aber war
diese Behandlungsweise die rechte; während Goethe die eigenthüm-
lichen Verhältnisse Frankreichs darzustellen vermied und alles nur
symbolisch zur Veranschaulichung des Gedankens nahm, sättigte
Schiller sein Idealbild mit der treuen Darstellung der schweize-
rischen Natur und Sitte. In den drei Häuptern des Rütlibundes
ist der Jüngling, Mann und Greis geschildert; und wie der alte
Attinghausen das Ritterthum in seiner geschichtlichen Bedeutung
im Einklang mit dem Volke, die Vögte den Druck des Adels
auf die Bauern zur Erscheinung bringen, so steht auch einmal der
redselige thatlose Ruodi oder Stüssi dem Tell, dem Mann der That,
gegenüber, der am liebsten kurz in der Weise des Sprichwortes
redet, und die muthige, großsinnige Stauffacherin hat ihr Gegen-
bild in der gefühligen, häuslich besorgten Gattin Tell's. Es ist
dem Dichter gelungen, echte kernhafte Naturmenschen zu zeichnen.
Goethe's herrliches Meisterwerk „Hermann und Dorothea" war ihm
glücklich vorangegangen, hier war die gleiche Harmonie des Idealen
und Realen, des Inhalts und der Form erreicht.

Schiller's „Tell" ward die prophetische Mahnung für die Be-
freiung und Erhebung des deutschen Volks. Man kennt das
Wort seines Jugendgenossen in der Karlsschule, des Generals
Scharffenstein: „Wäre Schiller kein großer Dichter geworden, so

war für ihn keine Alternative als ein großer Mensch im activen
öffentlichen Leben zu werden; aber leicht hätte die Festung sein
unglückliches, doch gewiß ehrenvolles Los werden können." Er
wollte wirken mit seiner Poesie, die Schaubühne war seine Tri=
büne, seine Sprache hat dadurch ein rhetorisches Gepräge; und
er schreibt selbst in den Briefen über Don Carlos: „Es schien
mir des Versuchs nicht ganz unwerth, Wahrheiten, die jedem, der
es gut mit seiner Gattung meint, die heiligsten sein müssen, und
die bisjetzt nur das Eigenthum der Wissenschaften waren, in das
Gebiet der schönen Künste herüberzuziehen, mit Licht und Wärme
zu beseelen, und als lebendig wirkende Motive in das Menschen=
herz gepflanzt in einem kraftvollen Kampfe mit der Leidenschaft
zu zeigen." Vornehmlich aber aus seinem „Tell" klangen die Worte
in dem Gemüthe der Jugend wider, welche von der Grenze der
Tyrannenmacht, von den unveräußerlichen und ewigen Rechten
der Menschheit, von dem Schwerte als dem letzten Mittel zur
Befreiung, vom Anschluß ans theure Vaterland reden, welche zur
Einigkeit und Einheit auffordern. Die Feier von Schiller's
hundertstem Geburtstag ward mit dem Gelöbniß begangen, dem
Nationalgefühl im nationalen Staat die politische Form zu geben.
Heute hat unser Volk in Waffen den Angriff gegen sein Land,
gegen sein Selbstbestimmungsrecht vertheidigt. Es war am Be=
ginn des Kampfes entschlossen sich im Siege zu mäßigen, aber
auch den freien Bundesstaat selbst zu gestalten. Es hat das eine
wie das andere gethan. So erfüllt es das Prophetenwort seines
Sängers.

                                        Moriz Carriere.

Das alte Volksschauspiel von Uri.

Ein hübsch spyl,

gehalten zů Ury in der Eydgnoßschafft,

von dem Wilhelm Thellen,

ihrem lanßtmann uunb erften eydtgenoffen.

(Abgedruckt auf der Grundlage von Wilhelm Vischer's kritischer Textausgabe in dem Buch: „Die Befreiung der Waldstätte". Leipzig, 1867.)

Tyrannen und ein hund, der tobt,
Der die erschlegt, der würt gelobt.

Perfonen dises fpyls.

Der erfte herold.
Ander herold.
Dritt herold.
Landvogt.
Wilhelm Thell von Ury.
Stouffacher von Schweytz.
Erny auß Melchthal.
Heintz Vögly des landvogts knecht.
Wilhelms Thellen kind.
Uly von Grüb.
Cunno Abatzellen.
Die gemeynd.
Vierdt herold.
Der befchluß.
Der narr.

Die vorred des erften herolds.

O herre Gott im höchften thron,
Wir fönd [1] dir billich danken fchon,
Dann du bist durch dein barmhertzigkeyt
Dem verlaßnen allzeit zů hilff bereyt,

---

[1] follen.

Des man jetz wirt ein beispyl han,
Was Gott mit Wilhelm Thell hat than,
Der zů Ury ein frommer landtmann waß.
Ein vogt auff in warff neid und haß,
Ab seiner frommkeit hat er verdriessen,
Darumb er seinem kind můßt schiessen
Ein öpssel klein mit einem pfeil,
Darumb das er da was subtyl
Mit dem armbrust zůr selben zeit,
Welchs nun eins vatters hertz nit geyt [1],
Sein eigen kind also zů schmähen.
Nun hörend, warumb das ist bschähen:
Allein durch haß und übermůt,
Welches doch die lenge nie thet gůt
Und mag auch nit erlitten werden.
Eh wirt mengs reich zerstört auff erden,
Als vor zeiten auch bschehen ist
Vor der geburt herr Jesu Christ,
Welchs zů Rom von Lucretia gsehen,
Als iren von Sexto was beschehen,
Deßgleichen man hie soll verstan,
Und diß zů einer gleichnuß han.
Dann Lucretia das fromm weyblich bild
Ward zwungen, drungen gantz unmilt
Und wider iren willen übers zyl,
Vergleicht sich wol des Thellen spyl,
Und hand beid historien gleiche gstalt,
Als getriben ward so manigfalt
Mit den Römern so hert und fast,
Das inen der groß überlast
Zů leyden nit was, und fiengen an,
Verjagtend den küng und all sein mann,
Des sie in freyheyt thetend kommen.
Eben deßgleichen hab ich vernommen,
Das also mit den drey ländern ghandelt sey,
Als Ury und auch Schweytz darbey,
Auch zů Underwalden deßgleich,

---

[1] begehrt; wonach eines Vaters Herz nicht geizt.

Mit übermůt unmäßigklich.
Dann wenn einer hat weib oder kind,
Deßgleichen ochsen, rinder oder freünd,
Die dem landtvogt gefielen wol,
Bey meiner trewen ich sagen sol,
So wolten sie es auch haben baldt,
Es galt inen gleich, mit lieb oder gwalt.
Darumb auch der frumm Wilhelm Thell
Auch můßte darumb schiessen schnell
Ein öpffel ab der scheitlen sein
Seim liebsten son nit on grosse peyn,
So Wilhelm Thell am hertzen trůg,
Und mit im menger Urner klůg.
Darumb greyffts der Thell gar weißlich an,
Als dann billich thůt ein bidermann,
Und thet den landvogt auch erschiessen,
Der můßt diese sach auch allein büssen.
Des ward zů Ury ein freyer standt,
Zů Schwytz, Underwalden in allem landt.
Ich wil diß yetz gantz lassen ston,
Wil reden wie man ins land ist kon. [1]

Der ander herold.

Ein künig genannt Achalia [2],
Geboren auß der landtschafft Schytia,
Mit zweyen gschlechtern, warend bekant,
Und die Gotbi und Huni genant,
Die sind in Italien kummen,
Das selb erobert, auch Rom gwunnen,
Dise warend auch dapffer reyßig leüt,
Gewunnen und theten manchen streyt.
Also behieltend sie das gantz Italiam
Zwey und sibentzig jar lang.
Durch ire künig so bliben sie da,
Biß ein künig, namlich Totila,
Welcher der Gothen letster küng was,
Verstand in Italia, vermerck das,

---

[1] gekommen. [2] Attila ist gemeint.

Under welchem sie wurden fast vertriben,
Das irn gar wenig überbliben,
Die andren all zů todt erschlagen
Mit sampt dem künig, thůn ich euch sagen.
Des floh ein rott über den Gotthart har
Nach Christi geburt fünffhundert jar
Und acht und achtzig jar gezalt.
Da satztend sich zů Ury jung und alt,
Daselbst sind sie also beliben,
Das ist in allen chronicn bschriben.
Wannen aber die von Schweytz entsprungen?
Auß Schweden sind die selben kommen
Und hand sich zů Schweytz nider glan.
Auch Underwalden, als ich verstan,
Die selben von Rom her kommen sind.
Dise alle bauwten geschwind,
Zugend zů nutz das land und erdtrych,
Das erwurben sie vom römischen reich.

Der dritt herold.

Nach Christi geburt, sag ich fürwar,
Da man zalt achthundert und ein jar,
Ward Karolus der groß zů keyser gmacht.
Also ward auch deren von Ury gedacht,
Das sie noch im unglauben läbtend
Und die abgötter noch anbättend.
Des für der keyser Karolus dar,
Bracht sie zů christlichem glauben gar.
Das bracht er in einer zeit zůwegen,
Darnach gsellet sich, nun merckend eben,
Dise drey länder zůsamen mit sitten
Biß zů graff Růdolff von Habspurgs zeiten.
Der selb nach Christi geburt fürwar
Im tausend und zweyhundert jar
Und drey und viertzig jar darneben
Beredt er die drei länder eben,
Das sye sich under seiner herrschafft hand
Gůtiglich ergeben mit irem land.
Als aber nach dem ein keyser ward,

Wurten sie berögtet streng und hart,
Welche rögt groß mutwillen triben,
Es wer mit mann, kind, rych oder weiben,
Deß der ein vogt ward zetod erschlagen
Zu Underwalden in einem bade,
Der ander zu Ury erschossen.
Des entsprungen die eydgenossen,
Als dann ich vor auch geredt han,
Das werden ir netz im spyl baß verstan.
Darumb so losend ¹ eben und wol,
Das spyl sich netz anheben sol.

Jetz kumpt der landvogt selb tritt gen Ury zu der gemeynd
und spricht:

Nun losen ir bauren alle sampt,
Darumb ich bin kommen in diß land:
Hertzog Albrecht von Oesterreich geborn
Hat mich zu ewerm vogt außerkorn.
Darumb wil ich euch das netz gseit han,
Ich würd euch anders machen underthan,
Weder vorhin villeicht beschehen ist,
Das sag ich euch zu dieser frist.
Ich will euch auch die nåt baß bstreichen ²,
Mir thüend dann mein sinn entweichen.
Darumb sind gehorsam meinem gebott,
Sonst wirt an euch sein jamer und not.

Nun gaht Wilhelm Thell an ein ort neben sich, und ihm gfalt
die sach nit, in dem findet er den Strußacher und spricht:

Biß Gott willkumm, lieber fründe mein,
Was mag doch dein geschefft hie sein,
Das du so eylends thust her gan,
Als ob dir etwas schwärs lig an?

Antwort der Stouffacher, so kumpt auch Erny auß Melchthal und
loßt ihnen zů.

> Freünd Wilhelm, das wil ich dir sagen:
> Ich můß dir von unserm vogt klagen,
> Der wil mich treiben von hauß und heym,
> Das mag niemand wenden dann Gott allein.
> Damit ich aber dir sey baß bekannt,
> Ich bin Stouffacher von Schwytz genant.

Erny auß Melchthal spricht zů inen beiden:

> Jetz hôr ich was ir euch thůnd klagen,
> Des můß ich euch auch mein kummer sagen.
> Ich heiß Erny auß dem Melchthal,
> Underwalden ist mir vil zů schmal,
> Das selbig han ich müssen verlan.
> Mein vatter hat zwen schôn ochsen ghan,
> Die wolt im der vogt nemmen mit gwalt,
> Darwider ich mich zů weer stalt,
> Dem knecht ich ein finger entwey schlůg,
> Gedacht ich zů fliehen wer mein fůg.
> Was hatt aber der vogt meinem vatter than?
> Hat im die augen außstechen lan,
> Darzů im genommen all sein gůt.
> Ach wie wee das mir im hertzen thůt!

Wilhelm Thell.

> Lieber fründ, dein kummer ist mir leyd,
> Ich red das auch auff meinen eyd,
> Das yetzund aber ein vogt ist kommen,
> Der träuwet uns fast, han ich vernommen,
> Die nât wôll er uns bstreichen baß.
> Nun sind wir doch gantz trâg und laiß,
> Das wir von inen uns nit entschütten [1]
> Und sie gantz auß unserm land thůn rütten. [2]
> Dann hette yederman meinen sinn,
> So schlůg ich mit der faust darein.

---

[1] loßschütteln; sie abschütteln. [2] außreuten.

Stouffacher.

Freünd Wilhelm, du redst ein gute sach.
Wir müssen warlich thůn gemach
Und in diser sach han weisen rabt,
Auch wider heym keren schnell und trabt [1]
Und das anzeigen unsern freünden,
Ob sich dieselben zů uns verbünden.
So unser dann wirt ein michel theyl,
So mögen wir mit glück und heyl
Einander dapffer beystand thůn,
In unserm land machen frid und sůn. [2]

Wilhelm Thell.

So verheyssen das einander bhend
Und thůnds geloben in die hend,
Damit es auch verschwigen bleib,
Und sich die sach zům besten schieb.
So unser eim dann leit [3] etwas an,
Mögend wir im Rütlin zů rabt gan,
Welches deßhalb zům mittelsten leit,
Einander klagen was uns anleit.

Der Stouffacher.

Diß sond wir nemmen an die hand,
So hatt unser sach ein vesten bstand.
Wenn wir handlend recht und verschwigen,
So werdend wir gwüßlich obligen.

Also bieten sie einander die hend und scheyden von einander,
und gaht ein yeglicher an sein ort heym.

Do redt der landvogt zů seinem knecht:

Heintz Vögely lieber knecht mein,
Ich hab bedacht ein gůten sinn,
Ob ich möcht meine bawren paschgen [4]
Und bringen ir gelt in mein kasten.
Darumb so lůg das du zůn zeiten,
So ich auß diesem land wirt reiten,

---

[1] geschwind. [2] Sühne, Ruhe. [3] liegt. [4] kaftgen, bändigen.
Schiller, Wilhelm Tell.   d

Auffsteckest mein hůt in die straß
Under die linden, und gebůt auch das,
Welcher baur hingang für den hůt
Und dem selben nit ehr anthůt
Und sich neigt als ob ich selbs da wer
In eigner person, on alle gfer,
Dem selben wil ich nemmen sein läben,
Mûß mir auch all sein gůt geben.

So redt Heintz Vögely.

Herr, dises sol doch eylendts bschähen,
Thůn ich bey meiner trew verjähen. [1]

Der vogt reit hinweg, so steckt der knecht den hůt auff
und redt also:

Nun losen zů, ir lieben fründ,
Ein newes gbott ich euch verkünd,
Das unser herr vogt gebieten thůt:
Welcher jetz gaht für disen hůt
Und im nit groß ehr thůt erzeigen,
Als dem vogt selbs, und thůt sich neigen,
Den wil er straffen an leib und gůt,
Drumb neigend euch gen disem hůt.

Also gond vil bauren für den hůt und neygen sich, und der Thell
gaht auch dar für und thůt im kein ehr an, so das ersicht
der knecht, redt er zům Thellen also:

Thell, wie bistu so ein grober mann,
Das du für meins herren hůt darffst gan,
Neigst dich nit, thůst im kein reverentz,
Fürwar wissz, ich sags meim herren bhend.

Wilhelm Thell redt zům knecht:

Was ehr soll ich anthůn disem hůt,
Der mir weder gůts noch böses thůt?
Meim herren wolt ich gern ehr anthůn,
So er hie wer in eygner person.

---

[1] behaupten.

So redt Heintz Vögely.

Mein herren wird ichs nicht verschweigen,
Darumb will ich nit lang mit dir keiben. [1]

In dem so kumpt der herr geritten, so spricht Heintz Vögely zu im:

Lieber herr, soll ich euch nit sagen,
Das der Thell hat gantz abgeschlagen,
Verachtet auch gantz ewer gebott,
Vorm hůt er sich nicht neygen wott. [2]

Der vogt redt zů seinen knechten:

Nun gond mir hin zům Thellen bald
Und bringend mir in her mit gwalt,
So fer er nit will gůtwillig sein,
So fůrend in gefencklichen hyn.

Yetz gond die diener mit einander zům Thellen und fahend in,
sprechende:

Thell, du můst dich gefangen geben,
Oder es kostet dich dein leib und leben.

Der Thell redt:

Dem gwalt mag ich nit widerstan,
Wil auch sterben wie ein biderman.
Das ich hab than, förcht ich mir nit,
Des helff mir Gott und byderleüt.

Sie fůrten den Thellen zům herren, der herr redt zů im also:

Wilhelm Thell, du stoltzer mann,
Warumb hast meim hůt nit ehr anthan?
Mein gebott hast auch thůn verachten,
Ich wil dichs leeren baß betrachten.

Der Wilhelm Thell.

Gnädiger herr, thůnd mich verstan:
Als ich fůr ewern hůt thet gon,

---

[1] keifen, zanken. [2] wollte.

Han ich doch ewerm knecht thůn sagen
Und im doch gar nüt abgeschlagen,
Das ich ewer eygner person
Allwegen gern wolt ehr anthůn.

Der landvogt.

Thell, es darff diser wort nit vil,
Wiewol ich dich fast wol demmen ¹ will.
Du hast erzeygt grossen übermůt
Und kein ehr anthon meinem hůt.
Darumb so bringend mir her seine kind,
Ich wil im sein listigkeit machen lind ².

Die diener reychen ³ seine kind, darauff der Thell redt also:

Ach herr, im besten han ichs gthan,
Und auff mein eyd gmeynet gehan,
So es doch nun were ein filtzhůt,
Den selben zů ehren wer nit gůt.

Nun kommen die diener mit den kindern, und der herr redt also:

Ich will dich leeren das du solt sein
Gehorsam den gebotten mein.
Darumb so sag mir, Wilhelm, nun,
Welcher ist dir der liebste sůn?

Wilhelm Thell.

Herr, under inen han ich kein wal
Und sag es warlich auff diß mal.
So ir es aber doch wend wissen,
Den jüngsten thůn ich am meisten küssen.

Do hieß der vogt die andern kinder hinweg füren und behielt den jüngsten sůn und spricht zům Thellen also:

Bist du so ein gůter schütz als man seit,
So sag ich dir auff meinen eydt,
Das du můst disem kinde dein,
Dann sömlichs ⁴ sol dein büsse sein,

---

¹ dämmen, bändigen. ² weich. ³ holen. ⁴ solches.

Einen öpffel ab ſeinem haupt thůn ſchieſſen.
Kanſt du das, ſo můſt du ſein gnieſſen,
Triffſt du in aber nit des erſten ſchuß [1],
Fürwar, es bringt dir wenig nuß,
Und ſolte dich boß [2] marter ſchenden,
So můß dir ſemlichs niemant wenden.

Wilhelm Thell.

Ach gnädiger herr, was zeihend ihr mich?
Iſt das nit ganß unnatürlich,
Das ich dem liebſten kinde mein
Sol und můß nemmen das leben ſein
Durch ſolcher ſchlechter urſach willen?
Ach herr, thůnd ewern zorn ſtillen.
Wer ich vernünſtig, wißig und ſchnell,
So wer ich nit genannt der Thell,
Darzů iſts mir on gferd beſchehen.
Ach gnädiger herr, thůnd mirs überſehen.

Der landtvogt.

Nüt, nüt, Thell, du můſt dran,
Dann kein gnad ſoltu von mir han.
Ich will mich an euch bauren rechen,
Solt euch das herß im leib zerbrechen.

So will der Thell wider reden unnd ſpricht: Ach gnädiger herr,
ſo falt ihm der herr in die red und ſpricht:

Nemmen und fůrend den bößwicht hin,
Das und kein anders, es můß nun ſein.

So ſtellend ſie das kind dar, jetzt im der landtvogt den öpffel auff
ſein haupt, alſo rüſtet ſich der Thell zů ſchieſſen und redt alſo:

Gklagt ſey es Gott von himmelreich,
Auch Jeſu Chriſt ſeim ſon desgleich
Und heilgem geiſt im hymmel gůt,
Das ich mein eygen fleyſch und blůt

---

[1] Schuß. [2] Wie in poßtauſent für Gottes. Sollte dich Gottes Strafe treffen.

Ertödten müß, darumb sehend an,
Ir frommen frauwen, und auch ir man,
Nemmend dise tyranney zů hertzen,
Hand ein mitleiden mit mein schmertzen,
Bittend auch Gott trewlich für mich,
Das er auch wöll erbarmen sich
Und mich behůt und mein liebstes kind.
O ir außerwölten lieben fründ,
Zů sterben wer mir ein kleinere buß,
Dann das ich zů meinem kind schiessen müß.

Nun steckt der Thell einen andern pfyl in das goller [1] und rüst
sich zů schiessen. Das kind redt zům vatter also:

Ach vatter, liebster vatter mein,
Ich bin doch allzeit dir lieb gesein.
Warumb wilt mich dann schiessen zů todt,
So ich allzeit bin ghorsam deim gebott?

Antwort der vatter:

Ach sůn, du liebstes kinde mein,
Es müß wider meinen willen sein,
Darumb so setz Gottes hilff zůhanden,
Ich hoff, er werd unsern schmertzen wenden.
Dann ich hoff in Gottes huld,
Er laßt dich nit tödten umb unschuld.
Darumb hab Gott im hertzen dein,
Dann warlich leyder es müß sein.

So schützt der Thell und trifft den öpffel on verletzung des kinds,
so redt der landvogt zům Thellen:

Das ist warlich ein meysterschůtz,
Red ich auff mein trew on allen trutz.
Lieber Wilhelm, sag mir aber an:
Was hast mit dem pfeil im goller than,
Oder was hast du damit gemeynt?
Sagst du mir das, so seind wir vereynt.

---

[1] goller, mittelhochdeutsch gollier = collier, Halskragen, oberes Gewandstück.

Wilhelm Thell.

Was solt ich damit gemeynt hon?
Es ist mein gwonheyt und alt her kon.
Darzů brauchens auch ander schützen,
Sonst thůt es mich nůt anders nützen,
Dann das ich gern die waal han,
So ich můß ein gforlichen schuß bstan.

Der landvogt.

Thell, ich verstan mich auch auff liegen,
Du wirst mich auch nit also betriegen.
Dann ich die warheyt ye wil wissen.
Sagst du es mir, du solt sein gniessen,
Darsist dir nit förchten umb dein leben,
Ich wil dir des ein sicherung geben.

Wilhelm Thell.

So ir mir wend fristen mein leben,
So will ich euch die warheit sagen.
Die sag ich euch auch vest und gůt,
Das ich han ghan in meinem můt,
Hett ich mein eygen kind erschossen,
Ich wolt euch warlich auch han troffen.

Der landtvogt.

Ich hab dir wol gfrist dein leben,
Das kann ich dir aber nit vergeben,
Sonder ich wil dich lan verschliessen
In einen thurn, da můst du büssen.
Dich sol bscheinen weder sonn noch mon,
Darfür wil ich dir legen ein rock an,
Wil dich also speisen und trencken,
Es wer dir wäger [1], ich ließ dich hencken,
Du bößwicht, das dich botz marter schend!
Binden ihm von stund an seine hend,
Er můß gen Küßnach auff das schloß.
Daß in Sant Veltins plaag [2] anstoß!

---

[1] besser.　[2] Valentins Plage ist die fallende Sucht.

Mir ist, ich thů den braaten schmecken [1],
Darumb wil ich im die riemen strecken. [2]

Jetz werffen sie in nider und binden ihn und fůrend in in das schiff,
zů faren gehn Küßnach, und do sie ein weil gefaren sind, do redt
der ein knecht zům herren:

Ach gnädiger herr, ir sehend wol,
Das unser schiff ist schier wassers voll,
Kumpt uns nit zů hilff der ewig Gott,
So mögend wir nit entrünnen dem todt.
So ist der Thell ein erfarner mann,
Im wasser das schiff wol leyten kan,
Darumb land in auffbinden zů stund,
Das wir nit sterben in wassers grund.

Der landtvogt redt zům Thellen:

Lieber Wilhelm, kanst du wol faren,
So thů es doch nit lenger sparen,
Hilff uns und auch dir selbs darvon,
So wil ich dich auffbinden lon.

Der Thell antwortet:

Herr, so ich wer auffgebunden,
Sorgte ich nit zů disen stunden,
Uns mit der hilff Gottes helffen wölt,
So es seim sün Jesu Christo gfelt.

Nun bindend sie den Thellen auff, und er staht an das růder
und spricht:

Lieber faren yetz ein wenig schnell,
So kommen wir auß allem ungfell,
Dann wenn wir kommend für das eck,
So ist all unser sorg hinweg.

Nun nimpt der Thell seinen schießzeüg, als er zů der platten kam,
unnd sprang zům schiff auß und stieß das schiff von im.

Der landtvogt spricht:

Far nur hin, du magst mir nit entrünnen,
Ich wil dich noch wol frü gnůg finden.

---

[1] riechen. [2] die Riemen, die ihn binden, straff anziehen.

Also zoch der Thell den berg auff gegen Schweytz unnd verbarg
sich in der holen gassen, daher der vogt reiten můst, dann er fůr
noch ein klein auff dem wasser, do leudet er unnd sitzt auff sein
pferd, unnd als er in die hole gassen kumpt, so schützt ihn der
Thell zů todt. Und nach dem gieng der Thell wider zů seinen
gesellen, so redt Uly von Grüb zů im:

> Etter [1] Thell, wir hattend uns verwegen [2],
> Wir giebend dich nimmermehr bei leben.
> Darumm sag uns, wie ists dir ergangen?
> Dann uns fast übel thůt belangen [3].

So kumpt auch zů inen Cunno Abatzellen, und der Thell redt also:

> Lieben fründ, ich meynt, es wer bschehen,
> Ich wurde Ury nicht mehr sehen.
> Ich rüfft aber Gott so trewlich an,
> Der mir mit seiner gnad thet beystan.
> Dann als wir kamend den Achsen fůr,
> Kam ein wind gantz ungeheür,
> Das wir vermeynten zů ertrincken,
> Und das schiff wurd gar versincken.
> Zůhand mich der vogt entbinden ließ,
> Do sprang ich auß, das schiff von mir stieß
> Und lüff zůstund in die hole gassen
> Und wartet des vogts in der strassen.
> Ich hab in in geschossen ein pfeil,
> Daß er zů todt übers roß abfiel.
> Nun wissend ir was er ghandelt hat
> Mit mann und frauwen frü und spat.

So redt Cůnno Abatzellen.

> Cůnno Abatzellen bin ich genannt,
> Von Underwalden auß dem land.
> Als ich eins mals in das holtz thet gon,
> Hat sich der vogt zů meiner frawen than,
> Warb auch umb sie gantz hitzigklich,
> Do das nit halff, understůnd er sich

---

[1] Vetter. [2] vermuthet. [3] uns verlangt darnach schmerzlich.

Sie also gwaltigklich zů nöten
Oder sie darumb zů ertödten.
Ye zůletst zwang er sie ein bad zůmachen,
Meynt sie mußt verwilgen in die sachen.
In dem thet ich auß dem holtz kommen,
So sagt sie mir was sie hat vernommen.
Do gab ich im warms mit einem schlag
Und glägnet im mit einer axst das bad,
Das er da todt lag in der standen [1].
Also macht ich mich auß den landen.
Nun beger ich auch in eweren bund,
Ich hoff es sey ein gůte stund.

Der Stouffacher von Schweytz.

Lieben fründ, es ist sein nun gnůg,
Die groß schand, laster und unfůg,
Auch übermůt und tyrannisch zwang,
So wir von herren im end und anfang
Hand gelitten in mancherley gstalt.
Billich wir uns hůten vor solchem gwalt,
Das wir den nit mehr lassen ein
Und nun fürhin lassend daussen sein.
So sind unser nun so vil im bund,
Das wir sie rüten gantz auß dem grund
Wol mögen, so wirs wöllend thůn,
So kommend wir zů frid und sůn.

Also redt Uly von Grůb:

Uly von Grůb thůt man mich nennen,
So gib ich mich euch zů erkennen,
Das wir dise sach nun sahen an
Und auch anzeygend dem gmeynen mann
Und sagen inen butz [2] und styl.
Ist dann yemandt, der nit folgen will
Und on die herren nit mag halten hauß,
Der far mit inen zům loch hinauß.

---

[1] Wanne. [2] butz oder griebs, sowol das Kerngehäuse im Apfel als auch das türre laubartige Krönchen dem Stil gegenüber; daher: mit Butzen und Stiel anfassen; also hier: alles, Anfang und Ende.

So redt Erny auß Melchthal:

Lieber lassends uns sahen an,
So kommen wir flugs auff die ban.

Nun gond sie zum rechten baussen des volcks, so redt der Thell
zů der gemeynd:

Ir erbaren frauwen und byderman,
Ir wissen wie die sachen stan,
Wie es dann mir auch ist ergangen
Mit meinem kind und dem tyrannen,
So ich dem filtzhůt nit hat ehr anthon.
Wie wurd es erst mit eim andren gohn?
Auch wie es sich zů letst hat geendet,
Darumb so hand wir für euch gwendet [1],
Auch was der vogt mer hat gethan,
Es sey mit frauwen oder mann,
Das ist euch alles wol eingedenck.
Darumb sind unleidlich dise schwenck.
Ich acht es sey ewer keiner so gůt,
Er hab mit im triben sein übermůt.
Darumb so haben wir uns vereynt,
Das wir iren schlechtlich nymmen wend [2],
Wend auch anfahen ire schlösser brechen
Und uns dapffer an inen rechen.
Solichs hand wir geschworen zůhalten,
Wer uns dann diß wöll helffen schalten,
Der mag sich auch thůn in unsern bund,
Treůwen zů Gott, es sey ein selige stund.

Die gemeynd redt einhelligklich:

Ach herre Gott, wie gnädigklich
Hast uns erhört in deinem reich!
Darumb so wend wir zů euch stan,
Nun geben uns schnell den eyd an.

---

[1] Wir haben die Sache für euch gewandt, oder wir haben uns gewendet.   [2] daß wir sie schlechtweg nicht mehr wollen.

Der Thell gibt inen den eyd:

Das wir keynen tyrannen mer dulden,
Versprechend wir bey unsern hulden.
Also soll Gott vatter mit seim sün,
Auch heiliger geyst uns helffen nun.

Der vierdt herold.

O du reicher Christ von himmelreich,
Wer mag dir dancken vollkommenlich
Der gnad, so du uns hast erzeygt,
Und dich so vätterlich geneygt,
Unsern altvordern stäg und weg geben,
Das sie möchtend fristen ir leben.
Dann wie sie zum ersten här sind kommen
Zur freyheit, hand ir wol vernommen.
Das ist ungefahrlich geschehen
Nach Christi geburt, mag ich yehen,
Tausent zweyhundert und auch darzü
Sechs und neünzig ich sagen thü.
So hand sich zum ersten die drey land
Erlediget von der tyrannen hand
Und also züsamen sich verbunden.
Nun merckend mer zü disen stunden:
Ein jar darnach gantz gütigklich
Ergaben sie sich dem römischen reich
Und küng Adolff dem frommen.
Also sind sie wider an das reich kommen
Und dem selben allein bekennt
Und vom reich freileüt genennt,
Welches die hertzogn von Oesterreych
Hat verdrossen gar mächtigklich,
Hand uns daß wöllen fürkommen,
Deß hand sie grossen schaden gnommen,
Doch ist die sach also bliben stan,
Durch anderer gschäfft zü rüwen glan,
Biß daß keyser Heinrich ist gestorben,
Sind zwen römisch künig erwölt worden,

Der ein was hertzog zů Oesterreych
Und was genennt Friderich,
Der ander von Beyern Ludwig genant,
Im römischen reich gar wol bekant.
Der selbig bhielt wider disen Friderich
Gewaltigklichen das römisch reich.
Nun sind aber vil hertzog gwesen
Von Oesterreich, also thůnd wir lesen,
Die besassen so vil leüt und landen,
Dern einer ist gesein vorhanden,
So über das Ergöw geherrschet hat,
Im Sungöw und Elseß gefürt sein stat,
Des nammens Lůpolt ist er gsein,
Der wolt an die drey länder hin,
Ist mit seinem zeüg gen Zug kon,
Für Egery bin wolt er underston
Gehn Schweytz in das land zů kommen,
Also hands die drey länder vernommen,
Im am Morengarten entgegen zogen,
Das ist waar und nit erlogen,
Hand in wider hinder sich geschlagen,
Auch im Morengarten umb thůn jagen.
Das ist beschehen, als ich euch sag,
Auff sambstag nach Sant Martins tag
Im tausent˙ und dreyhundert jar
Nach Christi gburt, und fünfftzehen zwar.
Do hand sich erst die drey länder schön
Mit eyd und glübd verbinden thon
Und hand ein bund zůsamen gschworen,
Mit brieff und sigel thůn bewaren,
Wie dann außweißt des selben bunds sag,
Am zinstag nach Sant Niclaus tag
Ist der beschehen im gmelten jar.
Der ist auch vest bestanden zwar,
Biß sich die von Lucern auch hand
Verbunden mit irer statt und land.
Das ist nach Christi geburt geschehen
Tausent dreyhundert, thůn ich verjehen,
Und im zwey und dreyßigsten jar.

Was mer bschach, ist euch offenbar:
Biß her hand sie sich fast gemeret,
Die vier waldstett unverseret,
An land und leüt auch zů genommen,
Biß aber ein hertzog ist kommen,
Auch Lüpolt genannt von Oesterreich,
Doch nit der vordrig, merck eben mich.
Diser ist für die statt Sempach zogen
Mit seinem außerleßnem rogen [1]
Deß adels, ritter von vil orten har,
Vermeynt do zů verderben gantz und gar
Die eydgnossen in statt und land,
Sie sind im bgegnet bald zůhand,
Im sein zeüg zůtod erschlagen,
Darzů in thůn gantz auß dem land jagen.
Das ist beschehen auff montag
Nach des heyligen Cyrillus tag
Und auch nach Christi gburt fürwar
Tausent dreyhundert sechs und achtzig jar.
Erst sind die eydgnossen auff kommen,
Stett und länder zů inen gnommen,
Gewunnen vor und nach vil streyt.
Wie die beschahen zů irer zeit,
Das wer hie zů erzälen zůvil,
Wiewol ich etlich anzeygen wil,
Namlich am Brünig und Büchenast
Und zů Loupen auch gestritten fast,
Zů Wesen, Bellentz und an der Bürß,
Da menger bydermann ist gangen irrß,
Auch an dem Büchberg mit stoltzem můt,
Zů Dießhofen und auch Waltzhůt,
Auch zů Ragatz, Girniß und Castium,
Wider den hertzog Carle von Burgund,
Es sey zů Elikurt und Granße,
Deßgleichen zů Murten, auch Nanße,
Deß Schwabenkriegs ich nit vergiß,
Und was auch geschach zů Lugkäriß,

---

[1] Haufen, Schar.

Deßselben gleichen im winter zug,
Deß bericht ich euch on allen betrug,
Wie vil auch von leüten und land
Sind kommen in der eydgnossen stand,
Was glücks uns Gott verlihen hat,
Uns geholffen in so menger thaat,
Darumb wir im billich danken thun,
In auch bittend umb frid und sun,
Das er uns wölle fürhin geben
Nach diser zeit das ewig leben.

Der beschluß.

Fürsichtig, gnädig und weisen,
Losend ein klein mir alten greysen,
So ir doch netz sind wol bericht,
Hand wol gsehen des Thellen gschicht,
Darzü wie er in freiheyt ist kon,
Und die drey länder hand zügnon,
Deßgleichen zü Rom ist auch beschehen,
Das thün ich mit der warheyt yehen.
Do die tyrannen wurdend verjagt,
Do stritten die Römer unverzagt,
Sie griffen die sach auch weißlich an,
Drumb Rom überschwencklich zünam,
Dieweil sie in einigkeyt lebten,
Nach frommkeyt und ehren strebten
Und auch liebten den gmeynen nutz.
Darumb sag ich on allen trutz:
So bald sie thetend fallen in bschand,
Do verloren sie all ir stett und land,
Und wurden gar und gantz zü neüt.
Ursach was ir grosser ehrgeyt,
Dann einer über den andern wolt sein,
Sie stelten nach grossem güt und gwinn,
Etlich vil in unkeuscheit lâbten
Und nach aller füllerey sträbten,
Sie schlügen den gmeinen nutz hindan,

Und thet der eygen nutz vor gan,
Liebe und trew ward gantz hingleit,
Des kamen sie in groß uneinigkeit,
Das sie einander schlůgen zů todt
Und ir reich zerstört in groffer not.
Ir eydgnoffen nemend eben war,
Betrachten diß spyl gantz und gar,
Wie wir eydgnoffen her sind kon,
Und unser regiment hat zů gnon,
Dieweil liebe, trew bey uns ist gfein.
Denckt an unsere altvordren hin,
Wie sie hand glebt in einigkeit,
Was einer dem andren zů hat gseit,
Bei leib und gůt in nit zů verlon,
Mit den wercken das auch thon,
Daß man sie also gförchtet hatt,
Das sie ein groffen nammen und statt
Überkommen hand zů diser stund.
Darumb so merckend den rechten grund:
So wir nun leyder auch sind gfallen
Und bhafft in solchen lastern allen
Und wend darvon auch noch nit ston,
Was wirt uns dann darnach kon?
Zertrennung und groß uneinigkeyt,
Krieg, todt, theürung und hertzleyd,
Als auch zům theyl yetz ist vorhanden
Schier in allen stetten und landen.
Der samen der uneinigkeyt
Langest gfäyet ist auff mein eydt,
Will aber yetz erst frücht gebären,
Mag ich yetz bey diser zeit bewären,
So die geistlichen hand gsůcht den fund
Und erweckt in unserm alten bund
So groffen zwytracht in dem glauben.
Was möcht uns gröffer sein vor augen?
Seind wir doch nit ein zerteiltes reich?
Als Jesus Christus redt warlich
Matthei am zwölfften, und darbey
Schreibt Lucas auch im evangeli,

Im zehenden capitel zeyget er an,
Ein zerteilt reich müß ye zergan,
Es wirt auch fallen hauß auff hauß,
Da mögend ir nun wol nemmen auß,
Wie gfärlich unser sachen ston.
Darumb sond wir von sünden lon
Und den geyt in uns machen ring,
Verachten bgird der zeitlichen ding,
Als man im buch Exodi ließt,
Das am drey und zwentzigsten außweißt,
Auch im buch Ecclesiastico,
Am zwentzigsten capitel findst du do,
Wie miet und gaaben verblenden
Die augen der urtheylenden.
Auch daselbst am fünfften capittel staht:
Nit biß sorgsam so trat
In den ungerechten gerichten,
Dann sie ein böß alter schlichten
An dem tag der begrebnuß und raach.
Nun losend eben, was hernach
In Ecclesiastes also anfacht,
Am fünfften capitel geschriben staht:
Wo vil reichthumm werden besessen,
Da sind auch vil die dasselb essen.
Was thut den nützen sein reichthumm,
Dann das ers sehe vorn augen umb?
Es sagt uns auch Mattheus der frumm
Gar heiter im evangelium,
Am neüntzehenden thut das ston:
Dem Kemmelthier ist leichter zu gon
Durch das nadel er, sage ich,
Dann dem reichen in das himmelreich.
Der ehebruch thut auch fast regieren,
Der noch macht land und leut verlieren,
Als wir nemmend bey Troya war,
Die durch die unkeüscheit zerstöret gar.
Die gschrifft darvor uns warnen thut,
Das nemmend war bey der sündflut,
Auch bei Sodoma und Gomorra,

Die mit dem hellschen fewr verbran,
Genesis das buͦch außweiset,
Das man am neüntzehenden liset.
Es sagt uns der heylig Paulus guͦt
In der epistel, die er bschreiben thuͦt
Zuͦ den Ephesern, da es gladt
Am fünfften capitel geschriben staht,
Das ein yegklicher unkeuscher,
Auch unreyner und geytiger
Ist ein diener der abgötterey,
Hat kein theyl an dem reich Christi.
Was sol ich aber von füllerey sagen,
Darinn wir gantz und gar seind bladen
Als die lantzknecht, die wir etwan hand
Für unsere grösten seynd erkant?
Was uns die gschrifft sagen thuͦnd,
Wil ich euch yetzund machen kund,
Zuͦm ersten was Judith hat gethan
Mit Holoferne dem truncknen mann
Im buͦch Judith am dreyzehenden,
Das da ist kund allen lesenden.
Sehend auch den propheten Daniel,
Welcher von füllerey lesen wöll.
Was end dasselb genommen hat,
Am fünfften capittel staht.
Ecclesiasticus thuͦt uns sagen,
Das wir am ein und dreißigsten haben:
Zuͦ vil wein trincken machen ist
Ein verderbnuß der seel one list.
Auch sagt im evangelio Lucas,
Am ein und zwentzigsten findst du das,
Das wir uns hüttend vor unkeüscheit,
Darzuͦ vor bschwerd der trunckenheit,
Auch anderer sorg diser welt,
Das uns künig David auch erzelt,
Besser sey ein wenig dem gerechten,
Dann grosse reichthumm dem hochbrechten [1],

---

[1] Dem der ein grosses Geschrei verführt.

Im psalmen sechß und dreißigsten
Magst du lesen zum fleißigsten.
So wir nun so vil exempel hand,
Auch alle geschrifft voll stand,
Sond wir uns keren gegen Gott,
Den selben bitten on allen spott
Umb sein milte gnad und barmhertzigkeyt,
Uns lassen tsünd sein hertzlich leydt
Und nit wie die gleichßner hand gethan,
Unser gebett sol auß dem hertzen gon
Als des offnen sünders im tempel,
Bey dem sond wir nemmen ein exempel.
So tröst uns denn die heylig gschrifft,
Darzü unser erlöser Jesus Christ,
Als Johannis am sechtzehenden staht,
Da Christus die wort geredt hat:
Was ir thünd bitten in meinem nammen,
Der vatter gibts euch alles sammen.
Auch Marcus am andern capittel
Und auch Lucas on alles mittel
Staht geschriben am fünfften vergleich:
Nit den gerechten kommen ich
Zü berüffen, aber die sünder wol.
Ecclesiasticum man auch lesen sol.
Am sibentzehenden da staht es,
Die groß barmhertzigkeyt Gottes
Und sein versünung, denen die sich
Zü im bekerend hertzigklich.
So wir so ein milten Gott hand,
Der uns seine kinder hat genannt,
So wirt er uns auch nichts versagen
Und alles böß von uns thün jagen,
Ja wenn wir uns von sünden keeren.
Darumb ir weisen und lieben herren,
Wöllend von uns nit für übel han.
Im besten diß spyl hand gfangen an,
Empfahends von uns in gütem bscheyd,
Das helff uns die heylig dreyfaltigkeyt.

Des narren beschluß.

Wiewol ich bin ein torecht man,
So wil ich sprüch auch zeygen an.
Ich bitt, ir wöllend mich nit verachten,
Dann diß sond wir auch wol betrachten,
So wir müssen in unser vatterland,
Das uns allein die werd nach gand.
Sind sie gůt, so werden wir ir gniessen,
Sind sie böß, so wirts uns übel erschiessen.
Achtends nit das ich bin ein narr,
Sagen nit kind und narren auch war?
Dann nächten spat an meinem bett
Mir solichs alls getroumet hett.
Darumb lands euch han ein narren gseit,
Das red ich auch bey meinem eydt,
Dann er ist herr und bleibt ewig,
Durch sein son werden wir selig.
Verehrend wir den und bitten in,
So thůt er uns seiner hilffe schein [1].
Wer das veracht, verderbt sein seel
In die verdamnuß und ewig hell.
Darumb ir frauwen und auch ir mann,
Lond euch den spruch zů hertzen gan
Und thůnd von ewern sünden stan,
So wirt uns Gott auch nit verlan.
Unsere altvordren hand sich thůn massen,
Darumb hat sie Gott nie verlassen.
Ich hoff, wir sollen nachvolgen inn,
Des wir werden han grossen gwinn,
Darzů helff uns die dreyfaltigkeyt,
Das wir all läbend in einigkeyt.
Sie hand uns noch nie verlan,
Thůnd allzeit trewlich bey uns stan.
Wir sollend uns all han zůsamen.
Wer das begert, sprech Amen.

End diß spyls.

---

[1] läßt er uns seine Hülfe erscheinen.

Inhalt.

Wilhelm Tell.

Schiller, Wilhelm Tell.

Personen.

Hermann Geßler, Reichsvogt in Schwytz und Uri.
Werner Freiherr von Attinghausen, Bannerherr.
Ulrich von Rudenz, sein Neffe.

Werner Stauffacher,
Konrad Hunn,
Itel Reding,
Hans auf der Mauer,   } Landleute aus Schwytz.
Jörg im Hofe,
Ulrich der Schmid,
Jost von Weiler,

Walther Fürst,
Wilhelm Tell,
Rösselmann, der Pfarrer,
Petermannn, der Sigrist, } aus Uri.
Kuoni, der Hirt,
Werni, der Jäger,
Ruodi, der Fischer,

Arnold vom Melchthal,
Konrad Baumgarten,
Meier von Sarnen,
Struth von Winkelried,   } aus Unterwalden.
Klaus von der Flüe,
Burkhart am Bühel,
Arnold von Sewa,

Pfeifer von Luzern.
Kunz von Gersau.
Jenni, Fischerknabe.
Seppi, Hirtenknabe.
Gertrud, Stauffacher's Gattin.
Hedwig, Tell's Gattin, Fürst's Tochter.
Bertha von Bruneck, eine reiche Erbin.

Armgard,
Mechthild,   } Bäuerinnen.
Elsbeth,
Hildegard,

Walther,   } Tell's Knaben.
Wilhelm,

Frießhardt, } Söldner.
Leuthold,

Rudolph der Harras, Geßler's Stallmeister.
Johannes Parricida, Herzog von Schwaben.
Stüßi, der Flurschütz.
Der Stier von Uri.
Ein Reichsbote.
Frohnvogt.
Meister Steinmetz, Gesellen und Handlanger.
Oeffentliche Ausrufer.
Barmherzige Brüder.
Geßlerische und Landenbergische Reiter.
Viele Landleute, Männer und Weiber, aus den Waldstätten.

Erster Aufzug.

Erste Scene.

Hohes Felsenufer des Vierwaldstättersees,
Schwytz gegenüber.

Der See macht eine Bucht ins Land, eine Hütte ist unweit dem Ufer, Fischerknabe fährt sich in einem Kahn. Ueber den See hinweg sieht man die grünen Matten, Dörfer und Höfe von Schwytz im hellen Sonnenschein liegen. Zur Linken des Zuschauers zeigen sich die Spitzen des Haken, mit Wolken umgeben; zur Rechten im fernen Hintergrund sieht man die Eisberge. Noch ehe der Vorhang aufgeht, hört man den Kuhreihen und das harmonische Geläute der Heerdenglocken, welches sich auch bei eröffneter Scene noch eine Zeit lang fortsetzt.

Fischerknabe (singt im Kahn).
Melodie des Kuhreihens.

Es lächelt der See, er ladet zum Bade,
Der Knabe schlief ein am grünen Gestade,
    Da hört er ein Klingen,
    Wie Flöten so süß,
    Wie Stimmen der Engel
    Im Paradies.
Und wie er erwachet in seliger Lust,
Da spülen die Wasser ihm um die Brust,
    Und es ruft aus den Tiefen:
    Lieb Knabe, bist mein!
    Ich locke den Schläfer,
    Ich zieh' ihn herein.

Hirte (auf dem Berge).
Variation des Kuhreihens.

Ihr Matten, lebt wohl!
Ihr sonnigen Weiden!
Der Senne muß scheiden,
Der Sommer ist hin.

1*

Wir fahren zu Berg, wir kommen wieder,
Wenn der Kukuk ruft, wenn erwachen die Lieder,
Wenn mit Blumen die Erde sich kleidet neu,
Wenn die Brünnlein fließen im lieblichen Mai.
Ihr Matten, lebt wohl!
Ihr sonnigen Weiden!
Der Senne muß scheiden,
Der Sommer ist hin.

Alpenjäger (erscheint gegenüber auf der Höhe des Felsens).

Zweite Variation.

Es donnern die Höhen, es zittert der Steg,
Nicht grauet dem Schützen auf schwindlichtem Weg;
Er schreitet verwegen
Auf Feldern von Eis,
Da pranget kein Frühling,
Da grünet kein Reis;
Und unter den Füßen ein neblichtes Meer,
Erkennt er die Städte der Menschen nicht mehr;
Durch den Riß nur der Wolken
Erblickt er die Welt,
Tief unter den Wassern
Das grünende Feld.

(Die Landschaft verändert sich, man hört ein dumpfes Krachen von den Bergen.
Schatten von Wolken laufen über die Gegend.)

Ruodi, der Fischer, kommt aus der Hütte. Werni, der Jäger, steigt vom Felsen.
Kuoni, der Hirt, kommt mit dem Melknapf auf der Schulter; Seppi, sein Hand-
bube, folgt ihm.

Ruodi.

Mach' hurtig, Jenni. Zieh die Naue ein.
Der graue Thalvogt kommt, dumpf brüllt der Firn,
Der Mythenstein zieht seine Haube an,
Und kalt her bläst es aus dem Wetterloch;
Der Sturm, ich mein', wird da sein eh wir's denken.

Kuoni.

's kommt Regen, Fährmann. Meine Schafe fressen
Mit Begierde Gras, und Wächter scharrt die Erde.

Werni.

Die Fische springen, und das Wasserhuhn
Taucht unter. Ein Gewitter ist im Anzug.

Kuoni (zum Buben).

Lug, Seppi, ob das Vieh sich nicht verlaufen.

Seppi.

Die braune Lisel kenn' ich am Geläut.

Kuoni.

So fehlt uns keine mehr, die geht am weitesten.

Ruodi.

Ihr habt ein schön Geläute, Meister Hirt.

Werni.

Und schmuckes Vieh — ist's Euer eignes, Landsmann?

Kuoni.

Bin nit so reich — 's ist meines gnäd'gen Herrn,
Des Attinghäusers, und mir zugezählt.

Ruodi.

Wie schön der Kuh das Band zu Halse steht!

Kuoni.

Das weiß sie auch, daß sie den Reihen führt,
Und nähm' ich ihr's, sie hörte auf zu fressen.

Ruodi.

Ihr seid nicht klug, ein unvernünft'ges Vieh —

Werni.

Ist bald gesagt. Das Thier hat auch Vernunft;
Das wissen wir, die wir die Gemsen jagen.
Die stellen klug, wo sie zur Weide gehn,
'ne Vorhut aus, die spitzt das Ohr und warnet
Mit heller Pfeife, wenn der Jäger naht.

Ruodi (zum Hirten).

Treibt Ihr jetzt heim?

Kuoni.

Die Alp ist abgeweidet.

Werni.

Glücksel'ge Heimkehr, Senn!

Kuoni.

Die wünsch' ich Euch;
Von Eurer Fahrt kehrt sich's nicht immer wieder.

Ruodi.

Dort kommt ein Mann in voller Hast gelaufen.

Werni.

Ich kenn' ihn, 's ist der Baumgart von Alzellen.

Konrad Baumgarten, athemlos hereinstürzend.

Baumgarten.

Um Gotteswillen, Fährmann, Euern Kahn!

Ruodi.

Nun, nun, was gibt's so eilig?

Baumgarten.

Bindet los!
Ihr rettet mich vom Tode. Setzt mich über!

Kuoni.

Landsmann, was habt Ihr?

Werni.

Wer verfolgt Euch denn?

Baumgarten (zum Fischer).

Eilt, eilt, sie sind mir dicht schon an den Fersen!
Des Landvogts Reiter kommen hinter mir;
Ich bin ein Mann des Tods, wenn sie mich greifen.

Ruodi.

Warum verfolgen Euch die Reisigen?

Baumgarten.

Erst rettet mich, und dann steh' ich Euch Rede.

Werni.

Ihr seid mit Blut befleckt, was hat's gegeben?

Baumgarten.

Des Kaisers Burgvogt, der auf Roßberg saß —

Kuoni.

Der Wolfenschießen! Läßt Euch der verfolgen?

Baumgarten.

Der schadet nicht mehr, ich hab' ihn erschlagen.

Alle (fahren zurück).

Gott sei Euch gnädig! Was habt Ihr gethan?

Baumgarten.

Was jeder freie Mann an meinem Platz!
Mein gutes Hausrecht hab' ich ausgeübt
An Schänder meiner Ehr' und meines Weibes.

Kuoni.

Hat Euch der Burgvogt an der Ehr' geschädigt?

Baumgarten.

Daß er sein bös Gelüsten nicht vollbracht,
Hat Gott und meine gute Axt verhütet.

Werni.

Ihr habt ihm mit der Axt den Kopf zerspalten?

Kuoni.

O, laßt uns alles hören! Ihr habt Zeit,
Bis er den Kahn vom Ufer losgebunden.

Baumgarten.

Ich hatte Holz gefällt im Wald, da kommt
Mein Weib gelaufen in der Angst des Todes.
„Der Burgvogt lieg' in meinem Haus, er hab'
Ihr anbefohlen, ihm ein Bad zu rüsten.
Drauf hab' er Ungebührliches von ihr
Verlangt, sie sei entsprungen mich zu suchen."
Da lief ich frisch hinzu, so wie ich war,
Und mit der Axt hab' ich ihm 's Bad gesegnet.

Werni.

Ihr thatet wohl, kein Mensch kann Euch drum schelten.

Kuoni.

Der Wütherich! Der hat nun seinen Lohn!
Hat's lang verdient ums Volk von Unterwalden.

Baumgarten.

Die That ward ruchtbar; mir wird nachgesetzt —
Indem wir sprechen — Gott — verrinnt die Zeit —

(Es fängt an zu donnern.)

Kuoni.

Frisch, Fährmann — schaff' den Biedermann hinüber!

Ruodi.

Geht nicht. Ein schweres Ungewitter ist
Im Anzug. Ihr müßt warten.

Baumgarten.

Heil'ger Gott!
Ich kann nicht warten. Jeder Aufschub tödtet —

Kuoni (zum Fischer).

Greif an mit Gott! Dem Nächsten muß man helfen;
Es kann uns allen Gleiches ja begegnen.

(Brausen und Donnern.)

Ruodi.

Der Föhn ist los, Ihr seht, wie hoch der See geht;
Ich kann nicht steuern gegen Sturm und Wellen.

Baumgarten (umfaßt seine Knie).

So helf' Euch Gott, wie Ihr Euch mein erbarmet —

Werni.

Es geht ums Leben. Sei barmherzig, Fährmann!

Kuoni.

's ist ein Hausvater und hat Weib und Kinder!

(Wiederholte Donnerschläge.)

Ruodi.

Was? Ich hab' auch ein Leben zu verlieren,
Hab' Weib und Kind daheim, wie er — Seht hin,
Wie's brandet, wie es wogt und Wirbel zieht
Und alle Wasser aufrührt in der Tiefe!
Ich wollte gern den Biedermann erretten;
Doch ist es rein unmöglich, ihr seht selbst.

Baumgarten (noch auf den Knien).

So muß ich fallen in des Feindes Hand,
Das nahe Rettungsufer im Gesichte!
Dort liegt's! Ich kann's erreichen mit den Augen,
Hinüberdringen kann der Stimme Schall,
Da ist der Kahn, der mich hinübertrüge —
Und muß hier liegen, hülflos, und verzagen!

Kuoni.

Seht, wer da kommt!

Werni.

Es ist der Tell aus Bürglen.

Tell mit der Armbrust.

Tell.

Wer ist der Mann, der hier um Hülfe fleht?

Kuoni.

'ſ iſt ein Alzeller Mann; er hat ſein' Ehr'
Vertheidigt und den Wolfenſchieß erſchlagen,
Des Königs Burgvogt, der auf Roßberg ſaß —
Des Landvogts Reiter ſind ihm auf den Ferſen.
Er fleht den Schiffer um die Ueberfahrt;
Der fürcht't ſich vor dem Sturm und will nicht fahren.

Ruodi.

Da iſt der Tell, er führt das Ruder auch,
Der ſoll mir's zeugen, ob die Fahrt zu wagen.

Tell.

Wo's noththut, Fährmann, läßt ſich alles wagen.
(Heftige Donnerſchläge, der See rauſcht auf.)

Ruodi.

Ich ſoll mich in den Höllenrachen ſtürzen?
Das thäte keiner, der bei Sinnen iſt.

Tell.

Der brave Mann denkt an ſich ſelbſt zuletzt.
Vertrau auf Gott und rette den Bedrängten!

Ruodi.

Vom ſichern Port läßt ſich's gemächlich rathen.
Da iſt der Kahn, und dort der See! Verſucht's!

Tell.

Der See kann ſich, der Landvogt nicht erbarmen.
Verſuch' es, Fährmann!

Hirten und Jäger.

Rett' ihn! Rett' ihn! Rett' ihn!

Ruodi.

Und wär's mein Bruder und mein leiblich Kind,
Es kann nicht ſein; 'ſ iſt heut Simons und Judä,
Da raſt der See und will ſein Opfer haben.

Tell.

Mit eitler Rede wird hier nichts geſchafft;
Die Stunde dringt, dem Mann muß Hülfe werden.
Sprich, Fährmann, willſt du fahren?

Ruodi.

Nein, nicht ich!

Tell.

In Gottes Namen denn! Gib her den Kahn!
Ich will's mit meiner schwachen Kraft versuchen.

Kuoni.

Ha, wackrer Tell!

Werni.

Das gleicht dem Weidgesellen!

Baumgarten.

Mein Retter seid Ihr und mein Engel, Tell!

Tell.

Wohl aus des Vogts Gewalt errett' ich Euch;
Aus Sturmes Nöthen muß ein Andrer helfen!
Doch besser ist's, Ihr fallt in Gottes Hand
Als in der Menschen.
(Zu dem Hirten.)
Landsmann, tröstet Ihr
Mein Weib, wenn mir was Menschliches begegnet.
Ich hab' gethan, was ich nicht lassen konnte.
(Er springt in den Kahn.)

Kuoni (zum Fischer).

Ihr seid ein Meister Steuermann; was sich
Der Tell getraut, das konntet Ihr nicht wagen?

Ruodi.

Wohl bessre Männer thun's dem Tell nicht nach,
Es gibt nicht zwei, wie der ist, im Gebirge.

Werni (ist auf den Fels gestiegen).

Er stößt schon ab. Gott helf dir, braver Schwimmer!
Sieh, wie das Schifflein auf den Wellen schwankt!

Kuoni (am Ufer).

Die Flut geht drüber weg — ich seh's nicht mehr.
Doch, halt, da ist es wieder! Kräftiglich
Arbeitet sich der Wackre durch die Brandung.

Seppi.

Des Landvogts Reiter kommen angesprengt.

Kuoni.

Weiß Gott, sie sind's! Das war Hülf' in der Noth.
Ein Trupp Landenbergische Reiter.

Erster Reiter.

Den Mörder gebt heraus, den ihr verborgen!

Zweiter Reiter.

Des Wegs kam er, umsonst verhehlt ihr ihn.

Kuoni und Ruodi.

Wen meint ihr, Reiter?

Erster Reiter (entdeckt den Nachen).

Ha, was seh ich! Teufel!

Werni (oben).

Ist's der im Nachen, den ihr sucht? — Reit zu!
Wenn ihr frisch beilegt, holt ihr ihn noch ein.

Zweiter Reiter.

Verwünscht! Er ist entwischt.

Erster Reiter (zum Hirten und Fischer).

Ihr habt ihm fortgeholfen;
Ihr sollt uns büßen. — Fallt in ihre Heerde!
Die Hütte reißet ein, brennt und schlagt nieder!

(Eilen fort.)

Seppi (stürzt nach).

O meine Lämmer!

Kuoni (folgt).

Weh mir, meine Heerde!

Werni.

Die Wüthriche!

Ruodi (ringt die Hände).

Gerechtigkeit des Himmels,
Wann wird der Retter kommen diesem Lande?

(Folgt ihnen.)

Zweite Scene.

Zu Steinen in Schwytz; eine Linde vor des Stauffachers
Hause an der Landstraße, nächst der Brücke.

Werner Stauffacher, Pfeifer von Luzern kommen im Gespräch.

Pfeifer.

Ja, ja, Herr Stauffacher, wie ich Euch sagte,
Schwört nicht zu Oestreich, wenn ihr's könnt vermeiden;

Haltet fest am Reich und wacker, wie bisher.
Gott schirme euch bei eurer alten Freiheit!
(Drückt ihm herzlich die Hand und will gehen.)

Stauffacher.

Bleibt doch, bis meine Wirthin kommt. Ihr seid
Mein Gast zu Schwytz, ich in Luzern der Eure.

Pfeifer.

Viel Dank! Muß heute Gersau noch erreichen. —
Was ihr auch Schweres mögt zu leiden haben
Von eurer Vögte Geiz und Uebermuth,
Tragt's in Geduld! Es kann sich ändern, schnell,
Ein andrer Kaiser kann ans Reich gelangen.
Seid ihr erst Oesterreichs, seid ihr's auf immer.

Er geht ab. Stauffacher setzt sich kummervoll auf eine Bank unter der Linde.
So findet ihn Gertrud, seine Frau, die sich neben ihn stellt und ihn eine Zeit lang
schweigend betrachtet.

Gertrud.

So ernst, mein Freund? Ich kenne dich nicht mehr.
Schon viele Tage seh' ich's schweigend an,
Wie finstrer Trübsinn deine Stirne furcht.
Auf deinem Herzen drückt ein still Gebresten,
Vertrau es mir; ich bin dein treues Weib,
Und meine Hälfte fordr' ich deines Grams.
(Stauffacher reicht ihr die Hand und schweigt.)
Was kann dein Herz beklemmen, sag' es mir.
Gesegnet ist dein Fleiß, dein Glücksstand blüht,
Voll sind die Scheunen, und der Rinder Scharen,
Der glatten Pferde wohlgenährte Zucht
Ist von den Bergen glücklich heimgebracht
Zur Winterung in den bequemen Ställen.
Da steht dein Haus, reich wie ein Edelsitz;
Von schönem Stammholz ist es neu gezimmert
Und nach dem Richtmaß ordentlich gefügt;
Von vielen Fenstern glänzt es wohnlich, hell;
Mit bunten Wappenschildern ist's bemalt
Und weisen Sprüchen, die der Wandersmann
Verweilend liest und ihren Sinn bewundert.

Stauffacher.

Wohl steht das Haus gezimmert und gefügt,
Doch ach — es wankt der Grund, auf dem wir bauten!

Gertrud.

Mein Werner, sage, wie verstehst du das?

Stauffacher.

Vor dieser Linde saß ich jüngst, wie heut,
Das schön Vollbrachte freudig überdenkend,
Da kam daher von Küßnacht, seiner Burg,
Der Vogt mit seinen Reisigen geritten.
Vor diesem Hause hielt er wundernd an;
Doch ich erhob mich schnell, und unterwürfig,
Wie sich's gebührt, trat ich dem Herrn entgegen,
Der uns des Kaisers richterliche Macht
Vorstellt im Lande. „Wessen ist dies Haus?"
Fragt' er bösmeinend, denn er wußt' es wohl.
Doch schnell besonnen ich entgegn' ihm so:
„Dies Haus, Herr Vogt, ist meines Herrn des Kaisers
Und Eures und mein Lehen." — Da versetzt er:
„Ich bin Regent im Land an Kaisers Statt
Und will nicht, daß der Bauer Häuser baue
Auf seine eigne Hand, und also frei
Hinleb', als ob er Herr wär' in dem Lande:
Ich werd' mich unterstehn euch das zu wehren."
Dies sagend, ritt er trutziglich von dannen.
Ich aber blieb mit kummervoller Seele,
Das Wort bedenkend, das der Böse sprach.

Gertrud.

Mein lieber Herr und Ehewirth! Magst du
Ein redlich Wort von deinem Weib vernehmen?
Des edeln Ibergs Tochter rühm' ich mich,
Des vielerfahrnen Manns. Wir Schwestern saßen,
Die Wolle spinnend, in den langen Nächten,
Wenn bei dem Vater sich des Volkes Häupter
Versammelten, die Pergamente lasen
Der alten Kaiser, und des Landes Wohl
Bedachten in vernünftigem Gespräch.
Aufmerkend hört' ich da manch kluges Wort,
Was der Verständ'ge denkt, der Gute wünscht,
Und still im Herzen hab' ich mir's bewahrt.
So höre denn und acht' auf meine Rede!
Denn, was dich preßte, sieh, das wußt' ich längst.
Dir grollt der Landvogt, möchte gern dir schaden,
Denn du bist ihm ein Hinderniß, daß sich
Der Schwytzer nicht dem neuen Fürstenhaus
Will unterwerfen, sondern treu und fest
Beim Reich beharren, wie die würdigen

Altvordern es gehalten und gethan.
Ist's nicht so, Werner? Sag' es, wenn ich lüge.

Stauffacher.

So ist's, das ist des Geßlers Groll auf mich.

Gertrud.

Er ist dir neidisch, weil du glücklich wohnst,
Ein freier Mann auf deinem eignen Erb;
Denn er hat keins. Vom Kaiser selbst und Reich
Trägst du dies Haus zu Lehn; du darfst es zeigen,
So gut der Reichsfürst seine Länder zeigt;
Denn über dir erkennst du keinen Herrn
Als nur den Höchsten in der Christenheit.
Er ist ein jüngrer Sohn nur seines Hauses,
Nichts nennt er sein als seinen Rittermantel;
Drum sieht er jedes Biedermannes Glück
Mit schelen Augen gift'ger Mißgunst an.
Dir hat er längst den Untergang geschworen.
Noch stehst du unversehrt — willst du erwarten,
Bis er die böse Lust an dir gebüßt?
Der kluge Mann baut vor.

Stauffacher.

Was ist zu thun?

Gertrud (tritt näher).

So höre meinen Rath! Du weißt, wie hier
Zu Schwytz sich alle Redlichen beklagen
Ob dieses Landvogts Geiz und Wütherei.
So zweifle nicht, daß sie dort drüben auch
In Unterwalden und im Urner Land
Des Dranges müd sind und des harten Jochs.
Denn wie der Geßler hier, so schalt es frech
Der Landenberger drüben überm See —
Es kommt kein Fischerkahn zu uns herüber,
Der nicht ein neues Unheil und Gewalt-
Beginnen von den Vögten uns verkündet.
Drum thät' es gut, daß euer etliche,
Die's redlich meinen, still zu Rathe gingen,
Wie man des Drucks sich möcht' erledigen;
So acht' ich wohl, Gott würd' euch nicht verlassen
Und der gerechten Sache gnädig sein.
Hast du in Uri keinen Gastfreund, sprich,
Dem du dein Herz magst redlich offenbaren?

Stauffacher.

Der wackern Männer kenn' ich viele dort
Und angesehen große Herrenleute,
Die mir geheim sind und gar wohl vertraut.

(Er steht auf.)

Frau, welchen Sturm gefährlicher Gedanken
Weckst du mir in der stillen Brust! Mein Innerstes
Kehrst du ans Licht des Tages mir entgegen,
Und was ich mir zu denken still verbot,
Du sprichst's mit leichter Zunge keklich aus.
Hast du auch wohl bedacht, was du mir räthst?
Die wilde Zwietracht und den Klang der Waffen
Rufst du in dieses friedgewohnte Thal —
Wir wagten es, ein schwaches Volk der Hirten,
In Kampf zu gehen mit dem Herrn der Welt?
Der gute Schein nur ist's, worauf sie warten,
Um loszulassen auf dies arme Land
Die wilden Horden ihrer Kriegesmacht,
Darin zu schalten mit des Siegers Rechten
Und, unterm Schein gerechter Züchtigung,
Die alten Freiheitsbriefe zu vertilgen.

Gertrud.

Ihr seid auch Männer, wisset eure Axt
Zu führen — und dem Muthigen hilft Gott!

Stauffacher.

O Weib! Ein furchtbar wüthend Schreckniß ist
Der Krieg; die Heerde schlägt er und den Hirten.

Gertrud.

Ertragen muß man, was der Himmel sendet;
Unbilliges erträgt kein edles Herz.

Stauffacher.

Dies Haus erfreut dich, das wir neu erbauten;
Der Krieg, der ungeheure, brennt es nieder.

Gertrud.

Wüßt' ich mein Herz an zeitlich Gut gefesselt,
Den Brand würf' ich hinein mit eigner Hand.

Stauffacher.

Du glaubst an Menschlichkeit! Es schont der Krieg
Auch nicht das zarte Kindlein in der Wiege.

Gertrud.

Die Unschuld hat im Himmel einen Freund!
Sieh vorwärts, Werner, und nicht hinter dich!

Stauffacher.

Wir Männer können tapfer fechtend sterben:
Welch Schicksal aber wird das eure sein?

Gertrud.

Die letzte Wahl steht auch dem Schwächsten offen —
Ein Sprung von dieser Brücke macht mich frei.

Stauffacher (stürzt in ihre Arme).

Wer solch ein Herz an seinen Busen drückt,
Der kann für Herd und Hof mit Freuden fechten,
Und keines Königs Heermacht fürchtet er.
Nach Uri fahr' ich stehnden Fußes gleich,
Dort lebt ein Gastfreund mir, Herr Walther Fürst,
Der über diese Zeiten denkt wie ich.
Auch find' ich dort den edeln Bannerherrn
Von Attinghaus; obgleich von hohem Stamm,
Liebt er das Volk und ehrt die alten Sitten.
Mit ihnen beiden pfleg' ich Raths, wie man
Der Landesfeinde muthig sich erwehrt.
Leb wohl; und weil ich fern bin, führe du
Mit klugem Sinn das Regiment des Hauses:
Dem Pilger, der zum Gotteshause wallt,
Dem frommen Mönch, der für sein Kloster sammelt,
Gib reichlich und entlaß ihn wohlgepflegt.
Stauffacher's Haus verbirgt sich nicht; zu äußerst
Am offnen Heerweg steht's, ein wirthlich Dach
Für alle Wandrer, die des Weges fahren.

Indem sie nach dem Hintergrunde abgehen, tritt Wilhelm Tell mit Baumgarten vorn auf die Scene.

Tell (zu Baumgarten).

Ihr habt jetzt meiner weiter nicht von nöthen.
Zu jenem Hause gehet ein, dort wohnt
Der Stauffacher, ein Vater der Bedrängten. —
Doch sieh, da ist er selber. — Folgt mir, kommt!

(Gehen auf ihn zu; die Scene verwandelt sich.)

Dritte Scene.

Oeffentlicher Platz bei Altorf.

Auf einer Anhöhe im Hintergrunde sieht man eine Feste bauen, welche
schon so weit gediehen, daß sich die Form des Ganzen darstellt. Die
hintere Seite ist fertig, an der vordern wird eben gebaut, das Gerüste
steht noch, an welchem die Werkleute auf- und niedersteigen; auf dem
höchsten Dache hängt der Schieferdecker — alles ist in Bewegung
und Arbeit.

Fronvogt. Meister Steinmetz. Gesellen und Handlanger.

FRONVOGT (mit dem Stabe, treibt die Arbeiter).

Nicht lang gefeiert, frisch! Die Mauersteine
Herbei, den Kalk, den Mörtel zugefahren!
Wenn der Herr Landvogt kommt, daß er das Werk
Gewachsen sieht — Das schlendert wie die Schnecken!
(Zu zwei Handlangern, welche tragen.)
Heißt das geladen? Gleich das Doppelte!
Wie die Tagdiebe ihre Pflicht bestehlen!

Erster Gesell.

Das ist doch hart, daß wir die Steine selbst
Zu unserm Zwing und Kerker sollen fahren!

Fronvogt.

Was murret ihr? Das ist ein schlechtes Volk,
Zu nichts anstellig, als das Vieh zu melten
Und faul herum zu schlendern auf den Bergen.

Alter Mann (ruht aus).

Ich kann nicht mehr.

Fronvogt (schüttelt ihn).

Frisch, Alter, an die Arbeit!

Erster Gesell.

Habt Ihr denn gar kein Eingeweid, daß Ihr
Den Greis, der kaum sich selber schleppen kann,
Zum harten Frondienst treibt?

Meister Steinmetz und Gesellen.

's ist himmelschreiend!

Fronvogt.

Sorgt ihr für euch; ich thu' was meines Amts.

Zweiter Gesell.

Fronvogt, wie wird die Feste sich denn nennen,
Die wir da baun?

Fronvogt.

Zwing Uri soll sie heißen;
Denn unter dieses Joch wird man euch beugen.

Gesellen.

Zwing Uri!

Fronvogt.

Nun, was gibt's dabei zu lachen?

Zweiter Gesell.

Mit diesem Häuslein wollt ihr Uri zwingen?

Erster Gesell.

Laß sehn, wie viel man solcher Maulwurfshaufen
Muß über'nander setzen, bis ein Berg
Draus wird, wie der geringste, nur in Uri!

(Fronvogt geht nach dem Hintergrund.)

Meister Steinmetz.

Den Hammer werf' ich in den tiefsten See,
Der mir gedient bei diesem Fluchgebäude!

Tell und Stauffacher kommen.

Stauffacher.

O, hätt' ich nie gelebt, um das zu schauen!

Tell.

Hier ist nicht gut sein. Laßt uns weiter gehn.

Stauffacher.

Bin ich zu Uri, in der Freiheit Land?

Meister Steinmetz.

O Herr, wenn Ihr die Keller erst gesehn
Unter den Thürmen! Ja, wer die bewohnt,
Der wird den Hahn nicht fürder krähen hören.

Stauffacher.

O Gott!

Steinmetz.

Seht diese Flanken, diese Strebepfeiler,
Die stehn wie für die Ewigkeit gebaut!

Tell.

Was Hände bauten, können Hände stürzen.

(Nach den Bergen zeigend.)

Das Haus der Freiheit hat uns Gott gegründet.

Man hört eine Trommel, es kommen Leute, die einen Hut auf einer Stange tragen, ein Ausrufer folgt ihnen, Weiber und Kinder dringen tumultuarisch nach.

Erster Gesell.

Was will die Trommel? Gebet Acht!

Meister Steinmetz.

Was für
Ein Fastnachtsaufzug, und was soll der Hut?

Ausrufer.

In des Kaisers Namen! Höret!

Gesellen.

Still doch! Höret!

Ausrufer.

Ihr sehet diesen Hut, Männer von Uri.
Aufrichten wird man ihn auf hoher Säule
Mitten in Altorf, an dem höchsten Ort,
Und dieses ist des Landvogts Will' und Meinung:
Dem Hut soll gleiche Ehre wie ihm selbst geschehn;
Man soll ihn mit gebognem Knie und mit
Entblößtem Haupt verehren. Daran will
Der König die Gehorsamen erkennen.
Verfallen ist mit seinem Leib und Gut
Dem Könige, wer das Gebot verachtet.

(Das Volk lacht laut auf, die Trommel wird gerührt, sie gehen vorüber.)

Erster Gesell.

Welch neues Unerhörtes hat der Vogt
Sich ausgesonnen! Wir 'nen Hut verehren!
Sagt, hat man je vernommen von dergleichen?

Meister Steinmetz.

Wir unsre Kniee beugen einem Hut!
Treibt er sein Spiel mit ernsthaft würd'gen Leuten?

Erster Gesell.

Wär's noch die kaiserliche Kron'! So ist's
Der Hut von Oesterreich; ich sah ihn hangen
Ueber dem Thron, wo man die Lehen gibt.

2*

Meister Steinmetz.

Der Hut von Oesterreich! Gebt Acht, es ist
Ein Fallstrick, uns an Oestreich zu verrathen!

Gesellen.

Kein Ehrenmann wird sich der Schmach bequemen.

Meister Steinmetz.

Kommt, laßt uns mit den andern Abred nehmen.
(Sie gehen nach der Tiefe.)

Tell (zum Stauffacher).

Ihr wisset nun Bescheid. Lebt wohl, Herr Werner!

Stauffacher.

Wo wollt Ihr hin? O eilt nicht so von dannen!

Tell.

Mein Haus entbehrt des Vaters. Lebet wohl.

Stauffacher.

Mir ist das Herz so voll, mit Euch zu reden.

Tell.

Das schwere Herz wird nicht durch Worte leicht.

Stauffacher.

Doch könnten Worte uns zu Thaten führen.

Tell.

Die einz'ge That ist jetzt Geduld und Schweigen.

Stauffacher.

Soll man ertragen, was unleidlich ist?

Tell.

Die schnellen Herrscher sind's, die kurz regieren.
Wenn sich der Föhn erhebt aus seinen Schlünden,
Löscht man die Feuer aus, die Schiffe suchen
Eilends den Hafen — und der mächt'ge Geist
Geht ohne Schaden spurlos über die Erde.
Ein jeder lebe still bei sich daheim;
Dem Friedlichen gewährt man gern den Frieden.

Stauffacher.

Meint Ihr?

Tell.

Die Schlange sticht nicht ungereizt.
Sie werden endlich doch von selbst ermüden,
Wenn sie die Lande ruhig bleiben sehn.

Stauffacher.

Wir könnten viel, wenn wir zusammenstünden.

Tell.

Beim Schiffbruch hilft der einzelne sich leichter.

Stauffacher.

So kalt verlaßt Ihr die gemeine Sache?

Tell.

Ein jeder zählt nur sicher auf sich selbst.

Stauffacher.

Verbunden werden auch die Schwachen mächtig.

Tell.

Der Starke ist am mächtigsten allein.

Stauffacher.

So kann das Vaterland auf Euch nicht zählen,
Wenn es verzweiflungsvoll zur Notbwehr greift?

Tell (gibt ihm die Hand).

Der Tell holt ein verlornes Lamm vom Abgrund,
Und sollte seinen Freunden sich entziehen?
Doch, was ihr thut, laßt mich aus euerm Rath!
Ich kann nicht lange prüfen oder wählen;
Bedürft ihr meiner zu bestimmter That,
Dann ruft den Tell, es soll an mir nicht fehlen.
(Geben ab zu verschiedenen Seiten. Ein plötzlicher Auflauf entsteht um das Gerüste.)

Meister Steinmetz (eilt hin).

Was gibt's?

Erster Gesell (kommt vor, rufend).

Der Schieferdecker ist vom Dach gestürzt.
Bertha stürzt herein. Gefolge.

Bertha.

Ist er zerschmettert? Rennet, rettet, helft!
Wenn Hülfe möglich, rettet! hier ist Gold —
(Wirft ihr Geschmeide unter das Volk.)

Meister.

Mit euerm Golde — alles ist euch feil
Um Gold; wenn ihr den Vater von den Kindern
Gerissen, und den Mann von seinem Weibe,
Und Jammer habt gebracht über die Welt,
Denkt ihr's mit Golde zu vergüten — geht!
Wir waren frohe Menschen, eh ihr kamt;
Mit euch ist die Verzweiflung eingezogen.

Bertha (zu dem Fronvogt, der zurückkommt).

Lebt er?

(Fronvogt macht ein Zeichen des Gegentheils.)

O unglückſel'ges Schloß, mit Flüchen
Erbaut, und Flüche werden dich bewohnen!

(Geht ab.)

Vierte Scene.

Walther Fürst's Wohnung.

Walther Fürst und Arnold vom Melchthal treten zugleich ein
von verschiedenen Seiten.

Melchthal.

Herr Walther Fürst —

Walther Fürst.

Wenn man uns überraschte!
Bleibt wo Ihr seid. Wir sind umringt von Spähern.

Melchthal.

Bringt Ihr mir nichts von Unterwalden? nichts
Von meinem Vater? Nicht ertrag' ich's länger,
Als ein Gefangner müßig hier zu liegen!
Was hab' ich denn so Sträfliches gethan,
Um mich gleich einem Mörder zu verbergen?
Dem frechen Buben, der die Ochsen mir,
Das trefflichſte Gespann, vor meinen Augen
Weg wollte treiben auf des Vogts Geheiß,
Hab' ich den Finger mit dem Stab gebrochen.

Walther Fürst.

Ihr seid zu rasch. Der Bube war des Vogts;
Von Eurer Obrigkeit war er gesendet.
Ihr wart in Straf' gefallen, mußtet Euch,
Wie schwer sie war, der Buße schweigend fügen.

Melchthal.

Ertragen sollt' ich die leichtfert'ge Rede
Des Unverschämten: „Wenn der Bauer Brod
Wollt' essen, mög' er selbst am Pfluge ziehn!"
In die Seele schnitt mir's, als der Bub die Ochsen,
Die schönen Thiere, von dem Pfluge spannte;
Dumpf brüllten sie, als hätten sie Gefühl
Der Ungebühr, und stießen mit den Hörnern —
Da übernahm mich der gerechte Zorn,
Und meiner selbst nicht Herr, schlug ich den Boten.

Walther Fürst.

O, kaum bezwingen wir das eigne Herz;
Wie soll die rasche Jugend sich bezähmen!

Melchthal.

Mich jammert nur der Vater. Er bedarf
So sehr der Pflege, und sein Sohn ist fern.
Der Vogt ist ihm gehässig, weil er stets
Für Recht und Freiheit redlich hat gestritten.
Drum werden sie den alten Mann bedrängen,
Und niemand ist, der ihn vor Unglimpf schütze.
Werde mit mir was will, ich muß hinüber!

Walther Fürst.

Erwartet nur und faßt Euch in Geduld,
Bis Nachricht uns herüber kommt vom Walde. —
Ich höre klopfen, geht — vielleicht ein Bote
Vom Landvogt — geht hinein. Ihr seid in Uri
Nicht sicher vor des Landenbergers Arm,
Denn die Tyrannen reichen sich die Hände.

Melchthal.

Sie lehren uns, was wir thun sollten.

Walther Fürst.

Geht!
Ich ruf' Euch wieder, wenn's hier sicher ist.
(Melchthal geht hinein.)
Der Unglückselige, ich darf ihm nicht
Gestehen, was mir Böses schwant — Wer klopft?
So oft die Thüre rauscht, erwart' ich Unglück.
Verrath und Argwohn lauscht in allen Ecken;
Bis in das Innerste der Häuser dringen

Die Boten der Gewalt; bald thät' es Noth,
Wir hätten Schloß und Riegel an den Thüren.

Er öffnet und tritt erstaunt zurück, da Werner Stauffacher hereintritt

Was seh' ich? Ihr, Herr Werner! Nun, bei Gott,
Ein werther, theurer Gast — kein beßrer Mann
Ist über diese Schwelle noch gegangen.
Seid hoch willkommen unter meinem Dach!
Was führt Euch her? Was sucht Ihr hier in Uri?

Stauffacher (ihm die Hand reichend).

Die alten Zeiten und die alte Schweiz.

Walther Fürst.

Die bringt Ihr mit Euch. Sieh, mir wird so wohl,
Warm geht das Herz mir auf bei Euerm Anblick!
Setzt Euch, Herr Werner. Wie verließet Ihr
Frau Gertrud, Eure angenehme Wirthin,
Des weisen Ibergs hochverständ'ge Tochter?
Von allen Wandrern aus dem deutschen Land,
Die über Meinrads Zell nach Welschland fahren,
Rühmt jeder Euer gastlich Haus. Doch sagt,
Kommt Ihr soeben frisch von Flüelen her
Und habt Euch nirgend sonst noch umgesehn,
Eh Ihr den Fuß gesetzt auf diese Schwelle?

Stauffacher (setzt sich).

Wol ein erstaunlich neues Werk hab' ich
Bereiten sehen, was mich nicht erfreute.

Walther Fürst.

O Freund, da habt Ihr's gleich mit einem Blicke!

Stauffacher.

Ein solches ist in Uri nie gewesen,
Seit Menschendenken war kein Zwinghof hier,
Und fest war keine Wohnung — als das Grab.

Walther Fürst.

Ein Grab der Freiheit ist's — Ihr nennt's mit Namen.

Stauffacher.

Herr Walther Fürst, ich will Euch nicht verhalten,
Nicht eine müß'ge Neugier führt mich her,
Mich drücken schwere Sorgen — Drangsal hab' ich
Zu Haus verlassen, Drangsal find' ich hier.

Denn ganz unleidlich iſt's, was wir erdulden,
Und dieſes Dranges iſt kein Ziel zu ſehn!
Frei war der Schweizer von uralters her,
Wir ſind's gewohnt, daß man uns gut begegnet.
Ein Solches war im Lande nie erlebt,
Solang ein Hirte trieb auf dieſen Bergen.

Walther Fürſt.

Ja, es iſt ohne Beiſpiel, wie ſie's treiben!
Auch unſer edler Herr von Attinghauſen,
Der noch die alten Zeiten hat geſehn,
Meint ſelber, es ſei nicht mehr zu ertragen.

Stauffacher.

Auch drüben unterm Wald geht Schweres vor,
Und blutig wird's gebüßt. Der Wolfenſchießen,
Des Kaiſers Vogt, der auf dem Roßberg hauſte,
Gelüſten trug er nach verbotner Frucht:
Baumgarten's Weib, der haushält zu Alzellen,
Wollt' er zu frecher Ungebühr mißbrauchen,
Und mit der Art hat ihn der Mann erſchlagen.

Walther Fürſt.

O, die Gerichte Gottes ſind gerecht!
Baumgarten, ſagt Ihr? Ein beſcheidner Mann!
Er iſt gerettet doch und wohl geborgen?

Stauffacher.

Euer Eidam hat ihn übern See geflüchtet;
Bei mir zu Steinen halt' ich ihn verborgen.
Noch Greulichers hat mir derſelbe Mann
Berichtet, was zu Sarnen iſt geſchehn,
Das Herz muß jedem Biedermanne bluten.

Walther Fürſt (aufmerkſam).

Sagt an, was iſt's?

Stauffacher.

Im Melchthal, da, wo man
Eintritt bei Kerns, wohnt ein gerechter Mann,
Sie nennen ihn den Heinrich von der Halden,
Und ſeine Stimm' gilt was in der Gemeinde.

Walther Fürſt.

Wer kennt ihn nicht? Was iſt's mit ihm? Vollendet!

Stauffacher.

Der Landenberger büßte seinen Sohn
Um kleinen Fehlers willen, ließ die Ochsen,
Das beste Paar, ihm aus dem Pfluge spannen;
Da schlug der Knab den Knecht und wurde flüchtig.

Walther Fürst (in höchster Spannung).

Der Vater aber — sagt, wie steht's um den?

Stauffacher.

Den Vater läßt der Landenberger fordern,
Zur Stelle schaffen soll er ihm den Sohn,
Und da der alte Mann mit Wahrheit schwört,
Er habe von dem Flüchtling keine Kunde,
Da läßt der Vogt die Folterknechte kommen —

Walther Fürst (springt auf und will ihn auf die andere Seite führen).

O still, nichts mehr!

Stauffacher (mit steigendem Ton).

„Ist mir der Sohn entgangen,
So hab' ich dich!" — läßt ihn zu Boden werfen,
Den spitz'gen Stahl ihm in die Augen bohren —

Walther Fürst.

Barmherz'ger Himmel!

Melchthal (stürzt heraus).

In die Augen, sagt Ihr?

Stauffacher (erstaunt zu Walther Fürst).

Wer ist der Jüngling?

Melchthal (faßt ihn mit krampfhafter Heftigkeit).

In die Augen? Redet!

Walther Fürst.

O der Bejammernswürdige!

Stauffacher.

Wer ist's?
(Da Walther Fürst ihm ein Zeichen gibt.)
Der Sohn ist's? Allgerechter Gott!

Melchthal.

Und ich
Muß ferne sein! — In seine beiden Augen?

Walther Fürſt.

Bezwinget Euch! Ertragt es wie ein Mann!

Melchthal.

Um meiner Schuld, um meines Frevels willen! —
Blind alſo! Wirklich blind und ganz geblendet?

Stauffacher.

Ich ſagt's. Der Quell des Sehns iſt ausgeſchloſſen,
Das Licht der Sonne ſchaut er niemals wieder.

Walther Fürſt.

Schont ſeines Schmerzens!

Melchthal.

Niemals! niemals wieder!

(Er drückt die Hand vor die Augen und ſchweigt einige Momente; dann wendet er
ſich von dem einen zu dem andern und ſpricht mit ſanfter, von Thränen erſtickter
Stimme.)

O, eine edle Himmelsgabe iſt
Das Licht des Auges — alle Weſen leben
Vom Lichte, jedes glückliche Geſchöpf,
Die Pflanze ſelbſt kehrt freudig ſich zum Lichte.
Und er muß ſitzen, fühlend, in der Nacht,
Im ewig Finſtern — ihn erquickt nicht mehr
Der Matten warmes Grün, der Blumen Schmelz,
Die rothen Firnen kann er nicht mehr ſchauen —
Sterben iſt nichts, doch leben und nicht ſehen,
Das iſt ein Unglück — Warum ſeht ihr mich
So jammernd an? Ich hab' zwei friſche Augen
Und kann dem blinden Vater keines geben,
Nicht einen Schimmer von dem Meer des Lichts,
Das glanzvoll, blendend mir ins Auge dringt!

Stauffacher.

Ach, ich muß Euern Jammer noch vergrößern,
Statt ihn zu heilen! — Er bedarf noch mehr;
Denn alles hat der Landvogt ihm geraubt,
Nichts hat er ihm gelaſſen als den Stab,
Um nackt und blind von Thür zu Thür zu wandern.

Melchthal.

Nichts als den Stab dem augenloſen Greis!
Alles geraubt und auch das Licht der Sonne,
Des Aermſten allgemeines Gut! Jetzt rede

Mir keiner mehr von Bleiben, von Verbergen!
Was für ein feiger Elender bin ich,
Daß ich auf meine Sicherheit gedacht,
Und nicht auf deine! dein geliebtes Haupt
Als Pfand gelassen in des Wüthrichs Händen!
Feigherz'ge Vorsicht, fahre hin — auf nichts
Als blutige Vergeltung will ich denken.
Hinüber will ich — keiner soll mich halten —
Des Vaters Auge von dem Landvogt fordern —
Aus allen seinen Reisigen heraus
Will ich ihn finden — nichts liegt mir am Leben,
Wenn ich den heißen, ungeheuern Schmerz
In seinem Lebensblute kühle!

(Er will gehen.)

Walther Fürst.

Bleibt!
Was könnt Ihr gegen ihn? Er sitzt zu Sarnen
Auf seiner hohen Herrenburg und spottet
Ohnmächt'gen Zorns in seiner sichern Feste.

Melchthal.

Und wohnt' er droben auf dem Eispalast
Des Schreckhorns, oder höher, wo die Jungfrau
Seit Ewigkeit verschleiert sitzt — ich mache
Mir Bahn zu ihm; mit zwanzig Jünglingen,
Gesinnt wie ich, zerbrech' ich seine Feste.
Und wenn mir niemand folgt, und wenn ihr alle,
Für eure Hütten bang und eure Heerden,
Euch dem Tyrannenjoche beugt — die Hirten
Will ich zusammenrufen im Gebirg,
Dort, unterm freien Himmelsdache, wo
Der Sinn noch frisch ist und das Herz gesund,
Das ungeheuer Gräßliche erzählen.

Stauffacher (zu Walther Fürst).

Es ist auf seinem Gipfel — wollen wir
Erwarten, bis das Aeußerste —

Melchthal.

Welch Aeußerstes
Ist noch zu fürchten, wenn der Stern des Auges
In seiner Höhle nicht mehr sicher ist?
Sind wir denn wehrlos? Wozu lernten wir
Die Armbrust spannen und die schwere Wucht

Der Streitart schwingen! Jedem Wesen ward
Ein Nothgewehr in der Verzweiflungsangst:
Es stellt sich der erschöpfte Hirsch und zeigt
Der Meute sein gefürchtetes Geweih,
Die Gemse reißt den Jäger in den Abgrund,
Der Pflugstier selbst, der sanfte Hausgenoß
Des Menschen, der die ungeheure Kraft
Des Halses duldsam unters Joch gebogen,
Springt auf, gereizt, wetzt sein gewaltig Horn
Und schleudert seinen Feind den Wolken zu.

Walther Fürst.

Wenn die drei Lande dächten wie wir drei,
So möchten wir vielleicht etwas vermögen.

Stauffacher.

Wenn Uri ruft, wenn Unterwalden hilft,
Der Schwyzer wird die alten Bünde ehren.

Melchthal.

Groß ist in Unterwalden meine Freundschaft;
Und jeder wagt mit Freuden Leib und Blut,
Wenn er am andern einen Rücken hat
Und Schirm. O fromme Väter dieses Landes,
Ich stehe nur ein Jüngling zwischen euch
Den Vielerfahrnen, meine Stimme muß
Bescheiden schweigen in der Landsgemeinde —
Nicht, weil ich jung bin und nicht viel erlebte,
Verachtet meinen Rath und meine Rede!
Nicht lüstern jugendliches Blut, mich treibt
Des höchsten Jammers schmerzliche Gewalt,
Was auch den Stein des Felsen muß erbarmen.
Ihr selbst seid Väter, Häupter eines Hauses,
Und wünscht euch einen tugendhaften Sohn,
Der eures Hauptes heil'ge Locken ehre
Und euch den Stern des Auges fromm bewache —
O, weil ihr selbst an euerm Leib und Gut
Noch nichts erlitten, eure Augen sich
Noch frisch und hell in ihren Kreisen regen,
So sei euch darum unsre Noth nicht fremd!
Auch über euch hängt das Tyrannenschwert,
Ihr habt das Land von Oestreich abgewendet;
Kein anderes war meines Vaters Unrecht,
Ihr seid in gleicher Mitschuld und Verdammniß.

Stauffacher (zu Walther Fürst).

Beschließet Ihr! Ich bin bereit zu folgen.

Walther Fürst.

Wir wollen hören, was die edeln Herrn
Von Sillinen, von Attinghausen rathen.
Ihr Name, denk' ich, wird uns Freunde werben.

Melchthal.

Wo ist ein Name in dem Waldgebirg
Ehrwürdiger als Eurer, und der Eure?
An solcher Namen echte Währung glaubt
Das Volk, sie haben guten Klang im Lande.
Ihr habt ein reiches Erb von Vätertugend
Und habt es selber reich vermehrt — was braucht's
Des Edelmanns? Laßt's uns allein vollenden!
Wären wir doch allein im Land — ich meine,
Wir wollten uns schon selbst zu schirmen wissen.

Stauffacher.

Die Edeln drängt nicht gleiche Noth mit uns;
Der Strom, der in den Niederungen wüthet,
Bisjetzt hat er die Höhn noch nicht erreicht:
Doch ihre Hülfe wird uns nicht entstehn,
Wenn sie das Land in Waffen erst erblicken.

Walther Fürst.

Wäre ein Obmann zwischen uns und Oestreich,
So möchte Recht entscheiden und Gesetz;
Doch der uns unterdrückt, ist unser Kaiser
Und höchster Richter — so muß Gott uns helfen
Durch unsern Arm! Erforschet Ihr die Männer
Von Schwyz; ich will in Uri Freunde werben.
Wen aber senden wir nach Unterwalden?

Melchthal.

Mich sendet hin! Wem läg' es näher an —

Walther Fürst.

Ich geb's nicht zu; Ihr seid mein Gast, ich muß
Für Eure Sicherheit gewähren!

Melchthal.

Laßt mich!
Die Schliche kenn' ich und die Felsensteige;

Auch Freunde sind' ich gnug, die mich dem Feind
Verhehlen und ein Obdach gern gewähren.

Stauffacher.

Laßt ihn mit Gott hinübergehn. Dort drüben
Ist kein Verräther — so verabscheut ist
Die Tyrannei, daß sie kein Werkzeug findet.
Auch der Alzeller soll uns nid dem Wald
Genossen werben und das Land erregen.

Melchthal.

Wie bringen wir uns sichre Kunde zu,
Daß wir den Argwohn der Tyrannen täuschen?

Stauffacher.

Wir könnten uns zu Brunnen oder Treib
Versammeln, wo die Kaufmannsschiffe landen.

Walther Fürst.

So offen dürfen wir das Werk nicht treiben.
Hört meine Meinung. Links am See, wenn man
Nach Brunnen fährt, dem Mythenstein grad'über,
Liegt eine Matte heimlich im Gehölz,
Das Rütli heißt sie bei dem Volk der Hirten,
Weil dort die Waldung ausgereutet ward.
Dort ist's, wo unsre Landmark und die eure (zu Melchthal)
Zusammengrenzen, und in kurzer Fahrt (zu Stauffacher)
Trägt euch der leichte Kahn von Schwytz herüber.
Auf öden Pfaden können wir dahin
Bei Nachtzeit wandern und uns still berathen.
Dahin mag jeder zehn vertraute Männer
Mitbringen, die herzeinig sind mit uns,
So können wir gemeinsam das Gemeine
Besprechen und mit Gott es frisch beschließen.

Stauffacher.

So sei's. Jetzt reicht mir Eure biedre Rechte —
Reicht Ihr die Eure her —, und so wie wir
Drei Männer jetzo unter uns die Hände
Zusammenflechten, redlich, ohne Falsch:
So wollen wir drei Länder auch, zu Schutz
Und Trutz, zusammenstehn auf Tod und Leben.

Walther Fürst und Melchthal.

Auf Tod und Leben!

(Sie halten die Hände noch einige Pausen lang zusammengeflochten und schweigen.)

Melchthal.

Blinder alter Vater,
Du kannst den Tag der Freiheit nicht mehr schauen;
Du sollst ihn hören! Wenn von Alp zu Alp
Die Feuerzeichen flammend sich erheben,
Die festen Schlösser der Tyrannen fallen —
In deine Hütte soll der Schweizer wallen,
Zu deinem Ohr die Freudenkunde tragen,
Und hell in deiner Nacht soll es dir tagen!

(Sie gehen auseinander.)

Zweiter Aufzug.

Erste Scene.

Edelhof des Freiherrn von Attinghausen.

Ein gothischer Saal, mit Wappenschildern und Helmen verziert. Der Freiherr, ein Greis von fünfundachtzig Jahren, von hoher edler Statur, an einem Stabe worauf ein Gemsenhorn, und in ein Pelzwams gekleidet. Kuoni und noch sechs Knechte stehen um ihn her mit Rechen und Sensen.

Ulrich von Rudenz tritt ein, in Ritterkleidung.

Rudenz.

Hier bin ich, Oheim. Was ist Euer Wille?

Attinghausen.

Erlaubt, daß ich nach altem Hausgebrauch
Den Frühtrunk erst mit meinen Knechten theile.
（Er trinkt aus einem Becher, der dann in der Reihe herumgeht.）
Sonst war ich selber mit in Feld und Wald,
Mit meinem Auge ihren Fleiß regierend,
Wie sie mein Banner führte in der Schlacht;
Jetzt kann ich nichts mehr als den Schaffner machen,
Und kommt die warme Sonne nicht zu mir,
Ich kann sie nicht mehr suchen auf den Bergen.
Und so, in engerm stets und engerm Kreis,
Beweg' ich mich dem engesten und letzten,
Wo alles Leben stillsteht, langsam zu.
Mein Schatten bin ich nur, bald nur mein Name.

Kuoni （zu Rudenz mit dem Becher）.

Ich bring's Euch, Junker.
（Da Rudenz zaudert, den Becher zu nehmen.）
　　　　　　　　　　Trinket frisch! Es geht
Aus einem Becher und aus einem Herzen.

Schiller, Wilhelm Tell.　　　　　　　　3

Attinghausen.

Geht, Kinder; und wenn's Feierabend ist,
Dann reden wir auch von des Lands Geschäften.
(Knechte gehen ab.)
Attinghausen und Rudenz.

Attinghausen.

Ich sehe dich gegürtet und gerüstet,
Du willst nach Altorf in die Herrenburg?

Rudenz.

Ja, Oheim, und ich darf nicht länger säumen —

Attinghausen (setzt sich).

Hast du's so eilig? Wie? Ist deiner Jugend
Die Zeit so karg gemessen, daß du sie
An deinem alten Oheim mußt ersparen?

Rudenz.

Ich sehe, daß Ihr meiner nicht bedürft,
Ich bin ein Fremdling nur in diesem Hause.

Attinghausen (hat ihn lange mit den Augen gemustert).

Ja, leider bist du's. Leider ist die Heimat
Zur Fremde dir geworden! Uli! Uli!
Ich kenne dich nicht mehr. In Seide prangst du,
Die Pfauenfeder trägst du stolz zur Schau
Und schlägst den Purpurmantel um die Schultern;
Den Landmann blickst du mit Verachtung an
Und schämst dich seiner traulichen Begrüßung.

Rudenz.

Die Ehr', die ihm gebührt, geb' ich ihm gern;
Das Recht, das er sich nimmt, verweigr' ich ihm.

Attinghausen.

Das ganze Land liegt unterm schweren Zorn
Des Königs, jedes Biedermannes Herz
Ist kummervoll ob der tyrannischen Gewalt,
Die wir erdulden, — dich allein rührt nicht
Der allgemeine Schmerz, dich siehet man,
Abtrünnig von den Deinen, auf der Seite
Des Landesfeindes stehen, unsrer Noth
Hohnsprechend, nach der leichten Freude jagen
Und buhlen um die Fürstengunst, indeß
Dein Vaterland von schwerer Geisel blutet!

Rudenz.

Das Land ist schwer bedrängt — warum, mein Oheim?
Wer ist's, der es gestürzt in diese Noth?
Es kostete ein einzig leichtes Wort,
Um augenblicks des Dranges los zu sein
Und einen gnäd'gen Kaiser zu gewinnen.
Weh ihnen, die dem Volk die Augen halten,
Daß es dem wahren Besten widerstrebt!
Um eignen Vortheils willen hindern sie,
Daß die Waldstätte nicht zu Oestreich schwören,
Wie ringsum alle Lande doch gethan.
Wohl thut es ihnen, auf der Herrenbank
Zu sitzen mit dem Edelmann; den Kaiser
Will man zum Herrn, um keinen Herrn zu haben.

Attinghausen.

Muß ich das hören, und aus deinem Munde!

Rudenz.

Ihr habt mich aufgefordert, laßt mich enden.
Welche Person ist's, Oheim, die Ihr selbst
Hier spielt? Habt Ihr nicht höhern Stolz, als hier
Landammann oder Bannerherr zu sein
Und neben diesen Hirten zu regieren?
Wie? Ist's nicht eine rühmlichere Wahl,
Zu huldigen dem königlichen Herrn,
Sich an sein glänzend Lager anzuschließen,
Als Eurer eignen Knechte Pair zu sein
Und zu Gericht zu sitzen mit dem Bauer?

Attinghausen.

Ach, Ulli! Ulli! ich erkenne sie
Die Stimme der Verführung! Sie ergriff
Dein offnes Ohr, sie hat dein Herz vergiftet!

Rudenz.

Ja, ich verberg' es nicht, in tiefer Seele
Schmerzt mich der Spott der Fremdlinge, die uns
Den Bauernadel schelten; nicht ertrag' ich's,
Indeß die edle Jugend ringsumher
Sich Ehre sammelt unter Habsburgs Fahnen,
Auf meinem Erb hier müßig stillzuliegen
Und bei gemeinem Tagewerk den Lenz
Des Lebens zu verlieren. Anderswo
Geschehen Thaten, eine Welt des Ruhms

Bewegt sich glänzend jenseit dieser Berge —
Mir rosten in der Halle Helm und Schild!
Der Kriegstrommete muthiges Getön,
Der Heroldsruf, der zum Turniere ladet,
Er dringt in diese Thäler nicht hinein;
Nichts als den Kuhreihn und der Heerdeglocken
Einförmiges Geläut' vernehm' ich hier.

Attinghausen.

Verblendeter, vom eiteln Glanz verführt
Verachte dein Geburtsland, schäme dich
Der uralt frommen Sitte deiner Väter:
Mit heißen Thränen wirst du dich dereinst
Heimsehnen nach den väterlichen Bergen,
Und dieses Heerdenreihens Melodie,
Die du in stolzem Ueberdruß verschmähst,
Mit Schmerzenssehnsucht wird sie dich ergreifen,
Wenn sie dir anklingt auf der fremden Erde.
O, mächtig ist der Trieb des Vaterlands!
Die fremde, falsche Welt ist nicht für dich;
Dort an dem stolzen Kaiserhof bleibst du
Dir ewig fremd mit deinem treuen Herzen.
Die Welt, sie fordert andre Tugenden,
Als du in diesen Thälern dir erworben.
Geh hin, verkaufe deine freie Seele,
Nimm Land zu Lehen, werd' ein Fürstenknecht,
Da du ein Selbstherr sein kannst und ein Fürst
Auf deinem eignen Erb' und freien Boden.
Ach, Uli! Uli! bleibe bei den Deinen!
Geh nicht nach Altorf — o, verlaß sie nicht,
Die heil'ge Sache deines Vaterlands!
Ich bin der Letzte meines Stamms; mein Name
Endet mit mir. Da hängen Helm und Schild:
Die werden sie mir in das Grab mitgeben.
Und muß ich denken bei dem letzten Hauch,
Daß du mein brechend Auge nur erwartest,
Um hinzugehn vor diesen neuen Lehnhof
Und meine edeln Güter, die ich frei
Von Gott empfing, von Oestreich zu empfangen!

Rudenz.

Vergebens widerstreben wir dem König,
Die Welt gehört ihm; wollen wir allein
Uns eigensinnig steifen und verstocken,

Die Länderkette ihm zu unterbrechen,
Die er gewaltig rings um uns gezogen?
Sein sind die Märkte, die Gerichte, sein
Die Kaufmannsstraßen, und das Saumroß selbst,
Das auf dem Gotthardt ziehet, muß ihm zollen.
Von seinen Ländern wie mit einem Netz
Sind wir umgarnet rings und eingeschossen —
Wird uns das Reich beschützen? kann es selbst
Sich schützen gegen Oestreichs wachsende Gewalt?
Hilft Gott uns nicht, kein Kaiser kann uns helfen.
Was ist zu geben auf der Kaiser Wort,
Wenn sie in Geld= und Kriegesnoth die Städte,
Die untern Schirm des Adlers sich geflüchtet,
Verpfänden dürfen und dem Reich veräußern?
Nein, Oheim, Wohlthat ist's und weise Vorsicht,
In diesen schweren Zeiten der Parteiung
Sich anzuschließen an ein mächtig Haupt.
Die Kaiserkrone geht von Stamm zu Stamm,
Die hat für treue Dienste kein Gedächtniß;
Doch um den mächt'gen Erbherrn wohl verdienen,
Heißt Saaten in die Zukunft streun.

Attinghausen.

                                    Bist du so weise?
Willst heller sehn als deine edeln Väter,
Die um der Freiheit kostbarn Edelstein
Mit Gut und Blut und Heldenkraft gestritten?
Schiff' nach Luzern hinunter, frage dort,
Wie Oestreichs Herrschaft lastet auf den Ländern.
Sie werden kommen, unsre Schaf' und Rinder
Zu zählen, unsre Alpen abzumessen,
Den Hochflug und das Hochgewilde bannen
In unsern freien Wäldern, ihren Schlagbaum
An unsre Brücken, unsre Thore setzen,
Mit unsrer Armuth ihre Länderkäufe,
Mit unserm Blute ihre Kriege zahlen —
Nein, wenn wir unser Blut dran setzen sollen,
So sei's für uns! Wohlfeiler kaufen wir
Die Freiheit als die Knechtschaft ein!

Rudenz.

                                    Was können wir,
Ein Volk der Hirten, gegen Albrecht's Heere!

Attinghausen.

Lern' dieses Volk der Hirten kennen, Knabe!
Ich kenn's, ich hab' es angeführt in Schlachten,
Ich hab' es fechten sehen bei Favenz.
Sie sollen kommen, uns ein Joch aufzwingen,
Das wir entschlossen sind nicht zu ertragen! —
O lerne fühlen, welches Stamms du bist!
Wirf nicht für eiteln Glanz und Flitterschein
Die echte Perle deines Werthes hin!
Das Haupt zu heißen eines freien Volks,
Das dir aus Liebe nur sich herzlich weiht,
Das treulich zu dir steht in Kampf und Tod —
Das sei dein Stolz, des Adels rühme dich!
Die angebornen Bande knüpfe fest,
Ans Vaterland, ans theure, schließ dich an,
Das halte fest mit deinem ganzen Herzen.
Hier sind die starken Wurzeln deiner Kraft;
Dort in der fremden Welt stehst du allein,
Ein schwankes Rohr, das jeder Sturm zerknickt.
O komm, du hast uns lang nicht mehr gesehn,
Versuch's mit uns nur einen Tag — nur heute
Geh nicht nach Altorf, hörst du? heute nicht;
Den einen Tag nur schenke dich den Deinen!
(Er faßt seine Hand.)

Rudenz.

Ich gab mein Wort — laßt mich — ich bin gebunden.

Attinghausen (läßt seine Hand los, mit Ernst).

Du bist gebunden — ja, Unglücklicher,
Du bist's, doch nicht durch Wort und Schwur,
Gebunden bist du durch der Liebe Seile!
(Rudenz wendet sich weg.)
Verbirg dich wie du willst — das Fräulein ist's,
Bertha von Bruneck, die zur Herrenburg
Dich zieht, dich fesselt an des Kaisers Dienst.
Das Ritterfräulein willst du dir erwerben
Mit deinem Abfall von dem Land — betrüg dich nicht!
Dich anzulocken, zeigt man dir die Braut;
Doch deiner Unschuld ist sie nicht beschieden.

Rudenz.

Genug hab' ich gehört. Gehabt Euch wohl.
(Er geht ab.)

Attinghausen.

Wahnsinn'ger Jüngling, bleib! — Er geht dahin,
Ich kann ihn nicht erhalten, nicht erretten.
So ist der Wolfenschießen abgefallen
Von seinem Land, so werden andre folgen;
Der fremde Zauber reißt die Jugend fort,
Gewaltsam strebend über unsre Berge.
O unglückselge Stunde, da das Fremde
In diese stillbeglückten Thäler kam,
Der Sitten fromme Unschuld zu zerstören!

Das Neue dringt herein mit Macht; das Alte,
Das Würd'ge scheidet, andre Zeiten kommen,
Es lebt ein andersdenkendes Geschlecht!
Was thu' ich hier? Sie sind begraben alle,
Mit denen ich gewaltet und gelebt.
Unter der Erde schon liegt meine Zeit;
Wohl dem, der mit der neuen nicht mehr braucht zu leben!

(Geht ab.)

Zweite Scene.

Eine Wiese von hohen Felsen und Wald umgeben.

Auf den Felsen sind Steige mit Geländern, auch Leitern, von denen
man nachher die Landleute herabsteigen sieht. Im Hintergrunde zeigt
sich der See, über welchem anfangs ein Mondregenbogen zu sehen ist.
Den Prospect schließen hohe Berge, hinter welchen noch höhere Eis-
gebirge ragen. Es ist völlig Nacht auf der Scene, nur der See und
die weißen Gletscher leuchten im Mondlicht.

Melchthal, Baumgarten, Winkelried, Meier von Sarnen,
Burkhart am Bühel, Arnold von Sewa, Klaus von der
Flüe und noch vier andere Landleute, alle bewaffnet.

Melchthal (noch hinter der Scene).

Der Bergweg öffnet sich, nur frisch mir nach!
Den Fels erkenn' ich und das Kreuzlein drauf;
Wir sind am Ziel, hier ist das Rütli.

(Treten auf mit Windlichtern.)

Winkelried.

Horch!

Sewa.

Ganz leer.

Meier.

's ist noch kein Landmann da. Wir sind
Die ersten auf dem Platz, wir Unterwaldner.

Melchthal.

Wie weit ist's in der Nacht?

Baumgarten.

Der Feuerwächter
Vom Selisberg hat eben zwei gerufen.

(Man hört in der Ferne läuten.)

Meier.

Still! horch!

Am Bühel.

Das Mettenglöcklein in der Waldkapelle
Klingt hell herüber aus dem Schwytzerland.

Von der Flüe.

Die Luft ist rein und trägt den Schall so weit.

Melchthal.

Gehn einige und zünden Reisholz an,
Daß es loh brenne, wenn die Männer kommen.

(Zwei Landleute gehen.)

Sewa.

's ist eine schöne Mondennacht. Der See
Liegt ruhig da als wie ein ebner Spiegel.

Am Bühel.

Sie haben eine leichte Fahrt.

Winkelried (zeigt nach dem See).

Ha, seht!
Seht dorthin! Seht ihr nichts?

Meier.

Was denn? — Ja wahrlich,
Ein Regenbogen mitten in der Nacht!

Melchthal.

Es ist das Licht des Mondes, das ihn bildet.

Von der Flüe.

Das ist ein seltsam wunderbares Zeichen!
Es leben viele, die das nicht gesehn.

Sewa.

Er ist doppelt; seht, ein blässerer steht drüber.

Baumgarten.

Ein Nachen fährt soeben drunter weg.

Melchthal.

Das ist der Stauffacher mit seinem Kahn,
Der Biedermann läßt sich nicht lang erwarten.

(Geht mit Baumgarten nach dem Ufer.)

Meier.

Die Urner sind es, die am längsten säumen.

Am Bühel.

Sie müssen weit umgehen durchs Gebirg,
Daß sie des Landvogts Kundschaft hintergehen.

(Unterdessen haben die zwei Landleute in der Mitte des Platzes ein Feuer angezündet.)

Melchthal (am Ufer).

Wer ist da? Gebt das Wort!

Stauffacher (von unten).

Freunde des Landes.

Alle gehen nach der Tiefe, den Kommenden entgegen. Aus dem Kahn steigen
Stauffacher, Itel Reding, Hans auf der Mauer, Jörg im Hofe,
Konrad Hunn, Ulrich der Schmit, Jost von Weiler und noch drei andere
Landleute, gleichfalls bewaffnet.

Alle (rufen).

Willkommen!

(Indem die übrigen in der Tiefe verweilen und sich begrüßen, kommt Melchthal
mit Stauffacher vorwärts.)

Melchthal.

O, Herr Stauffacher, ich hab' ihn
Gesehn, der mich nicht wiedersehen konnte!
Die Hand hab' ich gelegt auf seine Augen,
Und glühend Rachgefühl hab' ich gesogen
Aus der erloschnen Sonne seines Blicks.

Stauffacher.

Sprecht nicht von Rache! Nicht Geschehnes rächen,
Gedrohtem Uebel wollen wir begegnen.
Jetzt sagt, was Ihr im Unterwaldner Land
Geschafft und für gemeine Sach' geworben,
Wie die Landleute denken, wie Ihr selbst
Den Stricken des Verraths entgangen seid.

Melchthal.

Durch der Surenen furchtbares Gebirg,
Auf weitverbreitet öden Eisesfeldern,
Wo nur der heisre Lämmergeier krächzt,
Gelangt' ich zu der Alpentrift, wo sich
Aus Uri und vom Engelberg die Hirten
Anrufend grüßen und gemeinsam weiden,
Den Durst mir stillend mit der Gletscher Milch,
Die in den Runsen schäumend niederquillt.
In den einsamen Sennhütten kehrt' ich ein,
Mein eigner Wirth und Gast, bis daß ich kam
Zu Wohnungen gesellig lebender Menschen.
Erschollen war in diesen Thälern schon
Der Ruf des neuen Greuels, der geschehn,
Und fromme Ehrfurcht schaffte mir mein Unglück
Vor jeder Pforte, wo ich wandernd klopfte.
Entrüstet fand ich diese graden Seelen
Ob dem gewaltsam neuen Regiment;
Denn so wie ihre Alpen fort und fort
Dieselben Kräuter nähren, ihre Brunnen
Gleichförmig fließen, Wolken selbst und Winde
Den gleichen Strich unwandelbar befolgen,
So hat die alte Sitte hier vom Ahn
Zum Enkel unverändert fortbestanden.
Nicht tragen sie verwegne Neuerung
Im altgewohnten gleichen Gang des Lebens.
Die harten Hände reichten sie mir dar,
Von den Wänden langten sie die rost'gen Schwerter,
Und aus den Augen blitzte freudiges
Gefühl des Muths, als ich die Namen nannte,
Die im Gebirg dem Landmann heilig sind,
Den Eurigen und Walther Fürst's: was euch
Recht würde dünken, schwuren sie zu thun,
Euch schwuren sie bis in den Tod zu folgen. —
So eilt' ich sicher unterm heil'gen Schirm
Des Gastrechts von Gehöfte zu Gehöfte;
Und als ich kam ins heimatliche Thal,
Wo mir die Vettern viel verbreitet wohnen,
Als ich den Vater fand, beraubt und blind,
Auf fremdem Stroh, von der Barmherzigkeit
Mildthät'ger Menschen lebend —

Stauffacher.

Herr im Himmel!

Melchthal.

Da weint' ich nicht! Nicht in ohnmächt'gen Thränen
Goß ich die Kraft des heißen Schmerzens aus;
In tiefer Brust, wie einen theuren Schatz,
Verschloß ich ihn und dachte nur auf Thaten.
Ich kroch durch alle Krümmen des Gebirgs,
Kein Thal war so versteckt, ich späht' es aus,
Bis an der Gletscher eisbedeckten Fuß
Erwartet' ich und fand bewohnte Hütten —
Und überall, wohin mein Fuß mich trug,
Fand ich den gleichen Haß der Tyrannei;
Denn bis an diese letzte Grenze selbst
Belebter Schöpfung, wo der starre Boden
Aufhört zu geben, raubt der Vögte Geiz!
Die Herzen alle dieses biedern Volks
Erregt' ich mit dem Stachel meiner Worte,
Und unser sind sie all mit Herz und Mund.

Stauffacher.

Großes habt Ihr in kurzer Frist geleistet.

Melchthal.

Ich that noch mehr. Die beiden Festen sind's,
Roßberg und Sarnen, die der Landmann fürchtet;
Denn hinter ihren Felsenwällen schirmt
Der Feind sich leicht und schädiget das Land.
Mit eignen Augen wollt' ich es erkunden;
Ich war zu Sarnen und besah die Burg.

Stauffacher.

Ihr wagtet Euch bis in des Tigers Höhle?

Melchthal.

Ich war verkleidet dort in Pilgerstracht.
Ich sah den Landvogt an der Tafel schwelgen —
Urtheilt, ob ich mein Herz bezwingen kann:
Ich sah den Feind, und ich erschlug ihn nicht.

Stauffacher.

Fürwahr, das Glück war Eurer Kühnheit hold.
(Unterdessen sind die andern Landleute vorwärts gekommen und nähern sich den beiden.)
Doch jetzo sagt mir, wer die Freunde sind
Und die gerechten Männer, die Euch folgten.
Macht mich bekannt mit ihnen, daß wir uns
Zutraulich nahen und die Herzen öffnen.

Meier.

Wer kennte Euch nicht, Herr, in den drei Landen?
Ich bin der Meier von Sarnen; dies hier ist
Mein Schwestersohn, der Struth von Winkelried.

Stauffacher.

Ihr nennt mir keinen unbekannten Namen;
Ein Winkelried war's, der den Drachen schlug
Im Sumpf bei Weiler und sein Leben ließ
In diesem Strauß.

Winkelried.

Das war mein Ahn, Herr Werner.

Melchthal (zeigt auf zwei Landleute).

Die wohnen hinterm Wald, sind Klosterleute
Vom Engelberg. Ihr werdet sie drum nicht
Verachten, weil sie eigne Leute sind
Und nicht, wie wir, frei sitzen auf dem Erbe —
Sie lieben's Land, sind sonst auch wohlberufen.

Stauffacher (zu den beiden).

Gebt mir die Hand. Es preise sich, wer keinem
Mit seinem Leibe pflichtig ist auf Erden;
Doch Redlichkeit gedeiht in jedem Stande.

Konrad Hunn.

Das ist Herr Reding, unser Altlandammann.

Meier.

Ich kenn' ihn wohl. Er ist mein Widerpart,
Der um ein altes Erbstück mit mir rechtet. —
Herr Reding, wir sind Feinde vor Gericht;
Hier sind wir einig.

(Schüttelt ihm die Hand.)

Stauffacher.

Das ist brav gesprochen.

Winkelried.

Hört ihr? Sie kommen. Hört das Horn von Uri!
(Rechts und links sieht man bewaffnete Männer mit Windlichtern die Felsen herabsteigen.)

Auf der Mauer.

Seht! Steigt nicht selbst der fromme Diener Gottes,
Der würd'ge Pfarrer, mit herab? Nicht scheut er

Des Weges Mühen und das Graun der Nacht,
Ein treuer Hirte für das Volk zu sorgen.

Baumgarten.

Der Sigrist folgt ihm und Herr Walther Fürst;
Doch nicht den Tell erblick' ich in der Menge.

**Walther Fürst, Rösselmann, der Pfarrer, Petermann, der Sigrist.
Kuoni, der Hirt, Werni, der Jäger, Ruodi, der Fischer, und noch fünf andere
Landleute. Alle zusammen, dreiunddreißig an der Zahl, treten vorwärts und
stellen sich um das Feuer.**

Walther Fürst.

So müssen wir auf unserm eignen Erb'
Und väterlichen Boden uns verstohlen
Zusammenschleichen, wie die Mörder thun,
Und bei der Nacht, die ihren schwarzen Mantel
Nur dem Verbrechen und der sonnenscheuen
Verschwörung leihet, unser gutes Recht
Uns holen, das doch lauter ist und klar
Gleichwie der glanzvoll offne Schos des Tages.

Melchthal.

Laßt's gut sein; was die dunkle Nacht gesponnen,
Soll frei und fröhlich an das Licht der Sonnen.

Rösselmann.

Hört, was mir Gott ins Herz gibt, Eidgenossen!
Wir stehen hier statt einer Landsgemeinde
Und können gelten für ein ganzes Volk.
So laßt uns tagen nach den alten Bräuchen
Des Lands, wie wir's in ruhigen Zeiten pflegen;
Was ungesetzlich ist in der Versammlung,
Entschuldige die Noth der Zeit. Doch Gott
Ist überall wo man das Recht verwaltet,
Und unter seinem Himmel stehen wir.

Stauffacher.

Wohl, laßt uns tagen nach der alten Sitte;
Ist es gleich Nacht, so leuchtet unser Recht.

Melchthal.

Ist gleich die Zahl nicht voll, das Herz ist hier
Des ganzen Volks, die Besten sind zugegen.

Konrad Hunn.

Sind auch die alten Bücher nicht zur Hand,
Sie sind in unsre Herzen eingeschrieben.

Rösselmann.

Wohlan, so sei der Ring sogleich gebildet.
Man pflanze auf die Schwerter der Gewalt!

Auf der Mauer.

Der Landesammann nehme seinen Platz,
Und seine Waibel stehen ihm zur Seite!

Sigrist.

Es sind der Völker dreie: welchem nun
Gebührt's, das Haupt zu geben der Gemeinde?

Meier.

Um diese Ehr' mag Schwytz mit Uri streiten,
Wir Unterwaldner stehen frei zurück.

Melchthal.

Wir stehn zurück; wir sind die Flehenden,
Die Hülfe heischen von den mächt'gen Freunden.

Stauffacher.

So nehme Uri denn das Schwert; sein Banner
Zieht bei den Römerzügen uns voran.

Walther Fürst.

Des Schwertes Ehre werde Schwytz zutheil;
Denn seines Stammes rühmen wir uns alle.

Rösselmann.

Den edeln Wettstreit laßt mich freundlich schlichten:
Schwytz soll im Rath, Uri im Felde führen.

Walther Fürst (reicht dem Stauffacher die Schwerter).
So nehmt!

Stauffacher.
Nicht mir, dem Alter sei die Ehre.

Im Hofe.
Die meisten Jahre zählt Ulrich der Schmid.

Auf der Mauer.

Der Mann ist wacker, doch nicht freien Stands;
Kein eigner Mann kann Richter sein in Schwytz.

Stauffacher.

Steht nicht Herr Reding hier, der Altlandammann?
Was suchen wir noch einen Würdigern?

Walther Fürst.

Er sei der Ammann und des Tages Haupt!
Wer dazu stimmt, erhebe seine Hände.

<small>(Alle heben die rechte Hand auf.)</small>

Reding <small>(tritt in die Mitte).</small>

Ich kann die Hand nicht auf die Bücher legen,
So schwör' ich droben bei den ew'gen Sternen,
Daß ich mich nimmer will vom Recht entfernen.

<small>(Man richtet die zwei Schwerter vor ihm auf, der Ring bildet sich um ihn her.
Schwyz hält die Mitte, rechts stellt sich Uri und links Unterwalden. Er steht auf
sein Schlachtschwert gestützt.)</small>

Was ist's, das die drei Völker des Gebirgs
Hier an des Sees unwirthlichem Gestade
Zusammenführte in der Geisterstunde?
Was soll der Inhalt sein des neuen Bunds,
Den wir hier unterm Sternenhimmel stiften?

Stauffacher <small>(tritt in den Ring).</small>

Wir stiften keinen neuen Bund; es ist
Ein uralt Bündniß nur von Väter Zeit,
Das wir erneuern! Wisset, Eidgenossen,
Ob uns der See, ob uns die Berge scheiden,
Und jedes Volk sich für sich selbst regiert,
So sind wir eines Stammes doch und Bluts,
Und eine Heimat ist's, aus der wir zogen.

Winkelried.

So ist es wahr, wie's in den Liedern lautet,
Daß wir von feruher in das Land gewallt?
O, theilt's uns mit, was Euch davon bekannt,
Daß sich der neue Bund am alten stärke!

Stauffacher.

Hört, was die alten Hirten sich erzählen.
Es war ein großes Volk, hinten im Lande
Nach Mitternacht, das litt von schwerer Theurung.
In dieser Noth beschloß die Landsgemeinde,
Daß je der zehnte Bürger nach dem Los
Der Väter Land verlasse. Das geschah.
Und zogen aus, wehklagend, Männer und Weiber,
Ein großer Heerzug, nach der Mittagssonne,
Mit dem Schwert sich schlagend durch das deutsche Land,
Bis an das Hochland dieser Waldgebirge.
Und eher nicht ermüdete der Zug,

Bis daß sie kamen in das wilde Thal,
Wo jetzt die Muotta zwischen Wiesen rinnt.
Nicht Menschenspuren waren hier zu sehen,
Nur eine Hütte stand am Ufer einsam,
Da saß ein Mann und wartete der Fähre.
Doch heftig wogte der See und war
Nicht fahrbar; da besahen sie das Land
Sich näher, und gewahrten schöne Fülle
Des Holzes, und entdeckten gute Brunnen,
Und meinten sich im lieben Vaterland
Zu finden. Da beschlossen sie zu bleiben,
Erbaueten den alten Flecken Schwytz,
Und hatten manchen sauren Tag, den Wald
Mit weitverschlungnen Wurzeln auszuroden.
Drauf, als der Boden nicht mehr Gnügen that
Der Zahl des Volks, da zogen sie hinüber
Zum schwarzen Berg, ja bis ans Weißland hin,
Wo, hinter ew'gem Eiseswall verborgen,
Ein andres Volk in andern Zungen spricht.
Den Flecken Stanz erbauten sie am Kernwald,
Den Flecken Altorf in dem Thal der Reuß —
Doch blieben sie des Ursprungs stets gedenk;
Aus all den fremden Stämmen, die seitdem
In Mitte ihres Lands sich angesiedelt,
Finden die Schwytzer Männer sich heraus,
Es gibt das Herz, das Blut sich zu erkennen.
                    (Reicht rechts und links die Hand hin.)

Auf der Mauer.

Ja, wir sind eines Herzens, eines Bluts!

Alle (sich die Hände reichend).

Wir sind ein Volk, und einig wollen wir handeln.

Stauffacher.

Die andern Völker tragen fremdes Joch,
Sie haben sich dem Sieger unterworfen.
Es leben selbst in unsern Landesmarken
Der Sassen viel, die fremde Pflichten tragen,
Und ihre Knechtschaft erbt auf ihre Kinder.
Doch wir, der alten Schweizer echter Stamm,
Wir haben stets die Freiheit uns bewahrt.
Nicht unter Fürsten bogen wir das Knie,
Freiwillig wählten wir den Schirm der Kaiser.

Rösselmann.

Frei wählten wir des Reiches Schutz und Schirm;
So steht's bemerkt in Kaiser Friedrich's Brief.

Stauffacher.

Denn herrenlos ist auch der Freiste nicht.
Ein Oberhaupt muß sein, ein höchster Richter,
Wo man das Recht mag schöpfen in dem Streit.
Drum haben unsre Väter für den Boden,
Den sie der alten Wildniß abgewonnen,
Die Ehr' gegönnt dem Kaiser, der den Herrn
Sich nennt der deutschen und der welschen Erde,
Und, wie die andern Freien seines Reichs,
Sich ihm zu edeln Waffendienst gelobt;
Denn dieses ist der Freien einz'ge Pflicht:
Das Reich zu schirmen, das sie selbst beschirmt.

Melchthal.

Was drüber ist, ist Merkmal eines Knechts.

Stauffacher.

Sie folgten, wenn der Heerbann erging,
Dem Reichspanier und schlugen seine Schlachten;
Nach Welschland zogen sie gewappnet mit,
Die Römerkron' ihm auf das Haupt zu setzen.
Daheim regierten sie sich fröhlich selbst
Nach altem Brauch und eigenem Gesetz;
Der höchste Blutbann war allein des Kaisers.
Und dazu ward bestellt ein großer Graf,
Der hatte seinen Sitz nicht in dem Lande.
Wenn Blutschuld kam, so rief man ihn herein,
Und unter offnem Himmel, schlicht und klar,
Sprach er das Recht, und ohne Furcht der Menschen.
Wo sind hier Spuren, daß wir Knechte sind?
Ist einer, der es anders weiß, der rede!

Im Hofe.

Nein, so verhält sich alles, wie Ihr sprecht;
Gewaltherrschaft ward nie bei uns geduldet.

Stauffacher.

Dem Kaiser selbst versagten wir Gehorsam,
Da er das Recht zu Gunst der Pfaffen bog.
Denn als die Leute von dem Gotteshaus

Einsiedeln uns die Alp in Anspruch nahmen,
Die wir beweidet seit der Väter Zeit,
Der Abt herfürzog einen alten Brief,
Der ihm die herrenlose Wüste schenkte —
Denn unser Dasein hatte man verhehlt —
Da sprachen wir: „Erschlichen ist der Brief!
Kein Kaiser kann, was unser ist, verschenken;
Und, wird uns Recht versagt vom Reich, wir können
In unsern Bergen auch des Reichs entbehren."
So sprachen unsre Väter! Sollen wir
Des neuen Joches Schändlichkeit erdulden,
Erleiden von dem fremden Knecht, was uns
In seiner Macht kein Kaiser durfte bieten?
Wir haben diesen Boden uns erschaffen
Durch unsrer Hände Fleiß, den alten Wald,
Der sonst der Bären wilde Wohnung war,
Zu einem Sitz für Menschen umgewandelt;
Die Brut des Drachen haben wir getödtet,
Der aus den Sümpfen giftgeschwollen stieg;
Die Nebeldecke haben wir zerrissen,
Die ewig grau um diese Wildniß hing,
Den harten Fels gesprengt, über den Abgrund
Dem Wandersmann den sichern Steg geleitet;
Unser ist durch tausendjährigen Besitz
Der Boden — und der fremde Herrenknecht
Soll kommen dürfen und uns Ketten schmieden
Und Schmach anthun auf unsrer eignen Erde?
Ist keine Hülfe gegen solchen Drang?
(Eine große Bewegung unter den Landleuten.)
Nein, eine Grenze hat Tyrannenmacht.
Wenn der Gedrückte nirgends Recht kann finden,
Wenn unerträglich wird die Last — greift er
Hinauf getrosten Muthes in den Himmel
Und holt herunter seine ew'gen Rechte,
Die droben hangen unveräußerlich
Und unzerbrechlich wie die Sterne selbst;
Der alte Urstand der Natur kehrt wieder,
Wo Mensch dem Menschen gegenübersteht;
Zum letzten Mittel, wenn kein andres mehr
Verfangen will, ist ihm das Schwert gegeben:
Der Güter höchstes dürfen wir vertheid'gen
Gegen Gewalt. Wir stehen für unser Land,
Wir stehn für unsre Weiber, unsre Kinder!

Alle (an ihre Schwerter schlagend).

Wir stehn für unsre Weiber, unsre Kinder!

Rösselmann (tritt in den Ring).

Eh ihr zum Schwerte greift, bedenkt es wohl!
Ihr könnt es friedlich mit dem Kaiser schlichten.
Es kostet euch ein Wort, und die Tyrannen,
Die euch jetzt schwer bedrängen, schmeicheln euch.
Ergreift, was man euch oft geboten hat,
Trennt euch vom Reich, erkennet Oestreichs Hoheit —

Auf der Mauer.

Was sagt der Pfarrer? Wir zu Oestreich schwören!

Am Bühel.

Hört ihn nicht an!

Winkelried.

Das räth uns ein Verräther,
Ein Feind des Landes!

Reding.

Ruhig, Eidgenossen!

Sewa.

Wir Oestreich huldigen, nach solcher Schmach!

Von der Flüe.

Wir uns abtrotzen lassen durch Gewalt,
Was wir der Güte weigerten!

Meier.

Dann wären
Wir Sklaven und verdienten, es zu sein!

Auf der Mauer.

Der sei gestoßen aus dem Recht der Schweizer,
Wer von Ergebung spricht an Oesterreich! —
Landammann, ich bestehe drauf, dies sei
Das erste Landsgesetz, das wir hier geben.

Melchthal.

So sei's. Wer von Ergebung spricht an Oestreich,
Soll rechtlos sein und aller Ehren bar,
Kein Landmann nehm' ihn auf an seinem Feuer.

Alle (heben die rechte Hand auf).

Wir wollen es, das sei Gesetz!

Reding (nach einer Pause).
Es ist's.

Rösselmann.

Jetzt seid ihr frei, ihr seid's durch dies Gesetz.
Nicht durch Gewalt soll Oesterreich ertrotzen,
Was es durch freundlich Werben nicht erhielt —

Jost von Weiler.

Zur Tagesordnung, weiter!

Reding.

Eidgenossen!

Sind alle sanften Mittel auch versucht?
Vielleicht weiß es der König nicht; es ist
Wol gar sein Wille nicht, was wir erdulden.
Auch dieses Letzte sollten wir versuchen:
Erst unsre Klage bringen vor sein Ohr,
Eh wir zum Schwerte greifen. Schrecklich immer,
Auch in gerechter Sache, ist Gewalt.
Gott hilft nur dann, wenn Menschen nicht mehr helfen.

Stauffacher (zu Konrad Hunn).

Nun ist's an Euch, Bericht zu geben. Redet.

Konrad Hunn.

Ich war zu Rheinfeld an des Kaisers Pfalz,
Wider der Vögte harten Druck zu klagen,
Den Brief zu holen unsrer alten Freiheit,
Den jeder neue König sonst bestätigt.
Die Boten vieler Städte fand ich dort,
Vom schwäb'schen Lande und vom Lauf des Rheins,
Die all' erhielten ihre Pergamente
Und kehrten freudig wieder in ihr Land.
Mich, euern Boten, wies man an die Räthe,
Und die entließen mich mit leerem Trost:
„Der Kaiser habe diesmal keine Zeit;
Er würde sonst einmal wol an uns denken.“
Und als ich traurig durch die Säle ging
Der Königsburg, da sah ich Herzog Hansen
In einem Erker weinend stehn, um ihn
Die edeln Herrn von Wart und Tegerfeld.
Die riefen mir und sagten: „Helft euch selbst!
Gerechtigkeit erwartet nicht vom König.
Beraubt er nicht des eignen Bruders Kind

Und hinterhält ihm sein gerechtes Erbe?
Der Herzog fleht' ihn um sein Mütterliches,
Er habe seine Jahre voll, es wäre
Nun Zeit, auch Land und Leute zu regieren.
Was ward ihm zum Bescheid? Ein Kränzlein setzt' ihm
Der Kaiser auf: Das sei die Zier der Jugend."

Auf der Mauer.

Ihr habt's gehört. Recht und Gerechtigkeit
Erwartet nicht vom Kaiser! Helft euch selbst!

Reding.

Nichts andres bleibt uns übrig. Nun gebt Rath,
Wie wir es klug zum frohen Ende leiten.

Walther Fürst (tritt in den Ring).

Abtreiben wollen wir verhaßten Zwang;
Die alten Rechte, wie wir sie ererbt
Von unsern Vätern, wollen wir bewahren,
Nicht ungezügelt nach dem Neuen greifen.
Dem Kaiser bleibe, was des Kaisers ist;
Wer einen Herrn hat, dien' ihm pflichtgemäß.

Meier.

Ich trage Gut von Oesterreich zu Lehen.

Walther Fürst.

Ihr fahret fort Oestreich die Pflicht zu leisten.

Jost von Weiler.

Ich steure an die Herrn von Rappersweil.

Walther Fürst.

Ihr fahret fort zu zinsen und zu steuern.

Rösselmann.

Der großen Frau zu Zürch bin ich vereidet.

Walther Fürst.

Ihr gebt dem Kloster, was des Klosters ist.

Stauffacher.

Ich trage keine Lehen als des Reichs.

Walther Fürst.

Was sein muß, das geschehe, doch nicht drüber.
Die Vögte wollen wir mit ihren Knechten

Verjagen und die festen Schlösser brechen;
Doch, wenn es sein mag, ohne Blut. Es sehe
Der Kaiser, daß wir nothgedrungen nur
Der Ehrfurcht fromme Pflichten abgeworfen.
Und sieht er uns in unsern Schranken bleiben,
Vielleicht besiegt er staatsklug seinen Zorn;
Denn bill'ge Furcht erwecket sich ein Volk,
Das mit dem Schwerte in der Faust sich mäßigt.

Reding.

Doch lasset hören, wie vollenden wir's?
Es hat der Feind die Waffen in der Hand,
Und nicht fürwahr in Frieden wird er weichen.

Stauffacher.

Er wird's, wenn er in Waffen uns erblickt;
Wir überraschen ihn, eh er sich rüstet.

Meier.

Ist bald gesprochen, aber schwer gethan.
Uns ragen in dem Land zwei feste Schlösser,
Die geben Schirm dem Feind und werden furchtbar
Wenn uns der König in das Land sollt' fallen.
Roßberg und Sarnen muß bezwungen sein,
Eh man ein Schwert erhebt in den drei Landen.

Stauffacher.

Säumt man so lang, so wird der Feind gewarnt;
Zu viele sind's, die das Geheimniß theilen.

Meier.

In den Waldstätten find't sich kein Verräther.

Rösselmann.

Der Eifer auch, der gute, kann verrathen.

Walther Fürst.

Schiebt man es auf, so wird der Twing vollendet
In Altorf, und der Vogt befestigt sich.

Meier.

Ihr denkt an euch.

Sigrist.
Und ihr seid ungerecht.

Meier (auffahrend).

Wir ungerecht! Das darf uns Uri bieten?

Reding.

Bei Euerm Eide, Ruß!

Meier.

Ja, wenn sich Schwyz
Versteht mit Uri, müssen wir wol schweigen.

Reding.

Ich muß euch weisen vor der Landsgemeinde,
Daß ihr mit best'gem Sinn den Frieden stört!
Stehn wir nicht alle für dieselbe Sache?

Winkelried.

Wenn wir's verschieben bis zum Fest des Herrn,
Dann bringt's die Sitte mit, daß alle Saßen
Dem Vogt Geschenke bringen auf das Schloß.
So können zehen Männer oder zwölf
Sich unverdächtig in der Burg versammeln,
Die führen heimlich spitz'ge Eisen mit,
Die man geschwind kann an die Stäbe stecken,
Denn niemand kommt mit Waffen in die Burg.
Zunächst im Wald hält dann der große Haufe,
Und wenn die andern glücklich sich des Thors
Ermächtiget, so wird ein Horn geblasen,
Und jene brechen aus dem Hinterhalt.
So wird das Schloß mit leichter Arbeit unser.

Melchthal.

Den Roßberg übernehm' ich zu ersteigen;
Denn ein Dirn' des Schlosses ist mir hold,
Und leicht bethör' ich sie, zum nächtlichen
Besuch die schwanke Leiter mir zu reichen:
Bin ich droben erst, zieh' ich die Freunde nach.

Reding.

Ist's aller Wille, daß verschoben werde?

(Die Mehrzahl erhebt die Hand.)

Stauffacher (zählt die Stimmen).

Es ist ein Mehr von zwanzig gegen zwölf.

Walther Fürst.

Wenn am bestimmten Tag die Burgen fallen,
So geben wir von einem Berg zum andern
Das Zeichen mit dem Rauch; der Landsturm
Wird aufgeboten, schnell, im Hauptort jedes Landes;

Wenn dann die Vögte sehn der Waffen Ernst,
Glaubt mir, sie werden sich des Streits begeben
Und gern ergreifen friedliches Geleit,
Aus unsern Landesmarken zu entweichen.

Stauffacher.

Nur mit dem Geßler fürcht' ich schweren Stand,
Furchtbar ist er mit Reisigen umgeben;
Nicht ohne Blut räumt er das Feld, ja selbst
Vertrieben bleibt er furchtbar noch dem Land.
Schwer ist's und fast gefährlich, ihn zu schonen.

Baumgarten.

Wo's halsgefährlich ist, da stellt mich hin!
Dem Tell verdank' ich mein gerettet Leben.
Gern schlag' ich's in die Schanze für das Land,
Mein' Ehr' hab' ich beschützt, mein Herz befriedigt.

Reding.

Die Zeit bringt Rath. Erwartet's in Geduld.
Man muß dem Augenblick auch was vertrauen.
Doch seht, indeß wir nächtlich hier noch tagen,
Stellt auf den höchsten Bergen schon der Morgen
Die glüh'nde Hochwacht aus. Kommt, laßt uns scheiden,
Eh uns des Tages Leuchten überrascht.

Walther Fürst.

Sorgt nicht, die Nacht weicht langsam aus den Thälern.
(Alle haben unwillkürlich die Hüte abgenommen und betrachten mit stiller Sammlung die Morgenröthe.)

Rösselmann.

Bei diesem Licht, das uns zuerst begrüßt
Von allen Völkern, die tief unter uns
Schwer athmend wohnen in dem Qualm der Städte,
Laßt uns den Eid des neuen Bundes schwören:
Wir wollen sein ein einzig Volk von Brüdern,
In keiner Noth uns trennen und Gefahr.
        (Alle sprechen es nach mit erhobenen drei Fingern.)
Wir wollen frei sein, wie die Väter waren;
Eher den Tod, als in der Knechtschaft leben!
        (Wie oben.)
Wir wollen trauen auf den höchsten Gott
Und uns nicht fürchten vor der Macht der Menschen.
        (Wie oben. Die Landleute umarmen einander.)

Stauffacher.

Jetzt gehe jeder seines Weges still
Zu seiner Freundschaft und Genossame.
Wer Hirt ist, wintre ruhig seine Heerde
Und werb' im stillen Freunde für den Bund.
Was noch bis dahin muß erduldet werden,
Erduldet's! Laßt die Rechnung der Tyrannen
Anwachsen, bis ein Tag die allgemeine
Und die besondre Schuld auf einmal zahlt.
Bezähme jeder die gerechte Wuth
Und spare für das Ganze seine Rache;
Denn Raub begeht am allgemeinen Gut,
Wer selbst sich hilft in seiner eignen Sache.

(Indem sie zu drei verschiedenen Seiten in größter Ruhe abgeben, fällt das Orchester
mit einem prachtvollen Schwung ein; die leere Scene bleibt noch eine Zeit lang offen
und zeigt das Schauspiel der aufgehenden Sonne über den Eisgebirgen.)

Dritter Aufzug.

Erste Scene.

Hof vor Tell's Hause.

Tell ist mit der Zimmeraxt, Hedwig mit einer häuslichen Arbeit beschäftigt. Walther und Wilhelm in der Tiefe spielen mit einer kleinen Armbrust.

Walther (singt).

Mit dem Pfeil, dem Bogen,
Durch Gebirg und Thal
Kommt der Schütz gezogen
Früh am Morgenstrahl.

Wie im Reich der Lüfte
König ist der Weih —
Durch Gebirg und Klüfte
Herrscht der Schütze frei.

Ihm gehört das Weite,
Was sein Pfeil erreicht,
Das ist seine Beute,
Was da kreucht und fleugt.

(Kommt gesprungen.)

Der Strang ist mir entzwei. Mach mir ihn, Vater.

Tell.

Ich nicht. Ein rechter Schütze hilft sich selbst.

(Die Knaben entfernen sich.)

Hedwig.

Die Knaben fangen zeitig an zu schießen.

Tell.

Früh übt sich, was ein Meister werden will.

Hedwig.

Ach, wollte Gott, sie lernten's nie!

Tell.

Sie sollen alles lernen. Wer durchs Leben
Sich frisch will schlagen, muß zu Schutz und Trutz
Gerüstet sein.

Hedwig.

　　　Ach, es wird keiner seine Ruh
Zu Hause finden.

Tell.

　　　Mutter, ich kann's auch nicht.
Zum Hirten hat Natur mich nicht gebildet:
Rastlos muß ich ein flüchtig Ziel verfolgen.
Dann erst genieß' ich meines Lebens recht,
Wenn ich mir's jeden Tag aufs neu erbeute.

Hedwig.

Und an die Angst der Hausfrau denkst du nicht,
Die sich indessen, deiner wartend, härmt.
Denn mich erfüllt's mit Grausen, was die Knechte
Von euern Wagefahrten sich erzählen.
Bei jedem Abschied zittert mir das Herz,
Daß du mir nimmer werdest wiederkehren.
Ich sehe dich, im wilden Eisgebirg
Verirrt, von einer Klippe zu der andern
Den Fehlsprung thun, seh', wie die Gemse dich
Rückspringend mit sich in den Abgrund reißt,
Wie eine Windlawine dich verschüttet,
Wie unter dir der trügerische Firn
Einbricht, und du hinabsinkst, ein lebendig
Begrabner, in die schauerliche Gruft —
Ach, den verwegnen Alpenjäger hascht
Der Tod in hundert wechselnden Gestalten!
Das ist ein unglückseliges Gewerb,
Das halsgefährlich führt am Abgrund hin!

Tell.

Wer frisch umherspäht mit gesunden Sinnen,
Auf Gott vertraut und die gelenke Kraft,
Der ringt sich leicht aus jeder Fahr und Noth.
Den schreckt der Berg nicht, der darauf geboren.

(Er hat seine Arbeit vollendet, legt das Geräth hinweg.)

Jetzt, mein' ich, hält das Thor auf Jahr und Tag.
Die Axt im Haus erspart den Zimmermann.

(Nimmt den Hut.)

Hedwig.

Wo gehst du hin?

Tell.

Nach Altorf zu dem Vater.

Hedwig.

Sinnst du auch nichts Gefährliches? Gesteh mir's!

Tell.

Wie kommst du darauf, Frau?

Hedwig.

Es spinnt sich etwas
Gegen die Vögte. Auf dem Rütli ward
Getagt, ich weiß, und du bist auch im Bunde.

Tell.

Ich war nicht mit dabei; doch werd' ich mich
Dem Lande nicht entziehen, wenn es ruft.

Hedwig.

Sie werden dich hinstellen, wo Gefahr ist;
Das Schwerste wird dein Antheil sein, wie immer.

Tell.

Ein jeder wird besteuert nach Vermögen.

Hedwig.

Den Unterwaldner hast du auch im Sturme
Ueber den See geschafft — ein Wunder war's,
Daß ihr entkommen! Dachtest du denn gar nicht
An Kind und Weib?

Tell.

Lieb Weib, ich dacht' an euch;
Drum rettet' ich den Vater seinen Kindern.

Hedwig.

Zu schiffen in dem wüth'gen See! Das heißt
Nicht Gott vertrauen, das heißt Gott· versuchen!

Tell.

Wer gar zu viel bedenkt, wird wenig leisten.

Hedwig.

Ja, du bist gut und hülfreich, dienest allen,
Und — wenn du selbst in Noth kommst, hilft dir keiner.

Tell.

Verhüt' es Gott, daß ich nicht Hülfe brauche!
(Er nimmt die Armbrust und Pfeile.)

Hedwig.

Was willst du mit der Armbrust? Laß sie hier!

Tell.

Mir fehlt der Arm, wenn mir die Waffe fehlt.
(Die Knaben kommen zurück.)

Walther.

Vater, wo gehst du hin?

Tell.

Nach Altorf, Knabe,
Zum Ehni. Willst du mit?

Walther.

Ja, freilich will ich.

Hedwig.

Der Landvogt ist jetzt dort. Bleib weg von Altorf!

Tell.

Er geht, noch heute.

Hedwig.

Drum laß ihn erst fort sein.
Gemahn' ihn nicht an dich; du weißt, er grollt uns.

Tell.

Mir soll sein böser Wille nicht viel schaden,
Ich thue recht und scheue keinen Feind.

Hedwig.

Die recht thun, eben die haßt er am meisten.

Tell.

Weil er nicht an sie kommen kann. Mich wird
Der Ritter wol in Frieden lassen, mein' ich.

Hedwig.

So, weißt du das?

Tell.

Es ist nicht lange her,
Da ging ich jagen durch die wilden Gründe
Des Schächenthals auf menschenleerer Spur.
Und da ich einsam einen Felsensteig
Verfolgte, wo nicht auszuweichen war,
Denn über mir hing schroff die Felswand her,
Und unten rauschte fürchterlich der Schächen —
(Die Knaben drängen sich rechts und links an ihn und sehen mit gespannter
Neugier an ihm hinauf.)
Da kam der Landvogt gegen mich daher,
Er ganz allein mit mir, der auch allein war,
Blos Mensch zu Mensch, und neben uns der Abgrund.
Und als der Herre mein ansichtig ward
Und mich erkannte, den er kurz zuvor
Um kleiner Ursach willen schwer gebüßt,
Und sah mich mit dem stattlichen Gewehr
Dahergeschritten kommen — da verblaßt' er,
Die Knie versagten ihm, ich sah es kommen,
Daß er jetzt an die Felswand würde sinken.
Da jammerte mich sein, ich trat zu ihm
Bescheidentlich und sprach: Ich bin's, Herr Landvogt.
Er aber konnte keinen armen Laut
Aus seinem Munde geben. Mit der Hand nur
Winkt' er mir schweigend, meines Wegs zu gehn;
Da ging ich fort und sandt' ihm sein Gefolge.

Hedwig.

Er hat vor dir gezittert — wehe dir!
Daß du ihn schwach gesehn, vergibt er nie.

Tell.

Drum meid' ich ihn, und er wird mich nicht suchen.

Hedwig.

Bleib heute nur dort weg! Geh lieber jagen.

Tell.

Was fällt dir ein?

Hedwig.

Mich ängstigt's. Bleibe weg!

Tell.

Wie kannst du dich so ohne Ursach quälen?

Hedwig.

Weil's keine Ursach hat, Tell, bleibe hier!

Tell.

Ich hab's versprochen, liebes Weib, zu kommen.

Hedwig.

Mußt du, so geh. Nur lasse mir den Knaben!

Walther.

Nein, Mütterchen; ich gehe mit dem Vater.

Hedwig.

Wälti, verlassen willst du deine Mutter?

Walther.

Ich bring' dir auch was Hübsches mit vom Ehni.
(Geht mit dem Vater.)

Wilhelm.

Mutter, ich bleibe bei dir.

Hedwig (umarmt ihn).

Ja, du bist
Mein liebes Kind, du bleibst mir noch allein!
(Sie geht an das Hofthor und folgt den Abgehenden lange mit den Augen.)

Zweite Scene.

Eine eingeschlossene wilde Waldgegend. Staubbäche stürzen
von den Felsen.

Bertha im Jagdkleid. Gleich darauf Rudenz.

Bertha.

Er folgt mir! Endlich kann ich mich erklären.

Rudenz (tritt rasch ein).

Fräulein, jetzt endlich find' ich Euch allein,
Abgründe schließen rings umher uns ein;
In dieser Wildniß fürcht' ich keinen Zeugen,
Vom Herzen wälz' ich dieses lange Schweigen —

Bertha.

Seid Ihr gewiß, daß uns die Jagd nicht folgt?

Rudenz.

Die Jagd ist dort hinaus. Jetzt oder nie!
Ich muß den theuern Augenblick ergreifen,
Entschieden sehen muß ich mein Geschick,
Und sollt' es mich auf ewig von Euch scheiden.
O, waffnet Eure güt'gen Blicke nicht
Mit dieser finstern Strenge! Wer bin ich,
Daß ich den kühnen Wunsch zu Euch erhebe?
Mich hat der Ruhm noch nicht genannt, ich darf
Mich in die Reih nicht stellen mit den Rittern,
Die siegberühmt und glänzend Euch umwerben;
Nichts hab' ich als mein Herz voll Treu und Liebe —

Bertha (ernst und streng).

Dürft Ihr von Liebe reden und von Treue,
Der treulos wird an seinen nächsten Pflichten?
    (Rudenz tritt zurück.)
Der Sklave Oesterreichs, der sich dem Fremdling
Verkauft, dem Unterdrücker seines Volks?

Rudenz.

Von Euch, mein Fräulein, hör' ich diesen Vorwurf?
Wen such' ich denn als Euch auf jener Seite?

Bertha.

Mich denkt Ihr auf der Seite des Verraths
Zu finden? Eher wollt' ich meine Hand
Dem Geßler selbst, dem Unterdrücker, schenken
Als dem naturvergeßnen Sohn der Schweiz,
Der sich zu seinem Werkzeug machen kann!

Rudenz.

O Gott, was muß ich hören?

Bertha.

              Wie? Was liegt
Dem guten Menschen näher als die Seinen?
Gibt's schönre Pflichten für ein edles Herz,
Als ein Vertheidiger der Unschuld sein,
Das Recht des Unterdrückten zu beschirmen?
Die Seele blutet mir um Euer Volk,
Ich leide mit ihm, denn ich muß es lieben,
Das so bescheiden ist und doch voll Kraft;
Es zieht mein ganzes Herz mich zu ihm hin,
Mit jedem Tage lern' ich's mehr verehren.

Ihr aber, den Natur und Ritterpflicht
Ihm zum geborenen Beschützer gaben,
Und der's verläßt, der treulos übertritt
Zum Feind und Ketten schmiedet seinem Land,
Ihr seid's, der mich verletzt und kränkt; ich muß
Mein Herz bezwingen, daß ich Euch nicht hasse.

Rudenz.

Will ich denn nicht das Beste meines Volks?
Ihm unter Oestreichs mächt'gem Scepter nicht
Den Frieden —

Bertha.

   Knechtschaft wollt Ihr ihm bereiten!
Die Freiheit wollt Ihr aus dem letzten Schloß,
Das ihr noch auf der Erde blieb, verjagen!
Das Volk versteht sich besser auf sein Glück,
Kein Schein verführt sein sicheres Gefühl.
Euch haben sie das Netz ums Haupt geworfen —

Rudenz.

Bertha! Ihr haßt mich, Ihr verachtet mich!

Bertha.

Thät' ich's, mir wäre besser. Aber den
Verachtet sehen und verachtungswerth,
Den man gern lieben möchte —

Rudenz.

    Bertha! Bertha!
Ihr zeiget mir das höchste Himmelsglück
Und stürzt mich tief in einem Augenblick.

Bertha.

Nein, nein, das Edle ist nicht ganz erstickt
In Euch; es schlummert nur, ich will es wecken.
Ihr müßt Gewalt ausüben an Euch selbst,
Die angestammte Tugend zu ertödten;
Doch, wohl Euch, sie ist mächtiger als Ihr,
Und troz Euch selber seid Ihr gut und edel.

Rudenz.

Ihr glaubt an mich? O Bertha, alles läßt
Mich Eure Liebe sein und werden!

Bertha.

     Seid,
Wozu die herrliche Natur Euch machte,

Erfüllt den Platz, wohin sie Euch gestellt,
Zu Euerm Volke steht und Euerm Lande,
Und kämpft für Euer heilig Recht!

Rudenz.

Weh mir!
Wie kann ich Euch erringen, Euch besitzen,
Wenn ich der Macht des Kaisers widerstrebe?
Ist's der Verwandten mächt'ger Wille nicht,
Der über Eure Hand tyrannisch waltet?

Bertha.

In den Waldstätten liegen meine Güter,
Und ist der Schweizer frei, so bin auch ich's.

Rudenz.

Bertha, welch einen Blick thut Ihr mir auf!

Bertha.

Hofft nicht durch Oestreichs Gunst mich zu erringen.
Nach meinem Erbe strecken sie die Hand,
Das will man mit dem großen Erb vereinen;
Dieselbe Ländergier, die eure Freiheit
Verschlingen will, sie drohet auch der meinen.
O Freund, zum Opfer bin ich ausersehn,
Vielleicht um einen Günstling zu belohnen.
Dort, wo die Falschheit und die Ränke wohnen,
Hin an den Kaiserhof will man mich ziehen,
Dort harren mein verhaßter Ehe Ketten;
Die Liebe nur — die Eure — kann mich retten!

Rudenz.

Ihr könntet Euch entschließen, hier zu leben,
In meinem Vaterlande mein zu sein?
O Bertha, all mein Sehnen in das Weite,
Was war es als ein Streben nur nach Euch?
Euch sucht' ich einzig auf dem Weg des Ruhms,
Und all mein Ehrgeiz war nur meine Liebe!
Könnt Ihr mit mir Euch in dies stille Thal
Einschließen und der Erde Glanz entsagen —
O, dann ist meines Strebens Ziel gefunden,
Dann mag der Strom der wildbewegten Welt
Ans sichre Ufer dieser Berge schlagen,
Kein flüchtiges Verlangen hab' ich mehr
Hinauszusenden in des Lebens Weiten;

Dann mögen diese Felsen um uns her
Die undurchdringlich feste Mauer breiten,
Und dies verschlossne sel'ge Thal allein
Zum Himmel offen und gelichtet sein!

Bertha.

Jetzt bist du ganz wie dich mein ahnend Herz
Geträumt! Mich hat der Glaube nicht betrogen!

Rudenz.

Fahr hin, du eitler Wahn, der mich bethört!
Ich soll das Glück in meiner Heimat finden,
Hier, wo der Knabe fröhlich aufgeblüht,
Wo tausend Freudespuren mich umgeben,
Wo alle Quellen mir und Bäume leben,
Im Vaterland willst du die Meine werden!
Ach, wohl hab' ich es stets geliebt, ich fühl's,
Es fehlte mir zu jedem Glück der Erden.

Bertha.

Wo wär' die sel'ge Insel aufzufinden,
Wenn sie nicht hier ist, in der Unschuld Land?
Hier, wo die alte Treue heimisch wohnt,
Wo sich die Falschheit noch nicht hingefunden?
Da trübt kein Neid die Quelle unsers Glücks,
Und ewig hell entfliehen uns die Stunden;
Da seh' ich dich im echten Männerwerth,
Den Ersten von den Freien und den Gleichen,
Mit reiner, freier Huldigung verehrt,
Groß, wie ein König wirkt in seinen Reichen.

Rudenz.

Da seh' ich dich, die Krone aller Frauen,
In weiblich reizender Geschäftigkeit
In meinem Haus den Himmel mir erbauen
Und, wie der Frühling seine Blumen streut,
Mit schöner Anmuth mir das Leben schmücken
Und alles rings beleben und beglücken!

Bertha.

Sieh, theurer Freund, warum ich trauerte,
Als ich dies höchste Lebensglück dich selbst
Zerstören sah. Weh mir, wie stünd's um mich,
Wenn ich dem stolzen Ritter müßte folgen,
Dem Landbedrücker, auf sein finstres Schloß!

Hier ist kein Schloß; mich scheiden keine Mauern
Von einem Volk, das ich beglücken kann!

Rudenz.

Doch wie mich retten, wie die Schlinge lösen,
Die ich mir thöricht selbst ums Haupt gelegt?

Bertha.

Zerreiße sie mit männlichem Entschluß!
Was auch draus werde, steh zu deinem Volk;
Es ist dein angeborner Platz —

(Jagdhörner in der Ferne.)

Die Jagd
Kommt näher; fort, wir müssen scheiden. Kämpfe
Fürs Vaterland — du kämpfst für deine Liebe!
Es ist ein Feind, vor dem wir alle zittern,
Und eine Freiheit macht uns alle frei!

(Gehen ab.)

Dritte Scene.

Wiese bei Altorf.

Im Vordergrund Bäume, in der Tiefe der Hut auf einer Stange.
Der Prospect wird begrenzt durch den Bannberg, über welchem ein
Schneegebirg emporragt.

Frießhardt und Leuthold halten Wache.

Frießhardt.

Wir passen auf umsonst, es will sich niemand
Heranbegeben und dem Hut sein' Reverenz
Erzeigen. 's war doch sonst wie Jahrmarkt hier;
Jetzt ist der ganze Anger wie verödet,
Seitdem der Popanz auf der Stange hängt.

Leuthold.

Nur schlecht Gesindel läßt sich sehn und schwingt
Uns zum Verdrieße die zerlumpten Mützen;
Was rechte Leute sind, die machen lieber
Den langen Umweg um den halben Flecken,
Eh sie den Rücken beugten vor dem Hut.

Frießhardt.

Sie müssen über diesen Platz, wenn sie
Vom Rathhaus kommen um die Mittagsstunde;

Da meint' ich schon, 'nen guten Fang zu thun,
Denn keiner dachte dran den Hut zu grüßen.
Da sieht's der Pfaff, der Rösselmann — kam just
Von einem Kranken her — und stellt sich hin
Mit dem Hochwürdigen grad' vor die Stange,
Der Sigrist mußte mit dem Glöcklein schellen:
Da fielen all' aufs Knie, ich selber mit,
Und grüßten die Monstranz, doch nicht den Hut.

Leuthold.

Höre, Gesell, es fängt mir an zu däuchten,
Wir stehen hier am Pranger vor dem Hut.
's ist doch ein Schimpf für einen Reitersmann,
Schildwach zu stehn vor einem leeren Hut,
Und jeder rechte Kerl muß uns verachten.
Die Reverenz zu machen einem Hut —
Es ist doch, traun, ein närrischer Befehl!

Frießhardt.

Warum nicht einem leeren hohlen Hut?
Bückst du dich doch vor manchem hohlen Schädel.

Hildegard, Mechthild und Elsbeth treten auf mit Kindern und stellen sich um die Stange.

Leuthold.

Und du bist auch so ein dienstfert'ger Schurke
Und brächtest wackre Leute gern ins Unglück!
Mag, wer da will, am Hut vorübergehn,
Ich drück' die Augen zu und seh' nicht hin.

Mechthild.

Da hängt der Landvogt — habt Respect, ihr Buben!

Elsbeth.

Wollt's Gott, er ging' und ließ' uns seinen Hut!
Es sollte drum nicht schlechter stehn ums Land.

Frießhardt (verscheucht sie).

Wollt ihr vom Platz! Verwünschtes Volk der Weiber,
Wer fragt nach euch? Schickt eure Männer her,
Wenn sie der Muth sticht, dem Befehl zu trotzen!

(Weiber gehen.)

Tell mit der Armbrust tritt auf, den Knaben an der Hand führend; sie gehen an dem Hut vorbei gegen die vordere Scene, ohne darauf zu achten.

Walther (zeigt nach dem Bannberg).

Vater, ist's wahr, daß auf dem Berge dort
Die Bäume bluten, wenn man einen Streich
Drauf führte mit der Art?

Tell.

Wer sagt das, Knabe?

Walther.

Der Meister Hirt erzählt's. Die Bäume seien
Gebannt, sagt er, und wer sie schädige,
Dem wachse seine Hand heraus zum Grabe.

Tell.

Die Bäume sind gebannt, das ist die Wahrheit.
Siehst du die Firnen dort, die weißen Hörner,
Die hoch bis in den Himmel sich verlieren?

Walther.

Das sind die Gletscher, die des Nachts so donnern
Und uns die Schlaglavinen niedersenden.

Tell.

So ist's, und die Lavinen hätten längst
Den Flecken Altorf unter ihrer Last
Verschüttet, wenn der Wald dort oben nicht
Als eine Landwehr sich dagegen stellte.

Walther (nach einigem Besinnen).

Gibt's Länder, Vater, wo nicht Berge sind?

Tell.

Wenn man hinuntersteigt von unsern Höhen
Und immer tiefer steigt, den Strömen nach,
Gelangt man in ein großes ebnes Land,
Wo die Waldwasser nicht mehr brausend schäumen,
Die Flüsse ruhig und gemächlich ziehn;
Da sieht man frei nach allen Himmelsräumen,
Das Korn wächst dort in langen schönen Auen,
Und wie ein Garten ist das Land zu schauen.

Walther.

Ei, Vater, warum steigen wir denn nicht
Geschwind hinab in dieses schöne Land,
Statt daß wir uns hier ängstigen und plagen?

Tell.

Das Land ist schön und gütig, wie der Himmel;
Doch die's bebauen, sie genießen nicht
Den Segen, den sie pflanzen.

Walther.

Wohnen sie
Nicht frei, wie du, auf ihrem eignen Erbe?

Tell.

Das Feld gehört dem Bischof und dem König.

Walther.

So dürfen sie doch frei in Wäldern jagen?

Tell.

Dem Herrn gehört das Wild und das Gefieder.

Walther.

Sie dürfen doch frei fischen in dem Strom?

Tell.

Der Strom, das Meer, das Salz gehört dem König.

Walther.

Wer ist der König denn, den alle fürchten?

Tell.

Es ist der Eine, der sie schützt und nährt.

Walther.

Sie können sich nicht muthig selbst beschützen?

Tell.

Dort darf der Nachbar nicht dem Nachbar trauen.

Walther.

Vater, es wird mir eng im weiten Land;
Da wohn' ich lieber unter den Lavinen.

Tell.

Ja, wohl ist's besser, Kind, die Gletscherberge
Im Rücken haben als die bösen Menschen.
(Sie wollen vorübergehen.)

Walther.

Ei, Vater, sieh den Hut dort auf der Stange.

Tell.

Was kümmert uns der Hut! Komm, laß uns gehen.
(Indem er abgehen will, tritt ihm Frießhardt mit vorgehaltener Pike entgegen.)

Frießhardt.

In des Kaisers Namen, haltet an und steht!

Tell (greift in die Pike).

Was wollt Ihr? Warum haltet Ihr mich auf?

Frießhardt.

Ihr habt's Mandat verletzt; Ihr müßt uns folgen.

Leuthold.

Ihr habt dem Hut nicht Reverenz bewiesen.

Tell.

Freund, laß mich gehen.

Frießhardt.

Fort, fort ins Gefängniß!

Walther.

Den Vater ins Gefängniß! Hülfe! Hülfe!
(In die Scene rufend.)
Herbei, ihr Männer, gute Leute, helft!
Gewalt! Gewalt! Sie führen ihn gefangen!
Rösselmann, der Pfarrer, und Petermann, der Sigrist, kommen herbei, mit
drei andern Männern.

Sigrist.

Was gibt's?

Rösselmann.

Was legst du Hand an diesen Mann?

Frießhardt.

Er ist ein Feind des Kaisers, ein Verräther!

Tell (faßt ihn heftig).

Ein Verräther, ich!

Rösselmann.

Du irrst dich, Freund. Das ist
Der Tell, ein Ehrenmann und guter Bürger.

Walther (erblickt Walther Fürsten und eilt ihm entgegen).

Großvater, hilf! Gewalt geschieht dem Vater!

Frießhardt.

Ins Gefängniß, fort!

Walther Fürst (herbeieilend).

Ich leiste Bürgschaft, haltet! —
Um Gottes willen, Tell, was ist geschehen?

Melchthal und Stauffacher kommen.

Frießhardt.

Des Landvogts oberherrliche Gewalt
Verachtet er und will sie nicht erkennen.

Stauffacher.

Das hätt' der Tell gethan?

Melchthal.

Das lügst du, Bube!

Leuthold.

Er hat dem Hut nicht Reverenz bewiesen.

Walther Fürst.

Und darum soll er ins Gefängniß? Freund,
Nimm meine Bürgschaft an und laß ihn ledig.

Frießhardt.

Bürg du für dich und deinen eignen Leib!
Wir thun was unsers Amtes — fort mit ihm!

Melchthal (zu den Landleuten).

Nein, das ist schreiende Gewalt! Ertragen wir's,
Daß man ihn fortführt, frech, vor unsern Augen?

Sigrist.

Wir sind die Stärkern; Freunde, duldet's nicht!
Wir haben einen Rücken an den andern.

Frießhardt.

Wer widersetzt sich dem Befehl des Vogts?

Noch drei Landleute (herbeieilend).

Wir helfen euch. Was gibt's? Schlagt sie zu Boden!

Hildegard, Mechthild und Elsbeth kommen zurück.

Tell.

Ich helfe mir schon selbst. Geht, gute Leute.
Meint ihr, wenn ich die Kraft gebrauchen wollte,
Ich würde mich vor ihren Spießen fürchten?

Melchthal (zu Frießhardt).

Wag's, ihn aus unsrer Mitte wegzuführen!

Walther Fürst und Stauffacher.

Gelassen! Ruhig!

Frießhardt (schreit).

Aufruhr und Empörung!

(Man hört Jagdhörner.)

Weiber.

Da kommt der Landvogt!

Frießhardt (erhebt die Stimme).

Meuterei! Empörung!

Stauffacher.

Schrei, bis du berstest, Schurke!

Rösselmann und Melchthal.

Willst du schweigen?

Frießhardt (ruft noch lauter).

Zu Hülf, zu Hülf den Dienern des Gesetzes!

Walther Fürst.

Da ist der Vogt! Weh uns, was wird das werden!

Geßler zu Pferd, den Falken auf der Faust, Rudolph der Harras, Bertha
und Rudenz; ein großes Gefolge von bewaffneten Knechten, welche einen Kreis
von Piken um die ganze Scene schließen.

Rudolph der Harras.

Platz, Platz dem Landvogt!

Geßler.

Treibt sie auseinander!

Was läuft das Volk zusammen? Wer ruft Hülfe?

(Allgemeine Stille.)

Wer war's? Ich will es wissen.

(Zu Frießhardt.)

Du tritt vor!

Wer bist du, und was hältst du diesen Mann?

(Er gibt den Falken einem Diener.)

Frießhardt.

Gestrenger Herr, ich bin dein Waffenknecht
Und wohlbestellter Wächter bei dem Hut.
Diesen Mann ergriff ich über frischer That,

Wie er dem Hut den Ehrengruß versagte.
Verhaften wollt' ich ihn, wie du befahlst,
Und mit Gewalt will ihn das Volk entreißen.

Geßler (nach einer Pause).

Verachtest du so deinen Kaiser, Tell,
Und mich, der hier an seiner Statt gebietet,
Daß du die Ehr' versagst dem Hut, den ich
Zur Prüfung des Gehorsams aufgehangen?
Dein böses Trachten hast du mir verrathen!

Tell.

Verzeiht mir, lieber Herr! Aus Unbedacht,
Nicht aus Verachtung Eurer ist's geschehn.
Wär' ich besonnen, hieß' ich nicht der Tell.
Ich bitt' um Gnad'; es soll nicht mehr begegnen.

Geßler (nach einigem Stillschweigen).

Du bist ein Meister auf der Armbrust, Tell —
Man sagt, du nähmst es auf mit jedem Schützen.

Walther Tell.

Und das muß wahr sein, Herr; 'nen Apfel schießt
Der Vater dir vom Baum auf hundert Schritte.

Geßler.

Ist das dein Knabe, Tell?

Tell.

Ja, lieber Herr.

Geßler.

Hast du der Kinder mehr?

Tell.

Zwei Knaben, Herr.

Geßler.

Und welcher ist's, den du am meisten liebst?

Tell.

Herr, beide sind sie mir gleich liebe Kinder.

Geßler.

Nun, Tell, weil du den Apfel triffst vom Baume
Auf hundert Schritt, so wirst du deine Kunst
Vor mir bewähren müssen. Nimm die Armbrust —
Du hast sie gleich zur Hand — und mach' dich fertig,

Einen Apfel von des Knaben Kopf zu schießen.
Doch will ich rathen, ziele gut, daß du
Den Apfel treffest auf den ersten Schuß;
Denn fehlst du ihn, so ist dein Kopf verloren!

(Alle geben Zeichen des Schreckens.)

Tell.

Herr — welches Ungeheure sinnet Ihr
Mir an? Ich soll vom Haupte meines Kindes —
Nein, nein doch, lieber Herr, das kommt Euch nicht
Zu Sinn — verhüt's der gnäd'ge Gott — das könnt Ihr
Im Ernst von einem Vater nicht begehren!

Geßler.

Du wirst den Apfel schießen von dem Kopf
Des Knaben — ich begehr's und will's.

Tell.

　　　　　　　　　　　Ich soll
Mit meiner Armbrust auf das liebe Haupt
Des eignen Kindes zielen? — Eher sterb' ich!

Geßler.

Du schießest — oder stirbst mit deinem Knaben.

Tell.

Ich soll der Mörder werden meines Kinds?
Herr, Ihr habt keine Kinder, wisset nicht,
Was sich bewegt in eines Vaters Herzen —

Geßler.

Ei, Tell, du bist ja plötzlich so besonnen!
Man sagte mir, daß du ein Träumer seist
Und dich entfernst von andrer Menschen Weise;
Du liebst das Seltsame — drum hab' ich jetzt
Ein eigen Wagstück für dich ausgesucht.
Ein andrer wol bedächte sich; du drückst
Die Augen zu und greifst es herzhaft an.

Bertha.

Scherzt nicht, o Herr, mit diesen armen Leuten!
Ihr seht sie bleich und zitternd stehn: so wenig
Sind sie Kurzweils gewohnt aus Euerm Munde.

Geßler.

Wer sagt Euch, daß ich scherze?

(Greift nach einem Baumzweige, der über ihn herhängt.)

Hier ist der Apfel.
Man mache Raum — er nehme seine Weite
Wie's Brauch ist — achtzig Schritte geb' ich ihm,
Nicht weniger noch mehr. Er rühmte sich,
Auf ihrer hundert seinen Mann zu treffen —
Jetzt, Schütze, triff und fehle nicht das Ziel!

Rudolph der Harras.

Gott, das wird ernsthaft. — Falle nieder, Knabe,
Es gilt, und fleh' den Landvogt um dein Leben!

Walther Fürst
(bei Seite zu Melchthal, der kaum seine Ungeduld bezwingt).

Haltet an Euch, ich fleh' Euch drum, bleibt ruhig!

Bertha (zum Landvogt).

Laßt es genug sein, Herr! Unmenschlich ist's,
Mit eines Vaters Angst also zu spielen.
Wenn dieser arme Mann auch Leib und Leben
Verwirkt durch seine leichte Schuld, bei Gott,
Er hätte jetzt zehnfachen Tod empfunden!
Entlaßt ihn ungekränkt in seine Hütte.
Er hat Euch kennen lernen; dieser Stunde
Wird er und seine Kindeskinder denken.

Geßler.

Oeffnet die Gasse! — Frisch! Was zauderst du?
Dein Leben ist verwirkt, ich kann dich tödten;
Und sieh, ich lege gnädig dein Geschick
In deine eigne kunstgeübte Hand.
Der kann nicht klagen über harten Spruch,
Den man zum Meister seines Schicksals macht.
Du rühmst dich deines sichern Blicks — wohlan,
Hier gilt es, Schütze, deine Kunst zu zeigen;
Das Ziel ist würdig, und der Preis ist groß!
Das Schwarze treffen in der Scheibe, das
Kann auch ein andrer; der ist mir der Meister,
Der seiner Kunst gewiß ist überall,
Dem 's Herz nicht in die Hand tritt noch ins Auge.

Walther Fürst (wirft sich vor ihm nieder).

Herr Landvogt, wir erkennen Eure Hoheit;
Doch lasset Gnad' für Recht ergehen, nehmt
Die Hälfte meiner Habe, nehmt sie ganz,
Nur dieses Gräßliche erlasset einem Vater!

Walther Tell.

Großvater, knie nicht vor dem falschen Mann!
Sagt, wo ich hinstehn soll. Ich fürcht' mich nicht.
Der Vater trifft den Vogel ja im Flug,
Er wird nicht fehlen auf das Herz des Kindes.

Stauffacher.

Herr Landvogt, rührt Euch nicht des Kindes Unschuld?

Rösselmann.

O, denket daß ein Gott im Himmel ist,
Dem Ihr müßt Rede stehn für Eure Thaten!

Geßler (zeigt auf den Knaben).

Man bind' ihn an die Linde dort!

Walther Tell.

                              Mich binden!
Nein, ich will nicht gebunden sein. Ich will
Stillhalten wie ein Lamm, und auch nicht athmen.
Wenn ihr mich bindet, nein, so kann ich's nicht,
So werd' ich toben gegen meine Bande.

Rudolph der Harras.

Die Augen nur laß dir verbinden, Knabe!

Walther Tell.

Warum die Augen? Denket Ihr, ich fürchte
Den Pfeil von Vaters Hand? Ich will ihn fest
Erwarten und nicht zucken mit den Wimpern. —
Frisch, Vater, zeig's, daß du ein Schütze bist!
Er glaubt dir's nicht, er denkt uns zu verderben;
Dem Wüthrich zum Verdrusse schieß und triff!

(Er geht an die Linde, man legt ihm den Apfel auf.)

Melchthal (zu den Landleuten).

Was? Soll der Frevel sich vor unsern Augen
Vollenden? Wozu haben wir geschworen?

Stauffacher.

Es ist umsonst, wir haben keine Waffen;
Ihr seht den Wald von Lanzen um uns her.

Melchthal.

O, hätten wir's mit frischer That vollendet!
Verzeih's Gott denen, die zum Aufschub riethen!

Geßler (zum Tell).

Ans Werk! Man führt die Waffen nicht vergebens.
Gefährlich ist's, ein Mordgewehr zu tragen,
Und auf den Schützen springt der Pfeil zurück.
Dies stolze Recht, das sich der Bauer nimmt,
Beleidiget den höchsten Herrn des Landes;
Gewaffnet sei niemand, als wer gebietet.
Freut's euch, den Pfeil zu führen und den Bogen,
Wohl, so will ich das Ziel euch dazu geben.

Tell (spannt die Armbrust und legt den Pfeil auf).

Oeffnet die Gasse! Platz!

Stauffacher.

Was, Tell? Ihr wolltet — nimmermehr! Ihr zittert,
Die Hand erbebt Euch, Eure Knie wanken —

Tell (läßt die Armbrust sinken).

Mir schwimmt es vor den Augen!

Weiber.

Gott im Himmel!

Tell (zum Landvogt).

Erlasset mir den Schuß! Hier ist mein Herz —
(Er reißt die Brust auf.)
Ruft Eure Reisigen und stoßt mich nieder!

Geßler.

Ich will dein Leben nicht, ich will den Schuß.
Du kannst ja alles, Tell; an nichts verzagst du:
Das Steuerruder führst du wie den Bogen,
Dich schreckt kein Sturm, wenn es zu retten gilt.
Jetzt, Retter, hilf dir selbst — du rettest alle!

(Tell steht in fürchterlichem Kampf, mit den Händen zuckend und die rollenden
Augen bald auf den Landvogt, bald zum Himmel gerichtet. — Plötzlich greift er
in seinen Köcher, nimmt einen zweiten Pfeil heraus und steckt ihn in seinen Goller.
Der Landvogt bemerkt alle diese Bewegungen.)

Walther Tell (unter der Linde).

Vater, schieß zu! Ich fürcht' mich nicht.

Tell.

Es muß!
(Er rafft sich zusammen und legt an.)

Rudenz

(der die ganze Zeit über in der heftigsten Spannung gestanden und mit Gewalt an sich gehalten, tritt hervor).

Herr Landvogt, weiter werdet Ihr's nicht treiben,
Ihr werdet nicht — es war nur eine Prüfung —
Den Zweck habt Ihr erreicht. Zu weit getrieben
Verfehlt die Strenge ihres weisen Zwecks,
Und allzu straff gespannt zerspringt der Bogen.

Geßler.

Ihr schweigt, bis man Euch aufruft.

Rudenz.

                    Ich will reden!
Ich darf's! Des Königs Ehre ist mir heilig;
Doch solches Regiment muß Haß erwerben.
Das ist des Königs Wille nicht — ich darf's
Behaupten. Solche Grausamkeit verdient
Mein Volk nicht; dazu habt Ihr keine Vollmacht.

Geßler.

Ha, Ihr erkühnt Euch —

Rudenz.

                Ich hab' stillgeschwiegen
Zu allen schweren Thaten, die ich sah;
Mein sehend Auge hab' ich zugeschlossen,
Mein überschwellend und empörtes Herz
Hab' ich hinabgedrückt in meinen Busen —
Doch länger schweigen wär' Verrath zugleich
An meinem Vaterland und an dem Kaiser.

Bertha (wirft sich zwischen ihn und den Landvogt).

O Gott, Ihr reizt den Wüthenden noch mehr.

Rudenz.

Mein Volk verließ ich, meinen Blutsverwandten
Entsagt' ich, alle Bande der Natur
Zerriß ich, um an Euch mich anzuschließen.
Das Beste aller glaubt' ich zu befördern,
Da ich des Kaisers Macht befestigte —
Die Binde fällt von meinen Augen, schaudernd
Seh' ich an einen Abgrund mich geführt:
Mein freies Urtheil habt Ihr irrgeleitet,
Mein redlich Herz verführt; ich war daran,
Mein Volk in bester Meinung zu verderben.

Geßler.

Verwegner, diese Sprache deinem Herrn!

Rudenz.

Der Kaiser ist mein Herr, nicht Ihr. Frei bin ich
Wie Ihr geboren, und ich messe mich
Mit Euch in jeder ritterlichen Tugend.
Und stündet Ihr nicht hier in Kaisers Namen,
Den ich verehre, selbst wo man ihn schändet,
Den Handschuh wärf' ich vor Euch hin, Ihr solltet
Nach ritterlichem Brauch mir Antwort geben —
Ja, winkt nur Euern Reisigen: ich stehe
Nicht wehrlos da, wie die —
(Auf das Volk zeigend.)
Ich hab' ein Schwert,
Und wer mir naht —

Stauffacher (ruft).

Der Apfel ist gefallen!

Indem sich alle nach dieser Seite gewendet und Bertha zwischen Rudenz und den Landvogt sich geworfen, hat Tell den Pfeil abgedrückt.)

Rösselmann.

Der Knabe lebt!

Viele Stimmen.

Der Apfel ist getroffen!

(Walther Fürst schwankt und droht zu sinken, Bertha hält ihn.)

Geßler (erstaunt).

Er hat geschossen? Wie? Der Rasende!

Bertha.

Der Knabe lebt! Kommt zu Euch, guter Vater!

Walther Tell (kommt mit dem Apfel gesprungen).

Vater, hier ist der Apfel; wußt' ich's ja,
Du würdest deinen Knaben nicht verletzen.

Tell

stand mit vorgebogenem Leib, als wollt' er dem Pfeil folgen — die Armbrust ent-
sinkt seiner Hand. Wie er den Knaben kommen sieht, eilt er ihm mit ausgebreiteten
Armen entgegen und hebt ihn mit heftiger Inbrunst zu seinem Herzen hinauf; in
dieser Stellung sinkt er kraftlos zusammen. Alle stehen gerührt.

Bertha.

O güt'ger Himmel!

Walther Fürst (zu Vater und Sohn).

Kinder! meine Kinder!

Stauffacher.

Gott sei gelobt!

Leuthold.

Das war ein Schuß! Davon
Wird man noch reden in den spätsten Zeiten.

Rudolph der Harras.

Erzählen wird man von dem Schützen Tell,
Solang die Berge stehn auf ihrem Grunde.
(Reicht dem Landvogt den Apfel.)

Geßler.

Bei Gott, der Apfel mittendurch geschossen!
Es war ein Meisterschuß, ich muß ihn loben.

Rösselmann.

Der Schuß war gut; doch wehe dem, der ihn
Dazu getrieben, daß er Gott versuchte!

Stauffacher.

Kommt zu Euch, Tell; steht auf! Ihr habt Euch männlich
Gelöst, und frei könnt Ihr nach Hause gehen.

Rösselmann.

Kommt, kommt und bringt der Mutter ihren Sohn!
(Sie wollen ihn wegführen.)

Geßler.

Tell, höre!

Tell (kommt zurück).

Was befehlt Ihr, Herr?

Geßler.

Du stecktest
Noch einen zweiten Pfeil zu dir — ja, ja,
Ich sah es wohl — was meintest du damit?

Tell (verlegen).

Herr, das ist also bräuchlich bei den Schützen.

Geßler.

Nein, Tell, die Antwort laß' ich dir nicht gelten;
Es wird was anders wol bedeutet haben.
Sag' mir die Wahrheit frisch und fröhlich, Tell;
Was es auch sei, dein Leben sichr' ich dir.
Wozu der zweite Pfeil?

Tell.

Wohlan, o Herr,
Weil Ihr mich meines Lebens habt gesichert —
So will ich Euch die Wahrheit gründlich sagen.
(Er zieht den Pfeil aus dem Goller und sieht den Landvogt mit einem furchtbaren
Blick an.)
Mit diesem zweiten Pfeil durchschoß ich — Euch,
Wenn ich mein liebes Kind getroffen hätte;
Und Eurer — wahrlich, hätt' ich nicht gefehlt.

Geßler.

Wohl, Tell, des Lebens hab' ich dich gesichert,
Ich gab mein Ritterwort, das will ich halten;
Doch weil ich deinen bösen Sinn erkannt,
Will ich dich führen lassen und verwahren
Wo weder Mond noch Sonne dich bescheint,
Damit ich sicher sei vor deinen Pfeilen. —
Ergreift ihn, Knechte! Bindet ihn!
(Tell wird gebunden.)

Stauffacher.

Wie, Herr!
So könntet Ihr an einem Manne handeln,
An dem sich Gottes Hand sichtbar verkündigt?

Geßler.

Laß sehn, ob sie ihn zweimal retten wird. —
Man bring' ihn auf mein Schiff! Ich folge nach
Sogleich, ich selbst will ihn nach Küßnacht führen.

Rösselmann.

Das dürft Ihr nicht, das darf der Kaiser nicht,
Das widerstreitet unsern Freiheitsbriefen!

Geßler.

Wo sind sie? Hat der Kaiser sie bestätigt?
Er hat sie nicht bestätigt. Diese Gunst
Muß erst erworben werden durch Gehorsam.
Rebellen seid ihr alle gegen Kaisers
Gericht und nährt verwegene Empörung.
Ich kenn' euch alle, ich durchschau' euch ganz!
Den nehm' ich jetzt heraus aus eurer Mitte;
Doch alle seid ihr theilhaft seiner Schuld.
Wer klug ist, lerne schweigen und gehorchen.
(Er entfernt sich; Bertha, Rudenz, Harras und Knechte folgen, Frieß-
hardt und Leuthold bleiben zurück.)

6*

Walther Fürst (in heftigem Schmerz).

Es ist vorbei; er hat's beschlossen, mich
Mit meinem ganzen Hause zu verderben!

Stauffacher (zum Tell).

O, warum mußtet Ihr den Wüthrich reizen!

Tell.

Bezwinge sich, wer meinen Schmerz gefühlt!

Stauffacher.

O, nun ist alles, alles hin! Mit Euch
Sind wir gefesselt alle und gebunden!

Landleute (umringen den Tell).

Mit Euch geht unser letzter Trost dahin!

Leuthold (nähert sich).

Tell, es erbarmt mich — doch ich muß gehorchen.

Tell.

Lebt wohl!

Walther Tell (sich mit heftigem Schmerz an ihn schmiegend).

O Vater! Vater! lieber Vater!

Tell (hebt die Arme zum Himmel).

Dort droben ist dein Vater! Den ruf an!

Stauffacher.

Tell, sag' ich Euerm Weibe nichts von Euch?

Tell (hebt den Knaben mit Inbrunst an seine Brust).

Der Knab' ist unverletzt — mir wird Gott helfen.
(Reißt sich schnell los und folgt den Waffenknechten.)

Vierter Aufzug.

Erste Scene.

Oestliches Ufer des Vierwaldstättersees.

Die seltsam gestalteten schroffen Felsen im Westen schließen den Prospect.
Der See ist bewegt, heftiges Rauschen und Tosen, dazwischen Blitze
und Donnerschläge.

Kunz von Gersau. Fischer und Fischerknabe.

Kunz.

Ich sah's mit Augen an; Ihr könnt mir's glauben,
's ist alles so geschehn wie ich Euch sagte.

Fischer.

Der Tell gefangen abgeführt nach Küßnacht,
Der beste Mann im Land, der bravste Arm,
Wenn's einmal gelten sollte für die Freiheit!

Kunz.

Der Landvogt führt ihn selbst den See herauf.
Sie waren eben dran sich einzuschiffen,
Als ich von Flüelen abfuhr; doch der Sturm,
Der eben jetzt im Anzug ist, und der
Auch mich gezwungen eilends hier zu landen,
Mag ihre Abfahrt wol verhindert haben.

Fischer.

Der Tell in Fesseln, in des Vogts Gewalt!
O, glaubt, er wird ihn tief genug vergraben,
Daß er des Tages Licht nicht wieder sieht;
Denn fürchten muß er die gerechte Rache
Des freien Mannes, den er schwer gereizt.

Kunz.

Der Altlandammann auch, der edle Herr
Von Attinghausen, sagt man, lieg' am Tode.

Fischer.

So bricht der letzte Anker unsrer Hoffnung!
Der war es noch allein, der seine Stimme
Erheben durfte für des Volkes Rechte.

Kunz.

Der Sturm nimmt überhand. Gehabt Euch wohl!
Ich nehme Herberg' in dem Dorf; denn heut
Ist doch an keine Abfahrt mehr zu denken.

(Geht ab.)

Fischer.

Der Tell gefangen, und der Freiherr todt!
Erheb die freche Stirne, Tyrannei,
Wirf alle Scham hinweg! Der Mund der Wahrheit
Ist stumm, das sehnde Auge ist geblendet,
Der Arm, der retten sollte, ist gefesselt!

Knabe.

Es hagelt schwer. Kommt in die Hütte, Vater;
Es ist nicht kommlich, hier im Freien hausen.

Fischer.

Raset, ihr Winde! Flammt herab, ihr Blitze!
Ihr Wolken, berstet! Gießt herunter, Ströme
Des Himmels, und ersäuft das Land! Zerstört
Im Keim die ungeborenen Geschlechter,
Ihr wilden Elemente, werdet Herr!
Ihr Bären, kommt, ihr alten Wölfe, wieder
Der großen Wüste, euch gehört das Land;
Wer wird hier leben wollen ohne Freiheit!

Knabe.

Hört, wie der Abgrund tost, der Wirbel brüllt!
So hat's noch nie gerast in diesem Schlunde.

Fischer.

Zu zielen auf des eignen Kindes Haupt!
Solches ward keinem Vater noch geboten:
Und die Natur soll nicht in wildem Grimm
Sich drob empören? O, mich soll's nicht wundern,

Wenn sich die Felsen bücken in den See,
Wenn jene Zacken, jene Eisesthürme,
Die nie aufthauten seit dem Schöpfungstag,
Von ihren hohen Kulmen niederschmelzen,
Wenn die Berge brechen, wenn die alten Klüfte
Einstürzen, eine zweite Sündflut alle
Wohnstätten der Lebendigen verschlingt!

(Man hört läuten.)

Knabe.

Hört Ihr, sie läuten droben auf dem Berg.
Gewiß hat man ein Schiff in Noth gesehn
Und zieht die Glocke, daß gebetet werde.

(Steigt auf eine Anhöhe.)

Fischer.

Wehe dem Fahrzeug, das, jetzt unterwegs,
In dieser furchtbarn Wiege wird gewiegt!
Hier ist das Steuer unnütz und der Steurer,
Der Sturm ist Meister, Wind und Welle spielen
Ball mit dem Menschen. Da ist nah und fern
Kein Busen, der ihm freundlich Schutz gewährte;
Handlos und schroff ansteigend starren ihm
Die Felsen, die unwirthlichen, entgegen
Und weisen ihm nur ihre steinern schroffe Brust.

Knabe (deutet links).

Vater, ein Schiff! es kommt von Flüelen her.

Fischer.

Gott helf den armen Leuten! Wenn der Sturm
In dieser Wasserkluft sich erst verfangen,
Dann rast er um sich mit des Raubthiers Angst,
Das an des Gitters Eisenstäbe schlägt;
Die Pforte sucht er heulend sich vergebens,
Denn ringsum schränken ihn die Felsen ein,
Die himmelhoch den engen Paß vermauern.

(Er steigt auf die Anhöhe.)

Knabe.

Es ist das Herrenschiff von Uri, Vater;
Ich kenn's am rothen Dach und an der Fahne.

Fischer.

Gerichte Gottes! Ja, er ist es selbst,
Der Landvogt, der da fährt; dort schifft er hin

Und führt im Schiffe sein Verbrechen mit!
Schnell hat der Arm des Rächers ihn gefunden,
Jetzt kennt er über sich den stärkern Herrn;
Diese Wellen geben nichts auf seine Stimme,
Diese Felsen bücken ihre Häupter nicht
Vor seinem Hute. — Knabe, bete nicht,
Greif nicht dem Richter in den Arm!

Knabe.

Ich bete für den Landvogt nicht, ich bete
Für den Tell, der auf dem Schiff sich mit befindet.

Fischer.

O Unvernunft des blinden Elements!
Mußt du, um einen Schuldigen zu treffen,
Das Schiff mitsammt dem Steuermann verderben?

Knabe.

Sieh, sieh! Sie waren glücklich schon vorbei
Am Buggisgrat, doch die Gewalt des Sturms,
Der von dem Teufelsmünster widerprallt,
Wirft sie zum großen Axenberg zurück —
Ich seh sie nicht mehr.

Fischer.

　　　　Dort ist das Hackmesser,
Wo schon der Schiffe mehrere gebrochen;
Wenn sie nicht weislich dort vorüberlenken,
So wird das Schiff zerschmettert an der Fluh,
Die sich gähstotzig absenkt in die Tiefe.
Sie haben einen guten Steuermann
Am Bord — könnt' einer retten, wär's der Tell;
Doch dem sind Arm' und Hände ja gefesselt.

Wilhelm Tell mit der Armbrust.

(Er kommt mit raschen Schritten, blickt erstaunt umher und zeigt die heftigste Bewegung. Wenn er mitten auf der Scene ist, wirft er sich nieder, die Hände zu der Erde und dann zum Himmel ausbreitend.)

Knabe (bemerkt ihn).

Sieh, Vater, wer der Mann ist, der dort kniet!

Fischer.

Er faßt die Erde an mit seinen Händen
Und scheint wie außer sich zu sein.

Knabe (kommt vorwärts).

Was seh' ich! Vater, Vater, kommt und seht!

Fischer (nähert sich).

Wer ist es? Gott im Himmel! Was? der Tell? —
Wie kommt Ihr hieher? Redet!

Knabe.

Wart Ihr nicht
Dort auf dem Schiff gefangen und gebunden?

Fischer.

Ihr wurdet nicht nach Küßnacht abgeführt?

Tell (steht auf).

Ich bin befreit.

Fischer und Knabe.

Befreit? O Wunder Gottes!

Knabe.

Wo kommt Ihr her?

Tell.

Dort aus dem Schiffe.

Fischer.

Was?

Knabe (zugleich).

Wo ist der Landvogt?

Tell.

Auf den Wellen treibt er.

Fischer.

Ist's möglich? Aber Ihr? wie seid Ihr hier?
Seid Euern Banden und dem Sturm entkommen?

Tell.

Durch Gottes gnäd'ge Fürsehung. Hört an!

Fischer und Knabe.

O redet, redet!

Tell.

Was in Altorf sich
Begeben, wißt Ihr's?

Fischer.

Alles weiß ich; redet!

Tell.

Daß mich der Landvogt faben ließ und binden,
Nach seiner Burg zu Küßnacht wollte führen —

Fischer.

Und sich mit Euch zu Flüelen eingeschifft:
Wir wissen alles. Sprecht, wie Ihr entkommen.

Tell.

Ich lag im Schiff, mit Stricken festgebunden,
Wehrlos, ein aufgegebner Mann. Nicht hofft' ich,
Das frohe Licht der Sonne mehr zu sehn,
Der Gattin und der Kinder liebes Antlitz,
Und trostlos blickt' ich in die Wasserwüste —

Fischer.

O armer Mann!

Tell.

So fuhren wir dahin,
Der Vogt, Rudolph der Harras, und die Knechte.
Mein Köcher aber mit der Armbrust lag
Am hintern Gransen bei dem Steuerruder.
Und als wir an die Ecke jetzt gelangt
Beim kleinen Axen, da verhängt' es Gott,
Daß solch ein grausam mördrisch Ungewitter
Gählings herfürbrach aus des Gotthardts Schlünden,
Daß allen Ruderern das Herz entsank,
Und meinten alle elend zu ertrinken.
Da hört' ich's, wie der Diener einer sich
Zum Landvogt wendet' und die Worte sprach:
„Ihr sehet Eure Noth und unsre, Herr,
Und daß wir all' am Rand des Todes schweben;
Die Steuerleute aber wissen sich
Vor großer Furcht nicht Rath und sind des Fahrens
Nicht wohl berichtet. Nun aber ist der Tell
Ein starker Mann und weiß ein Schiff zu steuern:
Wie, wenn wir sein jetzt brauchten in der Noth?"
Da sprach der Vogt zu mir: „Tell, wenn du dir's
Getrautest uns zu helfen aus dem Sturm,
So möcht' ich dich der Bande wol entled'gen."
Ich aber sprach: „Ja, Herr, mit Gottes Hülfe
Getrau' ich mir's und helf' uns wol hiedannen."
So ward ich meiner Bande los und stand
Am Steuerruder und fuhr redlich hin.
Doch schielt' ich seitwärts, wo mein Schießzeug lag,
Und an dem Ufer merkt' ich scharf umher,
Wo sich ein Vortheil aufthät' zum Entspringen;
Und wie ich eines Felsenrisses gewahre,
Das abgeplattet vorsprang in den See —

Fischer.

Ich kenn's, es ist am Fuß des großen Aren,
Doch nicht für möglich acht' ich's — so gar steil
Gebt's an — vom Schiff es springend abzureichen.

Tell.

Schrie ich den Knechten, handlich zuzugebn,
Bis daß wir vor die Felsenplatte kämen:
Dort, rief ich, sei das Aergste überstanden.
Und als wir sie frischrudernd bald erreicht,
Fleh' ich die Gnade Gottes an und drücke,
Mit allen Leibeskräften angestemmt,
Den hintern Gransen an die Felswand hin.
Jetzt, schnell mein Schießzeug fassend, schwing' ich selbst
Hochspringend auf die Platte mich hinauf,
Und mit gewalt'gem Fußstoß hinter mich
Schleudr' ich das Schifflein in den Schlund der Wasser —
Dort mag's, wie Gott will, auf den Wellen treiben!
So bin ich hier, gerettet aus des Sturms
Gewalt und aus der schlimmeren der Menschen.

Fischer.

Tell, Tell, ein sichtbar Wunder hat der Herr
An Euch gethan; kaum glaub' ich's meinen Sinnen!
Doch, saget, wo gedenket Ihr jetzt hin?
Denn Sicherheit ist nicht für Euch, wofern
Der Landvogt lebend diesem Sturm entkommt.

Tell.

Ich hört' ihn sagen, da ich noch im Schiff
Gebunden lag, er woll' bei Brunnen landen
Und über Schwytz nach seiner Burg mich führen.

Fischer.

Will er den Weg dahin zu Lande nehmen?

Tell.

Er denkt's.

Fischer.

O, so verbergt Euch ohne Säumen!
Nicht zweimal hilft Euch Gott aus seiner Hand.

Tell.

Nennt mir den nächsten Weg nach Arth und Küßnacht.

Fischer.

Die offne Straße zieht sich über Steinen;
Doch einen kürzern Weg und heimlichern
Kann Euch mein Knabe über Lowerz führen.

Tell (gibt ihm die Hand).

Gott lohn' Euch Eure Gutthat! Lebet wohl.
(Geht und kehrt wieder um.)
Habt Ihr nicht auch im Rütli mit geschworen?
Mir däucht, man nannt' Euch mir.

Fischer.

Ich war dabei
Und hab' den Eid des Bundes mit beschworen.

Tell.

So eilt nach Bürglen, thut die Lieb' mir an!
Mein Weib verzagt um mich; verkündet ihr,
Daß ich gerettet sei und wohlgeborgen.

Fischer.

Doch wohin sag' ich ihr daß Ihr geflohn?

Tell.

Ihr werdet meinen Schwäher bei ihr finden
Und andre, die im Rütli mit geschworen:
Sie sollen wacker sein und gutes Muths,
Der Tell sei frei und seines Armes mächtig;
Bald werden sie ein Weitres von mir hören.

Fischer.

Was habt Ihr im Gemüth? Entdeckt mir's frei.

Tell.

Ist es gethan, wird's auch zur Rede kommen.
(Geht ab.)

Fischer.

Zeig' ihm den Weg, Jenni. — Gott steh ihm bei!
Er führt's zum Ziel, was er auch unternommen.
(Geht ab.)

Zweite Scene.

Edelhof zu Attinghausen.

Der Freiherr, in einem Armsessel, sterbend. Walther Fürst,
Stauffacher, Melchthal und Baumgarten um ihn beschäftigt.
Walther Tell, knieend vor dem Sterbenden.

Walther Fürst.

Es ist vorbei mit ihm, er ist hinüber!

Stauffacher.

Er liegt nicht wie ein Todter. Seht, die Feder
Auf seinen Lippen regt sich! Ruhig ist
Sein Schlaf, und friedlich lächeln seine Züge.

(Baumgarten geht an die Thüre und spricht mit jemand.)

Walther Fürst (zu Baumgarten).

Wer ist's?

Baumgarten (kommt zurück).

Es ist Frau Hedwig, Eure Tochter;
Sie will Euch sprechen, will den Knaben sehn.

(Walther Tell richtet sich auf.)

Walther Fürst.

Kann ich sie trösten? Hab' ich selber Trost?
Häuft alles Leiden sich auf meinem Haupt?

Hedwig (hereindringend).

Wo ist mein Kind? Laßt mich, ich muß es sehn —

Stauffacher.

Faßt Euch! Bedenkt, daß Ihr im Haus des Todes.

Hedwig (stürzt auf den Knaben).

Mein Wälti! O, er lebt mir!

Walther Tell (hängt an ihr).

Arme Mutter!

Hedwig.

Ist's auch gewiß? Bist du mir unverletzt?

(Betrachtet ihn mit ängstlicher Sorgfalt.)

Und ist es möglich? Konnt' er auf dich zielen?
Wie konnt' er's? O, er hat kein Herz — er konnte
Den Pfeil abdrücken auf sein eignes Kind!

Walther Fürst.

Er that's mit Angst, mit schmerzzerrissner Seele;
Gezwungen that er's, denn es galt das Leben.

Hedwig.

O, hätt' er eines Vaters Herz, eh' er's
Gethan, er wäre tausendmal gestorben!

Stauffacher.

Ihr solltet Gottes gnäd'ge Schickung preisen,
Die es so gut gelenkt —

Hedwig

                    Kann ich vergessen,
Wie's hätte kommen können? Gott des Himmels!
Und lebt' ich achtzig Jahr, ich seh' den Knaben ewig
Gebunden stehn, den Vater auf ihn zielen,
Und ewig fliegt der Pfeil mir in das Herz!

Melchthal.

Frau, wüßtet Ihr wie ihn der Vogt gereizt!

Hedwig.

O rohes Herz der Männer! Wenn ihr Stolz
Beleidigt wird, dann achten sie nichts mehr;
Sie setzen in der blinden Wuth des Spiels
Das Haupt des Kindes und das Herz der Mutter!

Baumgarten.

Ist Eures Mannes Los nicht hart genug,
Daß Ihr mit schwerem Tadel ihn noch kränkt?
Für seine Leiden habt Ihr kein Gefühl?

Hedwig
(kehrt sich nach ihm um und sieht ihn mit einem großen Blick an).

Hast du nur Thränen für des Freundes Unglück? —
Wo waret ihr, da man den Trefflichen
In Bande schlug? Wo war da eure Hülfe?
Ihr sahet zu, ihr ließt das Gräßliche geschehn;
Geduldig littet ihr's, daß man den Freund
Aus eurer Mitte führte: hat der Tell
Auch so an euch gehandelt? — Stand er auch
Bedauernd da, als hinter dir die Reiter
Des Landvogts drangen, als der wüth'ge See
Vor dir erbrauste? Nicht mit müß'gen Thränen
Beklagt' er dich; in den Nachen sprang er, Weib
Und Kind vergaß er und befreite dich —

Walther Fürst.

Was konnten wir zu seiner Rettung wagen,
Die kleine Zahl, die unbewaffnet war!

Hedwig (wirft sich an seine Brust).

O Vater! Und auch du hast ihn verloren;
Das Land, wir alle haben ihn verloren;
Uns allen fehlt er — ach, wir fehlen ihm!
Gott rette seine Seele vor Verzweiflung!
Zu ihm hinab ins öde Burgverlies
Dringt keines Freundes Trost! Wenn er erkrankte —
Ach, in des Kerkers feuchter Finsterniß
Muß er erkranken; wie die Alpenrose
Bleicht und verkümmert in der Sumpfesluft,
So ist für ihn kein Leben als im Licht
Der Sonne, in dem Balsamstrom der Lüfte.
Gefangen! Er! Sein Athem ist die Freiheit,
Er kann nicht leben in dem Hauch der Grüfte.

Stauffacher.

Beruhigt Euch; wir alle wollen handeln,
Um seinen Kerker aufzuthun.

Hedwig.

Was könnt ihr schaffen ohne ihn? Solang
Der Tell noch frei war, ja, da war noch Hoffnung,
Da hatte noch die Unschuld einen Freund,
Da hatte einen Helfer der Verfolgte:
Euch alle rettete der Tell — ihr alle
Zusammen könnt nicht seine Fesseln lösen!

(Der Freiherr erwacht.)

Baumgarten.

Er regt sich, still!

Attinghausen (sich aufrichtend).

Wo ist er?

Stauffacher.

Wer?

Attinghausen.

Er fehlt mir,
Verläßt mich in dem letzten Augenblick!

Stauffacher.

Er meint den Junker. Schickte man nach ihm?

Walther Fürst.

Es ist nach ihm gesendet — tröstet Euch!
Er hat sein Herz gefunden, er ist unser.

Attinghausen.

Hat er gesprochen für sein Vaterland?

Stauffacher.

Mit Heldenkühnheit.

Attinghausen.

Warum kommt er nicht,
Um meinen letzten Segen zu empfangen?
Ich fühle, daß es schleunig mit mir endet.

Stauffacher.

Nicht also, edler Herr! Der kurze Schlaf
Hat Euch erquickt, und hell ist Euer Blick.

Attinghausen.

Der Schmerz ist Leben: er verließ mich auch;
Das Leiden ist, so wie die Hoffnung, aus.

(Er bemerkt den Knaben.)

Wer ist der Knabe?

Walther Fürst.

Segnet ihn, o Herr!
Er ist mein Enkel und ist vaterlos.

(Hedwig sinkt mit dem Knaben vor dem Sterbenden nieder.)

Attinghausen.

Und vaterlos lass' ich euch alle, alle
Zurück. Weh mir, daß meine letzten Blicke
Den Untergang des Vaterlands gesehn!
Mußt' ich des Lebens höchstes Maß erreichen,
Um ganz mit allen Hoffnungen zu sterben!

Stauffacher (zu Walther Fürst).

Soll er in diesem finstern Kummer scheiden?
Erhellen wir ihm nicht die letzte Stunde
Mit schönem Strahl der Hoffnung? — Edler Freiherr,
Erhebet Euern Geist! Wir sind nicht ganz
Verlassen, sind nicht rettungslos verloren.

Attinghausen.

Wer soll euch retten?

Walther Fürst.

Wir uns selbst. Vernehmt!
Es haben die drei Lande sich das Wort
Gegeben, die Tyrannen zu verjagen.
Geschlossen ist der Bund; ein heil'ger Schwur
Verbindet uns. Es wird gehandelt werden,
Eh noch das Jahr den neuen Kreis beginnt.
Euer Staub wird ruhn in einem freien Lande.

Attinghausen.

O, saget mir, geschlossen ist der Bund?

Melchthal.

Am gleichen Tage werden alle drei
Waldstätte sich erheben. Alles ist
Bereit, und das Geheimniß wohlbewahrt
Bisjetzt, obgleich viel Hunderte es theilen.
Hohl ist der Boden unter den Tyrannen,
Die Tage ihrer Herrschaft sind gezählt,
Und bald ist ihre Spur nicht mehr zu finden.

Attinghausen.

Die festen Burgen aber in den Landen?

Melchthal.

Sie fallen alle an dem gleichen Tag.

Attinghausen.

Und sind die Edeln dieses Bunds theilhaftig?

Stauffacher.

Wir harren ihres Beistands, wenn es gilt;
Jetzt aber hat der Landmann nur geschworen.

Attinghausen
(richtet sich langsam in die Höhe, mit großem Erstaunen).

Hat sich der Landmann solcher That verwogen
Aus eignem Mittel, ohne Hülf' der Edeln,
Hat er der eignen Kraft so viel vertraut —
Ja, dann bedarf es unser nicht mehr,
Getröstet können wir zu Grabe steigen,
Es lebt nach uns, durch andre Kräfte will
Das Herrliche der Menschheit sich erhalten.
(Er legt seine Hand auf das Haupt des Kindes, das vor ihm auf den Knien liegt.)
Aus diesem Haupte, wo der Apfel lag,

Schiller, Wilhelm Tell.   7

Wird euch die neue, beſſre Freiheit grünen;
Das Alte ſtürzt, es ändert ſich die Zeit,
Und neues Leben blüht aus den Ruinen!

Stauffacher (zu Walther Fürſt).

Seht, welcher Glanz ſich um ſein Aug' ergießt!
Das iſt nicht das Erlöſchen der Natur,
Das iſt der Strahl ſchon eines neuen Lebens.

Attinghauſen.

Der Adel ſteigt von ſeinen alten Burgen
Und ſchwört den Städten ſeinen Bürgereid;
Im Uechtland ſchon, im Thurgau hat's begonnen,
Die edle Bern erhebt ihr herrſchend Haupt,
Freiburg iſt eine ſichre Burg der Freien,
Die rege Zürich waffnet ihre Zünfte
Zum kriegeriſchen Heer — es bricht die Macht
Der Könige ſich an ihren ew'gen Wällen.
(Er ſpricht das Folgende mit dem Ton eines Sehers; ſeine Rede ſteigt bis zur
Begeiſterung.)
Die Fürſten ſeh' ich und die edeln Herrn
In Harniſchen herangezogen kommen,
Ein harmlos Volk von Hirten zu bekriegen.
Auf Tod und Leben wird gekämpft, und herrlich
Wird mancher Paß durch blutige Entſcheidung.
Der Landmann ſtürzt ſich mit der nackten Bruſt,
Ein freies Opfer, in die Schar der Lanzen;
Er bricht ſie — und des Adels Blüte fällt,
Es hebt die Freiheit ſiegend ihre Fahne!
(Walther Fürſt's und Stauffacher's Hände faſſend.)
Drum haltet feſt zuſammen — feſt und ewig!
Kein Ort der Freiheit ſei dem andern fremd —
Hochwachten ſtellet aus auf euern Bergen,
Daß ſich der Bund zum Bunde raſch verſammle —
Seid einig — einig — einig —
(Er fällt in das Kiſſen zurück; ſeine Hände halten entſeelt noch die andern gefaßt.
Fürſt und Stauffacher betrachten ihn noch eine Zeit lang ſchweigend; dann
treten ſie hinweg, jeder ſeinem Schmerz überlaſſen. Unterdeſſen ſind die Knechte
hereingedrungen, ſie nähern ſich mit Zeichen eines ſtillern oder heftigern Schmerzens,
einige knieen bei ihm nieder und weinen auf ſeine Hand. Während dieſer ſtummen
Scene wird die Burgglocke geläutet.)

Rudenz zu den Vorigen.

Rudenz (raſch eintretend).

Lebt er? O ſaget, kann er mich noch hören?

Walther Fürst (deutet hin mit weggewandtem Gesicht).

Ihr seid jetzt unser Lehensherr und Schirmer,
Und dieses Schloß hat einen andern Namen.

Rudenz
(erblickt den Leichnam und steht von heftigem Schmerz ergriffen).

O güt'ger Gott! Kommt meine Reu zu spät?
Konnt' er nicht wen'ge Pulse länger leben,
Um mein geändert Herz zu sehn!
Verachtet hab' ich seine treue Stimme,
Da er noch wandelte im Licht; er ist
Dahin, ist fort auf immerdar und läßt mir
Die schwere unbezahlte Schuld! — O saget,
Schied er dahin im Unmuth gegen mich?

Stauffacher.

Er hörte sterbend noch was Ihr gethan,
Und segnete den Muth, mit dem Ihr spracht.

Rudenz (kniet an dem Todten nieder).

Ja, heil'ge Reste eines theuern Mannes,
Entseelter Leichnam, hier gelob' ich dir's
In deine kalte Todtenhand: zerrissen
Hab' ich auf ewig alle fremde Bande;
Zurückgegeben bin ich meinem Volk,
Ein Schweizer bin ich, und ich will es sein
Von ganzer Seele! —

(Aufstehend.)
                              Trauert um den Freund,
Den Vater aller, doch verzaget nicht:
Nicht blos sein Erbe ist mir zugefallen,
Es steigt sein Herz, sein Geist auf mich herab,
Und leisten soll euch meine frische Jugend,
Was euch sein greises Alter schuldig blieb. —
Ehrwürd'ger Vater, gebt mir Eure Hand! —
Gebt mir die Eurige! — Melchthal, auch Ihr! —
Bedenkt euch nicht! O, wendet euch nicht weg,
Empfanget meinen Schwur und mein Gelübde!

Walther Fürst.

Gebt ihm die Hand; sein wiederkehrend Herz
Verdient Vertraun.

Melchthal.

                  Ihr habt den Landmann nichts geachtet:
Sprecht, wessen soll man sich zu Euch versehn?

7*

Rudenz.

O, denket nicht des Irrthums meiner Jugend!

Stauffacher (zu Melchthal).

Seid einig, war das letzte Wort des Vaters;
Gedenket dessen!

Melchthal.

Hier ist meine Hand.
Des Bauern Handschlag, edler Herr, ist auch
Ein Manneswort! Was ist der Ritter ohne uns?
Und unser Stand ist älter als der Eure.

Rudenz.

Ich ehr' ihn, und mein Schwert soll ihn beschützen.

Melchthal.

Der Arm, Herr Freiherr, der die harte Erde
Sich unterwirft und ihren Schoos befruchtet,
Kann auch des Mannes Brust beschützen.

Rudenz.

Ihr
Sollt meine Brust, ich will die eure schützen,
So sind wir einer durch den andern stark. —
Doch wozu reden, da das Vaterland
Ein Raub noch ist der fremden Tyrannei!
Wenn erst der Boden rein ist von dem Feind,
Dann wollen wir's in Frieden schon vergleichen.
          (Nachdem er einen Augenblick innegehalten.)
Ihr schweigt? Ihr habt mir nichts zu sagen? Wie?
Verdien' ich's noch nicht, daß ihr mir vertraut?
So muß ich wider euern Willen mich
In das Geheimniß eures Bundes drängen.
Ihr habt getagt, geschworen auf dem Rütli —
Ich weiß, weiß alles, was ihr dort verhandelt,
Und, was mir nicht von euch vertrauet ward,
Ich hab's bewahrt gleichwie ein heilig Pfand.
Nie war ich meines Landes Feind, glaubt mir,
Und niemals hätt' ich gegen euch gehandelt.
Doch übel thatet ihr, es zu verschieben;
Die Stunde dringt, und rascher That bedarf's.
Der Tell ward schon das Opfer eures Säumens —

Stauffacher.

Das Christfest abzuwarten schwuren wir.

Rudenz.

Ich war nicht dort, ich hab' nicht mitgeschworen —
Wartet ihr ab, ich handle.

Melchthal.

Was? Ihr wolltet —

Rudenz.

Des Landes Vätern zähl' ich mich jetzt bei,
Und meine erste Pflicht ist, euch zu schützen.

Walther Fürst.

Der Erde diesen theuern Staub zu geben,
Ist Eure nächste Pflicht und heiligste.

Rudenz.

Wenn wir das Land befreit, dann legen wir
Den frischen Kranz des Siegs ihm auf die Bahre.
O, Freunde, eure Sache nicht allein,
Ich habe meine eigne auszufechten
Mit dem Tyrannen. Hört und wißt: verschwunden
Ist meine Bertha, heimlich weggeraubt,
Mit kecker Frevelthat, aus unsrer Mitte!

Stauffacher.

Solcher Gewaltthat hätte der Tyrann
Wider die freie Edle sich verwogen?

Rudenz.

O, meine Freunde, euch versprach ich Hülfe,
Und ich zuerst muß sie von euch erflehn.
Geraubt, entrissen ist mir die Geliebte.
Wer weiß, wo sie der Wüthende verbirgt,
Welcher Gewalt sie frevelnd sich erkühnen,
Ihr Herz zu zwingen zum verhaßten Band!
Verlaßt mich nicht, o, helft mir sie erretten!
Sie liebt euch; o, sie hat's verdient ums Land,
Daß alle Arme sich für sie bewaffnen.

Walther Fürst.

Was wollt Ihr unternehmen?

Rudenz.

Weiß ich's? Ach,
In dieser Nacht, die ihr Geschick umhüllt,
In dieses Zweifels ungeheurer Angst,

Wo ich nichts Festes zu erfassen weiß,
Ist mir nur dieses in der Seele klar:
Unter den Trümmern der Tyrannenmacht
Allein kann sie hervorgegraben werden,
Die Festen alle müssen wir bezwingen,
Ob wir vielleicht in ihren Kerker dringen.

Melchthal.

Kommt, führt uns an; wir folgen Euch. Warum
Bis morgen sparen, was wir heut vermögen?
Frei war der Tell, als wir im Rütli schwuren,
Das Ungeheure war noch nicht geschehen;
Es bringt die Zeit ein anderes Gesetz:
Wer ist so feig, der jetzt noch könnte zagen?

Rudenz (zu Stauffacher und Walther Fürst).

Indeß, bewaffnet und zum Werk bereit,
Erwartet ihr der Berge Feuerzeichen!
Denn schneller als ein Botensegel fliegt,
Soll euch die Botschaft unsers Siegs erreichen;
Und seht ihr leuchten die willkommnen Flammen,
Dann auf die Feinde stürzt, wie Wetters Strahl,
Und brecht den Bau der Tyrannei zusammen!

(Gehen ab.)

Dritte Scene.

Die hohle Gasse bei Küßnacht.

Man steigt von hinten zwischen Felsen herunter, und die Wanderer
werden, ehe sie auf der Scene erscheinen, schon von der Höhe gesehen.
Felsen umschließen die ganze Scene; auf einem der vordersten ist ein
Vorsprung mit Gesträuch bewachsen.

Tell tritt auf mit der Armbrust.

Durch diese hohle Gasse muß er kommen;
Es führt kein andrer Weg nach Küßnacht. Hier
Vollend' ich's. Die Gelegenheit ist günstig:
Dort der Holunderstrauch verbirgt mich ihm,
Von dort herab kann ihn mein Pfeil erlangen;
Des Weges Enge wehret den Verfolgern —
Mach' deine Rechnung mit dem Himmel, Vogt,
Fort mußt du, deine Uhr ist abgelaufen!

Ich lebte still und harmlos, das Geschoß
War auf des Waldes Thiere nur gerichtet,
Meine Gedanken waren rein von Mord —
Du hast aus meinem Frieden mich heraus
Geschreckt, in gärend Drachengift hast du
Die Milch der frommen Denkart mir verwandelt,
Zum Ungeheuern hast du mich gewöhnt:
Wer sich des Kindes Haupt zum Ziele setzte,
Der kann auch treffen in das Herz des Feinds.

Die armen Kindlein, die unschuldigen,
Das treue Weib muß ich vor deiner Wuth
Beschützen, Landvogt! Da, als ich den Bogenstrang
Anzog, als mir die Hand erzitterte,
Als du mit grausam teuflischer Lust
Mich zwangst aufs Haupt des Kindes anzulegen,
Als ich ohnmächtig flehend rang vor dir —
Damals gelobt' ich mir in meinem Innern
Mit furchtbarm Eidschwur, den nur Gott gehört,
Daß meines nächsten Schusses erstes Ziel
Dein Herz sein sollte. Was ich mir gelobt
In jenes Augenblickes Höllenqualen,
Ist eine heil'ge Schuld — ich will sie zahlen.

Du bist mein Herr und meines Kaisers Vogt;
Doch nicht der Kaiser hätte sich erlaubt
Was du. Er sandte dich in diese Lande,
Um Recht zu sprechen — strenges, denn er zürnet;
Doch nicht um mit der mörderischen Lust
Dich jedes Greuels straflos zu erfrechen.
Es lebt ein Gott, zu strafen und zu rächen.

Komm du hervor, du Bringer bittrer Schmerzen,
Mein theures Kleinod jetzt, mein höchster Schatz,
Ein Ziel will ich dir geben, das bisjetzt
Der frommen Bitte undurchdringlich war;
Doch dir soll es nicht widerstehn! Und du,
Vertraute Bogensehne, die so oft
Mir treu gedient hat in der Freude Spielen,
Verlaß mich nicht im fürchterlichen Ernst!
Nur jetzt noch halte fest, du treuer Strang,
Der mir so oft den herben Pfeil beflügelt:
Entränn' er jetzo kraftlos meinen Händen,
Ich habe keinen zweiten zu versenden.

                    (Wanderer gehen über die Scene.)

Auf dieser Bank von Stein will ich mich setzen,
Dem Wanderer zur kurzen Ruh bereitet —
Denn hier ist keine Heimat, jeder treibt
Sich an dem andern rasch und fremd vorüber
Und fraget nicht nach seinem Schmerz; hier geht
Der sorgenvolle Kaufmann und der leicht
Geschürzte Pilger, der andächt'ge Mönch,
Der düstre Räuber und der heitre Spielmann,
Der Säumer mit dem schwerbeladnen Roß,
Der ferne herkommt von der Menschen Ländern,
Denn jede Straße führt ans End' der Welt:
Sie alle ziehen ihres Weges fort
An ihr Geschäft — und meines ist der Mord!

(Setzt sich.)

Sonst wenn der Vater auszog, liebe Kinder,
Da war ein Freuen, wenn er wiederkam;
Denn niemals kehrt' er heim, er bracht' euch etwas,
War's eine schöne Alpenblume, war's
Ein seltner Vogel, oder Ammonshorn,
Wie es der Wandrer findet auf den Bergen —
Jetzt geht er einem andern Weidwerk nach:
Am wilden Weg sitzt er mit Mordgedanken,
Des Feindes Leben ist's, worauf er lauert!
Und doch an euch nur denkt er, liebe Kinder,
Auch jetzt; euch zu vertheid'gen, eure holde Unschuld
Zu schützen vor der Rache des Tyrannen,
Will er zum Morde jetzt den Bogen spannen.

(Steht auf.)

Ich laure auf ein edles Wild. Läßt sich's
Der Jäger nicht verdrießen, tagelang
Umherzustreifen in des Winters Strenge,
Von Fels zu Fels den Wagesprung zu thun,
Hinanzuklimmen an den glatten Wänden,
Wo er sich anleimt mit dem eignen Blut,
Um ein armselig Gratthier zu erjagen —
Hier gilt es einen köstlicheren Preis,
Das Herz des Todfeinds, der mich will verderben.

(Man hört von ferne eine heitere Musik, welche sich nähert.)

Mein ganzes Leben lang hab' ich den Bogen
Gehandhabt, mich geübt nach Schützenregel;
Ich habe oft geschossen in das Schwarze
Und manchen schönen Preis mir heimgebracht
Vom Freudenschießen — aber heute will ich

Den Meisterschuß thun und das Beste mir
Im ganzen Umkreis des Gebirgs gewinnen.

*Eine Hochzeit zieht über die Scene und durch den Hohlweg hinauf. Tell betrachtet
sie, auf seinen Bogen gelehnt: Stüssi, der Flurschütz, gesellt sich zu ihm.*

Stüssi.

Das ist der Klostermei'r von Mörlischachen,
Der hier den Brautlauf hält: ein reicher Mann,
Er hat wol zehen Senten auf den Alpen.
Die Braut holt er jetzt ab zu Imisee,
Und diese Nacht wird hoch geschwelgt zu Küßnacht.
Kommt mit! 's ist jeder Biedermann geladen.

Tell.

Ein ernster Gast stimmt nicht zum Hochzeithaus.

Stüssi.

Drückt Euch ein Kummer, werft ihn frisch vom Herzen!
Nehmt mit was kommt; die Zeiten sind jetzt schwer,
Drum muß der Mensch die Freude leicht ergreifen.
Hier wird gefreit, und anderswo begraben.

Tell.

Und oft kommt gar das eine zu dem andern.

Stüssi.

So geht die Welt nun. Es gibt allerwegen
Unglücks genug. Ein Rufri ist gegangen
Im Glarner Land, und eine ganze Seite
Vom Glärnisch eingesunken.

Tell.

Wanken auch
Die Berge selbst? Es steht nichts fest auf Erden!

Stüssi.

Auch anderswo vernimmt man Wunderdinge.
Da sprach ich einen, der von Baden kam.
Ein Ritter wollte zu dem König reiten,
Und unterwegs begegnet ihm ein Schwarm
Von Hornissen; die fallen auf sein Roß,
Daß es vor Marter todt zu Boden sinkt,
Und er zu Fuße ankommt bei dem König.

Tell.

Dem Schwachen ist sein Stachel auch gegeben.

Armgart kommt mit mehrern Kindern und stellt sich an den Eingang des Hohlwegs.

Stüssi.

Man deutet's auf ein großes Landesunglück,
Auf schwere Thaten wider die Natur.

Tell.

Dergleichen Thaten bringet jeder Tag;
Kein Wunderzeichen braucht sie zu verkünden.

Stüssi.

Ja, wohl dem, der sein Feld bestellt in Ruh
Und ungekränkt daheim sitzt bei den Seinen!

Tell.

Es kann der Frömmste nicht in Frieden bleiben,
Wenn es dem bösen Nachbar nicht gefällt.

(Tell sieht oft mit unruhiger Erwartung nach der Höhe des Weges.)

Stüssi.

Gehabt Euch wohl! Ihr wartet hier auf jemand?

Tell.

Das thu' ich.

Stüssi.

Frohe Heimkehr zu den Euren!
Ihr seid aus Uri? Unser gnäd'ger Herr
Der Landvogt wird noch heut von dort erwartet.

Wanderer (kommt).

Den Vogt erwartet heut nicht mehr. Die Wasser
Sind ausgetreten von dem großen Regen,
Und alle Brücken hat der Strom zerrissen.

(Tell steht auf.)

Armgard (kommt vorwärts).

Der Landvogt kommt nicht?

Stüssi.

Sucht Ihr was an ihn?

Armgard.

Ach freilich!

Stüssi.

Warum stellet Ihr Euch denn
In dieser hohlen Gass' ihm in den Weg?

Armgard.

Hier weicht er mir nicht aus, er muß mich hören.

Frießhardt
(kommt eilfertig den Hohlweg herab und ruft in die Scene).

Man fahre aus dem Weg! Mein gnäd'ger Herr
Der Landvogt kommt dicht hinter mir geritten.
(Tell geht ab.)

Armgard (lebhaft).

Der Landvogt kommt!
Sie geht mit ihren Kindern nach der vordern Scene. (Geßler und Rudolph der
Harras zeigen sich zu Pferd auf der Höhe des Wegs.)

Stüssi (zu Frießhardt).

Wie kamt ihr durch das Wasser,
Da doch der Strom die Brücken fortgeführt?

Frießhardt.

Wir haben mit dem See gefochten, Freund,
Und fürchten uns vor keinem Alpenwasser.

Stüssi.

Ihr wart zu Schiff in dem gewalt'gen Sturm?

Frießhardt.

Das waren wir. Mein Lebtag denk' ich dran —

Stüssi.

O bleibt, erzählt!

Frießhardt.

Laßt mich; ich muß voraus,
Den Landvogt muß ich in der Burg verkünden.
(Ab.)

Stüssi.

Wär'n gute Leute auf dem Schiff gewesen,
In Grund gesunken wär's mit Mann und Maus;
Dem Volk kann weder Wasser bei noch Feuer!
(Er sieht sich um.)
Wo kam der Weidmann hin, mit dem ich sprach?
(Geht ab.)
Geßler und Rudolph der Harras zu Pferd.

Geßler.

Sagt was Ihr wollt, ich bin des Kaisers Diener
Und muß drauf denken, wie ich ihm gefalle.

Er hat mich nicht ins Land geschickt, dem Volk
Zu schmeicheln und ihm sanft zu thun; Gehorsam
Erwartet er. Der Streit ist, ob der Bauer
Soll Herr sein in dem Lande, oder der Kaiser.

Armgard.

Jetzt ist der Augenblick! Jetzt bring' ich's an!
(Nähert sich furchtsam.)

Geßler.

Ich hab' den Hut nicht aufgesteckt zu Altorf
Des Scherzes wegen, oder um die Herzen
Des Volks zu prüfen; diese kenn' ich längst.
Ich hab' ihn aufgesteckt, daß sie den Nacken
Mir lernen beugen, den sie aufrecht tragen;
Das Unbequeme hab' ich hingepflanzt
Auf ihren Weg, wo sie vorbeigehn müssen,
Daß sie drauf stoßen mit dem Aug' und sich
Erinnern ihres Herrn, den sie vergessen.

Rudolph.

Das Volk hat aber doch gewisse Rechte —

Geßler.

Die abzuwägen ist jetzt keine Zeit.
Weitschicht'ge Dinge sind im Werk und Werden:
Das Kaiserhaus will wachsen; was der Vater
Glorreich begonnen, will der Sohn vollenden.
Dies kleine Volk ist uns ein Stein im Weg —
So oder so, es muß sich unterwerfen.
(Sie wollen vorüber. Die Frau wirft sich vor dem Landvogt nieder.)

Armgard.

Barmherzigkeit, Herr Landvogt! Gnade! Gnade!

Geßler.

Was dringt Ihr Euch auf offner Straße mir
In Weg? Zurück!

Armgard.

			Mein Mann liegt im Gefängniß;
Die armen Waisen schrein nach Brod. Habt Mitleid,
Gestrenger Herr, mit unserm großen Elend!

Rudolph.

Wer seid Ihr? Wer ist Euer Mann?

Armgard.

Ein armer
Wildheuer, guter Herr, vom Rigiberge,
Der überm Abgrund weg das freie Gras
Abmähet von den schroffen Felsenwänden,
Wohin das Vieh sich nicht getraut zu steigen.

Rudolph (zum Landvogt).

Bei Gott, ein elend und erbärmlich Leben!
Ich bitt' Euch, gebt ihn los, den armen Mann!
Was er auch Schweres mag verschuldet haben,
Strafe genug ist sein entsetzlich Handwerk.

(Zu der Frau.)

Euch soll Recht werden. Drinnen auf der Burg
Nennt Eure Bitte, hier ist nicht der Ort.

Armgard.

Nein, nein, ich weiche nicht von diesem Platz,
Bis mir der Vogt den Mann zurückgegeben!
Schon in den sechsten Mond liegt er im Thurm
Und harret auf den Richterspruch vergebens.

Geßler.

Weib, wollt Ihr mir Gewalt anthun? Hinweg!

Armgard.

Gerechtigkeit, Landvogt! Du bist der Richter
Im Lande an des Kaisers Statt und Gottes,
Thu deine Pflicht! So du Gerechtigkeit
Vom Himmel hoffest, so erzeig' sie uns!

Geßler.

Fort! Schafft das freche Volk mir aus den Augen!

Armgard (greift in die Zügel des Pferdes).

Nein, nein, ich habe nichts mehr zu verlieren —
Du kommst nicht von der Stelle, Vogt, bis du
Mir Recht gesprochen! Falte deine Stirne,
Rolle die Augen wie du willst — wir sind
So grenzenlos unglücklich, daß wir nichts
Nach deinem Zorn mehr fragen!

Geßler.

Weib, mach' Platz,
Oder mein Roß geht über dich hinweg!

Armgard.

Laß es über mich dahingehn! Da —

(Sie reißt ihre Kinder zu Boden und wirft sich mit ihnen ihm in den Weg.)

Hier lieg' ich

Mit meinen Kindern, laß die armen Waisen
Von deines Pferdes Huf zertreten werden!
Es ist das Aergste nicht, was du gethan.

Rudolph.

Weib, seid Ihr rasend?

Armgard (heftiger fortfahrend).

Tratest du doch längst

Das Land des Kaisers unter deine Füße!
O, ich bin nur ein Weib; wär' ich ein Mann,
Ich wüßte wol was Besseres, als hier
Im Staub zu liegen —

(Man hört die vorige Musik wieder auf der Höhe des Wegs, aber gedämpft.)

Geßler.

Wo sind meine Knechte?

Man reiße sie von hinnen, oder ich
Vergesse mich und thue was mich reuet.

Rudolph.

Die Knechte können nicht hindurch, o Herr,
Der Hohlweg ist gesperrt durch eine Hochzeit.

Geßler.

Ein allzu milder Herrscher bin ich noch
Gegen dies Volk: die Zungen sind noch frei,
Es ist noch nicht ganz wie es soll gebändigt —
Doch es soll anders werden, ich gelob' es:
Ich will ihn brechen, diesen starren Sinn,
Den kecken Geist der Freiheit will ich beugen,
Ein neu Gesetz will ich in diesen Landen
Verkünden, ich will —

(Ein Pfeil durchbohrt ihn; er fährt mit der Hand ans Herz und will sinken. Mit matter Stimme.)

Gott sei mir gnädig!

Rudolph.

Herr Landvogt — Gott! Was ist das? Woher kam das?

Armgard (auffahrend).

Mord! Mord! Er taumelt, sinkt! Er ist getroffen!
Mitten ins Herz hat ihn der Pfeil getroffen!

Rudolph (springt vom Pferde).

Welch gräßliches Ereigniß! Gott! Herr Ritter,
Ruft die Erbarmung Gottes an; Ihr seid
Ein Mann des Todes!

Geßler.

Das ist Tell's Geschoß.

(Ist vom Pferd herab dem Rudolph Harras in den Arm gegleitet und wird auf
der Bank niedergelassen.)

Tell (erscheint oben auf der Höhe des Felsen).

Du kennst den Schützen, suche keinen andern!
Frei sind die Hütten, sicher ist die Unschuld
Vor dir, du wirst dem Lande nicht mehr schaden.

(Verschwindet von der Höhe. Volk stürzt herein.)

Stüssi (voran).

Was gibt es hier? Was hat sich zugetragen?

Armgard.

Der Landvogt ist von einem Pfeil durchschossen.

Volk (im Hereinstürzen).

Wer ist erschossen?

(Indem die vordersten von dem Brautzug auf die Scene kommen, sind die hintersten
noch auf der Höhe, und die Musik geht fort.)

Rudolph der Harras.

Er verblutet sich. —
Fort, schaffet Hülfe! Setzt dem Mörder nach! —
Verlorner Mann, so muß es mit dir enden!
Doch, meine Warnung wolltest du nicht hören.

Stüssi.

Bei Gott, da liegt er bleich und ohne Leben!

Viele Stimmen.

Wer hat die That gethan?

Rudolph der Harras.

Rast dieses Volk,
Daß es dem Mord Musik macht? Laßt sie schweigen! —

(Musik bricht plötzlich ab; es kommt noch mehr Volk nach.)

Herr Landvogt, redet, wenn Ihr könnt. Habt Ihr
Mir nichts mehr zu vertraun?

(Geßler gibt Zeichen mit der Hand, die er mit Heftigkeit wiederholt, da sie nicht
gleich verstanden werden.)

Wo soll ich hin?
Nach Küßnacht? Ich versteh' Euch nicht. O, werdet
Nicht ungeduldig! Laßt das Irdische,
Denkt jetzt Euch mit dem Himmel zu versöhnen.
(Die ganze Hochzeitgesellschaft umsteht den Sterbenden mit einem fühllosen Grausen.)

Stüssi.

Sieh, wie er bleich wird! Jetzt, jetzt tritt der Tod
Ihm an das Herz — die Augen sind gebrochen.

Armgard (hebt ein Kind empor).

Seht, Kinder, wie ein Wütherich verscheidet!

Rudolph der Harras.

Wahnsinn'ge Weiber, habt ihr kein Gefühl,
Daß ihr den Blick an diesem Schreckniß weidet?
Helft! Leget Hand an! Steht mir niemand bei,
Den Schmerzenspfeil ihm aus der Brust zu ziehn?

Weiber (treten zurück).

Wir ihn berühren, welchen Gott geschlagen!

Rudolph der Harras.

Fluch treff' euch und Verdammniß!
(Zieht das Schwert.)

Stüssi (fällt ihm in den Arm).

Wagt es, Herr!
Eu'r Walten hat ein Ende. Der Tyrann
Des Landes ist gefallen. Wir erdulden
Keine Gewalt mehr. Wir sind freie Menschen.

Alle (tumultuarisch).

Das Land ist frei!

Rudolph der Harras.

Ist es dahin gekommen?
Endet die Furcht so schnell und der Gehorsam? —
(Zu den Waffenknechten, die hereindringen.)
Ihr seht die grausenvolle That des Mords,
Die hier geschehen! Hülfe ist umsonst.
Vergeblich ist's, dem Mörder nachzusetzen.
Uns drängen andre Sorgen. Auf, nach Küßnacht,
Daß wir dem Kaiser seine Feste retten!
Denn aufgelöst in diesem Augenblick

Sind aller Ordnung, aller Pflichten Bande,
Und keines Mannes Treu ist zu vertrauen.

(Indem er mit den Waffenknechten abgeht, erscheinen sechs Barmherzige
Brüder.)

Armgard.

Platz! Platz! Da kommen die Barmherz'gen Brüder.

Stüssi.

Das Opfer liegt — die Raben steigen nieder.

Barmherzige Brüder
(schließen einen Halbkreis um den Todten und singen im tiefen Ton).

Rasch tritt der Tod den Menschen an,
  Es ist ihm keine Frist gegeben;
Es stürzt ihn mitten in der Bahn,
  Es reißt ihn fort vom vollen Leben.
Bereitet oder nicht, zu gehen,
Er muß vor seinen Richter stehen.

(Indem die letzten Zeilen wiederholt werden, fällt der Vorhang.)

Fünfter Aufzug.

Erste Scene.

Im Hintergrunde rechts die Feste Zwing Uri mit dem noch stehenden
Baugerüste, wie in der dritten Scene des ersten Aufzugs; links eine
Aussicht in viele Berge hinein, auf welchen allen Signalfeuer brennen.
Es ist eben Tagesanbruch; Glocken ertönen aus verschiedenen Fernen.

Ruodi, Kuoni, Werni, Meister Steinmetz und viele andere
Landleute, auch Weiber und Kinder.

Ruodi.
Seht ihr die Feuersignale auf den Bergen?

Steinmetz.
Hört ihr die Glocken drüben überm Wald?

Ruodi.
Die Feinde sind verjagt.

Steinmetz.
Die Burgen sind erobert.

Ruodi.
Und wir im Lande Uri dulden noch
Auf unserm Boden das Tyrannenschloß?
Sind wir die letzten, die sich frei erklären?

Steinmetz.
Das Joch soll stehen, das uns zwingen wollte?
Auf, reißt es nieder!

Alle.
Nieder! nieder! nieder!

Ruodi.
Wo ist der Stier von Uri?

Stier von Uri.

Hier. Was soll ich?

Ruodi.

Steigt auf die Hochwacht, blast in Euer Horn,
Daß es weitschmetternd in die Berge schalle
Und, jedes Echo in den Felsenklüften
Aufweckend, schnell die Männer des Gebirgs
Zusammenrufe.

Stier von Uri geht ab. Walther Fürst kommt.

Walther Fürst.

Haltet, Freunde! Haltet!
Noch fehlt uns Kunde, was in Unterwalden
Und Schwyz geschehen; laßt uns Boten erst
Erwarten.

Ruodi.

Was erwarten? Der Tyrann
Ist todt, der Tag der Freiheit ist erschienen.

Steinmetz.

Ist's nicht genug an diesen flammenden Boten,
Die ringsherum auf allen Bergen leuchten?

Ruodi.

Kommt alle, kommt, legt Hand an, Männer und Weiber!
Brecht das Gerüste! Sprengt die Bogen! Reißt
Die Mauern ein! Kein Stein bleib' auf dem andern.

Steinmetz.

Gesellen, kommt! Wir haben's aufgebaut;
Wir wissen's zu zerstören.

Alle.

Kommt, reißt nieder!
(Sie stürzen sich von allen Seiten auf den Bau.)

Walther Fürst.

Es ist im Lauf — ich kann sie nicht mehr halten.

Melchthal und Baumgarten kommen.

Melchthal.

Was? Steht die Burg noch? und Schloß Sarnen liegt
In Asche, und der Roßberg ist gebrochen —

Walther Fürst.

Seid Ihr es, Melchthal? Bringt Ihr uns die Freiheit?
Sagt, sind die Lande alle rein vom Feind?

Melchthal (umarmt ihn).

Rein ist der Boden. Freut Euch, alter Vater:
In diesem Augenblicke, da wir reden,
Ist kein Tyrann mehr in der Schweizer Land!

Walther Fürst.

O sprecht, wie wurdet ihr der Burgen mächtig?

Melchthal.

Der Rudenz war es, der das Sarner Schloß
Mit männlich kühner Wagethat gewann;
Den Roßberg hatt' ich nachts zuvor erstiegen.
Doch höret, was geschah. Als wir das Schloß
Vom Feind geleert, nun freudig angezündet
Die Flamme prasselnd schon zum Himmel schlug,
Da stürzt der Diethelm, Geßler's Bub, hervor
Und ruft, daß die Bruneckerin verbrenne —

Walther Fürst.

Gerechter Gott!
      (Man hört die Balken des Gerüstes stürzen.)

Melchthal.

      Sie war es selbst, war heimlich
Hier eingeschlossen auf des Vogts Geheiß.
Rasend erhub sich Rudenz; denn wir hörten
Die Balken schon, die festen Pfosten stürzen
Und aus dem Rauch hervor den Jammerruf
Der Unglückseligen —

Walther Fürst.

      Sie ist gerettet?

Melchthal.

Da galt Geschwindsein und Entschlossenheit!
Wär' er nur unser Edelmann gewesen,
Wir hätten unser Leben wol geliebt;
Doch er war unser Eidgenoß, und Bertha
Ehrte das Volk: so setzten wir getrost
Das Leben dran und stürzten in das Feuer —

Walther Fürst.

Sie ist gerettet?

Melchthal.

Sie is's. Rudenz und ich
Wir trugen sie selbander aus den Flammen,
Und hinter uns fiel krachend das Gebälk.
Und jetzt, als sie gerettet sich erkannte,
Die Augen aufschlug zu dem Himmelslicht,
Jetzt stürzte mir der Freiherr an das Herz,
Und schweigend ward ein Bündniß jetzt beschworen,
Das, festgehärtet in des Feuers Glut,
Bestehen wird in allen Schicksalsproben!

Walther Fürst.

Wo ist der Landenberg?

Melchthal.

Ueber den Brünig.
Nicht lag's an mir, daß er das Licht der Augen
Davontrug, der den Vater mir geblendet:
Nachjagt' ich ihm, erreicht' ihn auf der Flucht
Und riß ihn zu den Füßen meines Vaters;
Geschwungen über ihn war schon das Schwert —
Von der Barmherzigkeit des blinden Greises
Erhielt er flehend das Geschenk des Lebens.
Urphede schwur er, nie zurückzukehren;
Er wird sie halten — unsern Arm hat er
Gefühlt.

Walther Fürst.

Wohl Euch, daß Ihr den reinen Sieg
Mit Blute nicht geschändet!

Kinder (eilen mit Trümmern des Gerüstes über die Scene).

Freiheit! Freiheit!
(Das Horn von Uri wird mit Macht geblasen.)

Walther Fürst.

Seht, welch ein Fest! Des Tages werden sich
Die Kinder spät als Greise noch erinnern.
(Mädchen bringen den Hut auf einer Stange getragen: die ganze Scene füllt sich
mit Volk an.)

Ruodi.

Hier ist der Hut, dem wir uns beugen mußten.

Baumgarten.

Gebt uns Bescheid, was damit werden soll.

Walther Fürst.

Gott! Unter diesem Hute stand mein Enkel!

Mehrere Stimmen.

Zerstört das Denkmal der Tyrannenmacht!
Ins Feuer mit ihm!

Walther Fürst.

Nein, laßt ihn aufbewahren;
Der Tyrannei mußt' er zum Werkzeug dienen —
Er soll der Freiheit ewig Zeichen sein!

(Die Landleute, Männer, Weiber und Kinder, stehen und sitzen auf den Balken des
zerbrochenen Gerüstes malerisch gruppirt in einem großen Halbkreis umher.)

Melchthal.

So stehen wir nun fröhlich auf den Trümmern
Der Tyrannei, und herrlich ist's erfüllt,
Was wir im Rütli schwuren, Eidgenossen!

Walther Fürst.

Das Werk ist angefangen, nicht vollendet.
Jetzt ist uns Muth und feste Eintracht noth;
Denn, seid gewiß, nicht säumen wird der König,
Den Tod zu rächen seines Vogts und den
Vertriebnen mit Gewalt zurückzuführen.

Melchthal.

Er zieh' heran mit seiner Heeresmacht:
Ist aus dem Innern doch der Feind verjagt,
Dem Feind von Außen wollen wir begegnen!

Ruodi.

Nur wen'ge Pässe öffnen ihm das Land,
Die wollen wir mit unsern Leibern decken!

Baumgarten.

Wir sind vereinigt durch ein ewig Band,
Und seine Heere sollen uns nicht schrecken!

Rösselmann und Stauffacher kommen.

Rösselmann (beim Eintreten).

Das sind des Himmels furchtbare Gerichte!

Landleute.

Was gibt's?

Rösselmann.

In welchen Zeiten leben wir!

Walther Fürst.

Sagt an, was ist es? — Ha, seid Ihr's, Herr Werner?
Was bringt Ihr uns?

Landleute.

Was gibt's?

Rösselmann.

Hört und erstaunet!

Stauffacher.

Von einer großen Furcht sind wir befreit —

Rösselmann.

Der Kaiser ist ermordet.

Walther Fürst.

Gnäd'ger Gott!

(Landleute machen einen Aufstand und umdrängen den Stauffacher.)

Alle.

Ermordet! Was! Der Kaiser! Hört! Der Kaiser!

Melchtal.

Nicht möglich! Woher kam Euch diese Kunde?

Stauffacher.

Es ist gewiß: bei Bruck fiel König Albrecht
Durch Mörders Hand. Ein glaubenswerther Mann,
Johannes Müller, bracht' es von Schaffhausen.

Walther Fürst.

Wer wagte solche grauenvolle That?

Stauffacher.

Sie wird noch grauenvoller durch den Thäter:
Es war sein Neffe, seines Bruders Kind,
Herzog Johann von Schwaben, der's vollbrachte.

Melchthal.

Was trieb ihn zu der That des Vatermords?

Stauffacher.

Der Kaiser hielt das väterliche Erbe
Dem ungeduldig Mahnenden zurück;
Es hieß, er denk' ihn ganz darum zu kürzen,
Mit einem Bischofshut ihn abzufinden.

Wie dem auch sei, der Jüngling öffnete
Der Waffenfreunde bösem Rath sein Ohr,
Und mit den edeln Herrn von Eschenbach,
Von Tegerfelden, von der Wart und Palm
Beschloß er, da er Recht nicht konnte finden,
Sich Rach' zu holen mit der eignen Hand.

Walther Fürst.

O sprecht, wie ward das Gräßliche vollendet?

Stauffacher.

Der König ritt herab vom Stein zu Baden,
Gen Rheinfeld, wo die Hofstatt war, zu ziehn,
Mit ihm die Fürsten Hans und Leopold
Und ein Gefolge hochgeborner Herren.
Und als sie kamen an die Reuß, wo man
Auf einer Fähre sich läßt übersetzen,
Da drängten sich die Mörder in das Schiff,
Daß sie den Kaiser vom Gefolge trennten.
Drauf, als der Fürst durch ein geackert Feld
Hinreitet — eine alte große Stadt
Soll drunter liegen aus der Heidenzeit —
Die alte Feste Habsburg im Gesicht,
Wo seines Stammes Hoheit ausgegangen,
Stößt Herzog Hans den Dolch ihm in die Kehle,
Rudolf von Palm durchrennt ihn mit dem Speer,
Und Eschenbach zerspaltet ihm das Haupt,
Daß er heruntersinkt in seinem Blut,
Gemordet von den Seinen auf dem Seinen.
Am andern Ufer sahen sie die That,
Doch, durch den Strom geschieden, konnten sie
Nur ein ohnmächtig Wehgeschrei erheben.
Am Wege aber saß ein armes Weib,
In ihrem Schos verblutete der Kaiser.

Melchthal.

So hat er nur sein frühes Grab gegraben,
Der unersättlich alles wollte haben!

Stauffacher.

Ein ungeheurer Schrecken ist im Land umher:
Gesperrt sind alle Pässe des Gebirgs,
Jedweder Stand verwahret seine Grenzen;
Die alte Zürich selbst schloß ihre Thore,
Die dreißig Jahr lang offen standen, zu,

Die Mörder fürchtend — und noch mehr die Rächer;
Denn, mit des Bannes Fluch bewaffnet, kommt
Der Ungarn Königin, die strenge Agnes,
Die nicht die Milde kennet ihres zarten
Geschlechts, des Vaters königliches Blut
Zu rächen an der Mörder ganzem Stamm,
An ihren Knechten, Kindern, Kindeskindern,
Ja an den Steinen ihrer Schlösser selbst;
Geschworen hat sie, ganze Zeugungen
Hinabzusenden in des Vaters Grab,
In Blut sich wie in Maienthau zu baden.

Melchthal.

Weiß man, wo sich die Mörder hingeflüchtet?

Stauffacher.

Sie flohen alsbald nach vollbrachter That
Auf fünf verschiednen Straßen auseinander
Und trennten sich, um nie sich mehr zu sehn.
Herzog Johann soll irren im Gebirge.

Walther Fürst.

So trägt die Unthat ihnen keine Frucht!
Rache trägt keine Frucht; sich selbst ist sie
Die fürchterliche Nahrung, ihr Genuß
Ist Mord, und ihre Sättigung das Grausen.

Stauffacher.

Den Mördern bringt die Unthat nicht Gewinn;
Wir aber brechen mit der reinen Hand
Des blut'gen Frevels segenvolle Frucht.
Denn einer großen Furcht sind wir entledigt:
Gefallen ist der Freiheit größter Feind,
Und wie verlautet wird das Scepter gehn
Aus Habsburgs Haus zu einem andern Stamm,
Das Reich will seine Wahlfreiheit behaupten.

Walther Fürst und Mehrere.

Vernahmt Ihr was?

Stauffacher.

Der Graf von Luxemburg
Ist von den mehrsten Stimmen schon bezeichnet.

Walther Fürst.

Wohl uns, daß wir beim Reiche treu gehalten;
Jetzt ist zu hoffen auf Gerechtigkeit!

Stauffacher.

Dem neuen Herrn thun tapfre Freunde noth;
Er wird uns schirmen gegen Oestreichs Rache.

(Die Landleute umarmen einander.)

Sigrist mit einem Reichsboten.

Sigrist.

Hier sind des Landes würd'ge Oberhäupter.

Rösselmann und mehrere.

Sigrist, was gibt's?

Sigrist.

Ein Reichsbot' bringt dies Schreiben.

Alle (zu Walther Fürst).

Erbrecht und leset.

Walther Fürst (liest).

„Den bescheidnen Männern
Von Uri, Schwytz und Unterwalden bietet
Die Königin Elsbeth Gnad' und alles Gutes" —

Viele Stimmen.

Was will die Königin? Ihr Reich ist aus.

Walther Fürst (liest).

„In ihrem großen Schmerz und Wittwenleid,
Worein der blut'ge Hinscheid ihres Herrn
Die Königin versetzt, gedenkt sie noch
Der alten Treu und Lieb der Schwytzerlande" —

Melchthal.

In ihrem Glück hat sie das nie gethan.

Rösselmann.

Still! Lasset hören!

Walther Fürst (liest).

„Und sie versieht sich zu dem treuen Volk,
Daß es gerechten Abscheu werde tragen
Vor den verfluchten Thätern dieser That;
Darum erwartet sie von den drei Landen,
Daß sie den Mördern nimmer Vorschub thun,
Vielmehr getreulich dazu helfen werden,
Sie auszuliefern in des Rächers Hand,
Der Lieb gedenkend und der alten Gunst,
Die sie von Rudolf's Fürstenhaus empfangen."

(Zeichen des Unwillens unter den Landleuten.)

Viele Stimmen.

Der Lieb und Gunst!

Stauffacher.

Wir haben Gunst empfangen von dem Vater;
Doch wessen rühmen wir uns von dem Sohn?
Hat er den Brief der Freiheit uns bestätigt,
Wie vor ihm alle Kaiser doch gethan?
Hat er gerichtet nach gerechtem Spruch
Und der bedrängten Unschuld Schutz verliehn?
Hat er auch nur die Boten wollen hören,
Die wir in unsrer Angst zu ihm gesendet?
Nicht eins von diesem allen hat der König
An uns gethan, und hätten wir nicht selbst
Uns Recht verschafft mit eigner muth'ger Hand,
Ihn rührte unsre Noth nicht an. Ihm Dank?
Nicht Dank hat er gesät in diesen Thälern:
Er stand auf einem hohen Platz, er konnte
Ein Vater seiner Völker sein; doch ihm
Gefiel es, nur zu sorgen für die Seinen.
Die er gemehrt hat, mögen um ihn weinen.

Walther Fürst.

Wir wollen nicht frohlocken seines Falls,
Nicht des empfangnen Bösen jetzt gedenken,
Fern sei's von uns! Doch, daß wir rächen sollten
Des Königs Tod, der nie uns Gutes that,
Und die verfolgen, die uns nie betrübten,
Das ziemt uns nicht und will uns nicht gebühren.
Die Liebe will ein freies Opfer sein;
Der Tod entbindet von erzwungnen Pflichten —
Ihm haben wir nichts weiter zu entrichten.

Melchthal.

Und weint die Königin in ihrer Kammer,
Und klagt ihr wilder Schmerz den Himmel an,
So seht Ihr hier ein angstbefreites Volk
Zu ebendiesem Himmel dankend flehen.
Wer Thränen ernten will, muß Liebe säen.

(Reichsbote geht ab.)

Stauffacher (zu dem Volk).

Wo ist der Tell? Soll er allein uns fehlen,
Der unsrer Freiheit Stifter ist? Das Größte
Hat er gethan, das Härteste erduldet.

Kommt alle, kommt, nach seinem Haus zu wallen,
Und rufet Heil dem Retter von uns allen!

(Alle gehen ab.)

Zweite Scene.

Tell's Hausflur.

Ein Feuer brennt auf dem Herd. Die offenstehende Thüre zeigt ins Freie.

Hedwig. Walther und Wilhelm.

Hedwig.

Heut kommt der Vater. Kinder, liebe Kinder,
Er lebt, ist frei, und wir sind frei und alles!
Und euer Vater ist's, der's Land gerettet.

Walther.

Und ich bin auch dabeigewesen, Mutter;
Mich muß man auch mit nennen. Vaters Pfeil
Ging mir am Leben hart vorbei, und ich
Hab' nicht gezittert.

Hedwig (umarmt ihn).

Ja, du bist mir wieder
Gegeben! Zweimal hab' ich dich geboren,
Zweimal litt ich den Mutterschmerz um dich!
Es ist vorbei — ich hab' euch beide, beide!
Und heute kommt der liebe Vater wieder!

Ein Mönch erscheint an der Hausthüre.

Wilhelm.

Sieh, Mutter, sieh, dort steht ein frommer Bruder;
Gewiß wird er um eine Gabe flehn.

Hedwig.

Führ' ihn herein, damit wir ihn erquicken;
Er fühl's, daß er ins Freudenhaus gekommen.

(Geht hinein und kommt bald mit einem Becher wieder.)

Wilhelm (zum Mönch).

Kommt, guter Mann, die Mutter will Euch laben.

Walther.

Kommt, ruht Euch aus, und geht gestärkt von dannen.

Mönch (scheu umherblickend mit verstörten Zügen).

Wo bin ich, saget an, in welchem Lande?

Walther.

Seid Ihr verirret, daß Ihr das nicht wißt?
Ihr seid zu Bürglen, Herr, im Lande Uri,
Wo man hineingeht in das Schächenthal.

Mönch (zur Hedwig, welche zurückkommt).

Seid Ihr allein? Ist Euer Herr zu Hause?

Hedwig.

Ich erwart' ihn eben — doch was ist Euch, Mann?
Ihr seht nicht aus als ob Ihr Gutes brächtet!
Wer Ihr auch seid, Ihr seid bedürftig, nehmt.

(Reicht ihm den Becher.)

Mönch.

Wie auch mein lechzend Herz nach Labung schmachtet,
Nichts rühr' ich an, bis Ihr mir zugesagt —

Hedwig.

Berührt mein Kleid nicht, tretet mir nicht nah,
Bleibt ferne stehn, wenn ich Euch hören soll.

Mönch.

Bei diesem Feuer, das hier gastlich lodert,
Bei Eurer Kinder theuerm Haupt, das ich
Umfasse —

(Ergreift die Knaben.)

Hedwig.

       Mann, was sinnet Ihr? Zurück
Von meinen Kindern! Ihr seid kein Mönch, Ihr seid
Es nicht! Der Friede wohnt in diesem Kleide;
In Euern Zügen wohnt der Friede nicht.

Mönch.

Ich bin der unglückseligste der Menschen.

Hedwig.

Das Unglück spricht gewaltig zu dem Herzen;
Doch Euer Blick schnürt mir das Innre zu.

Walther (aufspringend).

Mutter, der Vater!

(Eilt hinaus.)

Hedwig.

O mein Gott!
(Will nach, zittert und hält sich an.)

Wilhelm (eilt nach).

Der Vater!

Walther (draußen).

Da bist du wieder!

Wilhelm (draußen).

Vater, lieber Vater!

Tell (draußen).

Da bin ich wieder. Wo ist eure Mutter?
(Treten herein.)

Walther.

Da steht sie an der Thür und kann nicht weiter:
So zittert sie vor Schrecken und vor Freude.

Tell.

O Hedwig! Hedwig! Mutter meiner Kinder!
Gott hat geholfen — uns trennt kein Tyrann mehr.

Hedwig (an seinem Halse).

O Tell! Tell! Welche Angst litt ich um dich!
(Mönch wird aufmerksam.)

Tell.

Vergiß sie jetzt und lebe nur der Freude!
Da bin ich wieder! Das ist meine Hütte!
Ich stehe wieder auf dem Meinigen!

Wilhelm.

Wo aber hast du deine Armbrust, Vater?
Ich seh' sie nicht.

Tell.

Du wirst sie nie mehr sehn.
An heil'ger Stätte ist sie aufbewahrt;
Sie wird hinfort zu keiner Jagd mehr dienen.

Hedwig.

O Tell! Tell!
(Tritt zurück, läßt seine Hand los.)

Tell.

Was schreckt dich, liebes Weib?

Hedwig.

Wie — wie kommst du mir wieder? Diese Hand,
Darf ich sie fassen? Diese Hand — o Gott! —

Tell (herzlich und muthig).

Hat euch vertheidigt und das Land gerettet;
Ich darf sie frei hinauf zum Himmel heben.

(Mönch macht eine rasche Bewegung, er erblickt ihn.)

Wer ist der Bruder hier?

Hedwig.

Ach, ich vergaß ihn.
Sprich du mit ihm; mir graut in seiner Nähe.

Mönch (tritt näher).

Seid Ihr der Tell, durch den der Landvogt fiel?

Tell.

Der bin ich, ich verberg' es keinem Menschen.

Mönch.

Ihr seid der Tell! Ach, es ist Gottes Hand,
Die unter Euer Dach mich hat geführt.

Tell (mißt ihn mit den Augen).

Ihr seid kein Mönch! Wer seid Ihr?

Mönch.

Ihr erschlugt
Den Landvogt, der Euch Böses that; auch ich
Hab' einen Feind erschlagen, der mir Recht
Versagte — er war Euer Feind wie meiner —
Ich hab' das Land von ihm befreit.

Tell (zurückfahrend).

Ihr seid —
Entsetzen! — Kinder, Kinder, geht hinein!
Geh, liebes Weib! Geh, geh! — Unglücklicher,
Ihr wäret —

Hedwig.

Gott, wer ist es?

Tell.

Frage nicht!
Fort, fort! Die Kinder dürfen es nicht hören.
Geh aus dem Hause — weit hinweg; du darfst
Nicht unter einem Dach mit diesem wohnen.

Hedwig.

Weh mir, was ist das? — Kommt!
(Geht mit den Kindern.)

Tell (zu dem Mönch).

Ihr seid der Herzog
Von Oesterreich — Ihr seid's! Ihr habt den Kaiser
Erschlagen, Euern Ohm und Herrn.

Johannes Parricida.

Er war
Der Räuber meines Erbes.

Tell.

Euern Ohm
Erschlagen, Euern Kaiser! Und Euch trägt
Die Erde noch! Euch leuchtet noch die Sonne!

Parricida.

Tell, hört mich, eh Ihr —

Tell.

Von dem Blute triefend
Des Vatermordes und des Kaisermords
Wagst du zu treten in mein reines Haus?
Du wagst's, dein Antlitz einem guten Menschen
Zu zeigen und das Gastrecht zu begehren?

Parricida.

Bei Euch hofft' ich Barmherzigkeit zu finden;
Auch Ihr nahmt Rach' an Euerm Feind.

Tell.

Unglücklicher!
Darfst du der Ehrsucht blut'ge Schuld vermengen
Mit der gerechten Nothwehr eines Vaters?
Hast du der Kinder liebes Haupt vertheidigt?
Des Herdes Heiligthum beschützt? das Schrecklichste,
Das Letzte von den Deinen abgewehrt?
Zum Himmel heb' ich meine reinen Hände,
Verfluche dich und deine That. Gerächt
Hab' ich die heilige Natur, die du
Geschändet. Nichts theil' ich mit dir: gemordet
Hast du; ich hab' mein Theuerstes vertheidigt.

Parricida.

Ihr stoßt mich von Euch, trostlos, in Verzweiflung?

Tell.

Mich faßt ein Grausen, da ich mit dir rede.
Fort! Wandle deine fürchterliche Straße;
Laß rein die Hütte, wo die Unschuld wohnt.

Parricida (wendet sich zu gehen).

So kann ich, und so will ich nicht mehr leben!

Tell.

Und doch erbarmt mich deiner. Gott des Himmels!
So jung, von solchem adelichen Stamm,
Der Enkel Rudolf's, meines Herrn und Kaisers,
Als Mörder flüchtig, hier an meiner Schwelle,
Des armen Mannes, flehend und verzweifelnd —

(Verhüllt sich das Gesicht.)

Parricida.

O, wenn Ihr weinen könnt, laßt mein Geschick
Euch jammern, es ist fürchterlich! Ich bin
Ein Fürst — ich war's — ich konnte glücklich werden,
Wenn ich der Wünsche Ungeduld bezwang;
Der Neid zernagte mir das Herz: ich sah
Die Jugend meines Vetters Leopold
Gekrönt mit Ehre und mit Land belohnt,
Und mich, der gleiches Alters mit ihm war,
In sklavischer Unmündigkeit gehalten —

Tell.

Unglücklicher, wohl kannte dich dein Ohm,
Da er dir Land und Leute weigerte;
Du selbst, mit rascher wilder Wahnsinnsthat,
Rechtfertigst furchtbar seinen weisen Schluß.
Wo sind die blut'gen Helfer deines Mordes?

Parricida.

Wohin die Rachegeister sie geführt;
Ich sah sie seit der Unglücksthat nicht wieder.

Tell.

Weißt du, daß dich die Acht verfolgt, daß du
Dem Freund verboten und dem Feind erlaubt?

Parricida.

Darum vermeid' ich alle offne Straßen,
An keine Hütte wag' ich anzupochen,

Der Wüste kehr' ich meine Schritte zu;
Mein eignes Schreckniß irr' ich durch die Berge
Und fahre schaudernd vor mir selbst zurück,
Zeigt mir ein Bach mein unglückselig Bild.
O, wenn Ihr Mitleid fühlt und Menschlichkeit —
(Fällt vor ihm nieder.)

Tell (abgewendet).

Steht auf! Steht auf!

Parricida.

Nicht, bis Ihr mir die Hand gereicht zur Hülfe.

Tell.

Kann ich Euch helfen? Kann's ein Mensch der Sünde?
Doch stehet auf; was Ihr auch Gräßliches
Verübt, Ihr seid ein Mensch — ich bin es auch,
Vom Tell soll keiner ungetröstet scheiden:
Was ich vermag, das will ich thun.

Parricida.
(Aufspringend und seine Hand mit Heftigkeit ergreifend.)
O Tell,
Ihr rettet meine Seele von Verzweiflung.

Tell.

Laßt meine Hand los. Ihr müßt fort. Hier könnt
Ihr unentdeckt nicht bleiben, könnt entdeckt
Auf Schutz nicht rechnen. Wo gedenkt Ihr hin?
Wo hofft Ihr Ruh zu finden?

Parricida.
Weiß ich's? Ach!

Tell.

Hört, was mir Gott ins Herz gibt. Ihr müßt fort
Ins Land Italien, nach Sanct Peter's Stadt;
Dort werft Ihr Euch dem Papst zu Füßen, beichtet
Ihm Eure Schuld und löset Eure Seele.

Parricida.

Wird er mich nicht dem Rächer überliefern?

Tell.

Was er Euch thut, das nehmet an von Gott.

Parricida.

Wie komm' ich in das unbekannte Land?
Ich bin des Wegs nicht kundig, wage nicht
Zu Wanderern die Schritte zu gesellen.

Tell.

Den Weg will ich Euch nennen, merket wohl:
Ihr steigt hinauf, dem Strom der Reuß entgegen,
Die wildes Laufes von dem Berge stürzt —

Parricida (erschrickt).

Seh' ich die Reuß? Sie floß bei meiner That!

Tell.

Am Abgrund geht der Weg, und viele Kreuze
Bezeichnen ihn, errichtet zum Gedächtniß
Der Wanderer, die die Lavine begraben —

Parricida.

Ich fürchte nicht die Schrecken der Natur,
Wenn ich des Herzens wilde Qualen zähme.

Tell.

Vor jedem Kreuze fallet hin und büßet
Mit heißen Reuethränen Eure Schuld.
Und seid Ihr glücklich durch die Schreckensstraße,
Sendet der Berg nicht seine Windeswehen
Auf Euch herab von dem beeisten Joch,
So kommt Ihr auf die Brücke, welche stäubet.
Wenn sie nicht einbricht unter Eurer Schuld,
Wenn Ihr sie glücklich hinter Euch gelassen,
So reißt ein schwarzes Felsenthor sich auf —
Kein Tag hat's noch erhellt — da geht Ihr durch,
Es führt Euch in ein heitres Thal der Freude;
Doch schnellen Schritts müßt Ihr vorübereilen,
Ihr dürft nicht weilen wo die Ruhe wohnt.

Parricida.

O Rudolf, Rudolf! königlicher Ahn!
So zieht dein Enkel ein auf deines Reiches Boden!

Tell.

So immer steigend kommt Ihr auf die Höhen
Des Gotthardts, wo die ew'gen Seen sind,
Die von des Himmels Strömen selbst sich füllen.

Dort nehmt Ihr Abschied von der deutschen Erde,
Und muntern Laufs führt Euch ein andrer Strom
Ins Land Italien hinab, Euch das gelobte —

(Man hört den Kuhreihen von vielen Alphörnern geblasen.)

Ich höre Stimmen. Fort!

Hedwig (eilt herein).

Wo bist du, Tell?

Der Vater kommt! Es nahn in frohem Zug
Die Eidgenossen alle —

Parricida (verhüllt sich).

Wehe mir!

Ich darf nicht weilen bei den Glücklichen.

Tell.

Geh, liebes Weib, erfrische diesen Mann,
Belad' ihn reich mit Gaben, denn sein Weg
Ist weit, und keine Herberg findet er;
Eile! Sie nahn.

Hedwig.

Wer ist es?

Tell.

Forsche nicht;

Und wenn er geht, so wende deine Augen,
Daß sie nicht sehen welchen Weg er wandelt.

Parricida geht auf den Tell zu mit einer raschen Bewegung; dieser aber bedeutet
ihn mit der Hand und geht. Wenn beide zu verschiedenen Seiten abgegangen,
verändert sich der Schauplatz, und man sieht in der

Letzten Scene

den ganzen Thalgrund vor Tell's Wohnung nebst den Anhöhen,
welche ihn einschließen, mit Landleuten besetzt, welche sich zu einem
malerischen Ganzen gruppiren. Andere kommen über einen hohen
Steg, der über den Schächen führt, gezogen. Walther Fürst mit
den beiden Knaben, Melchthal und Stauffacher kommen vorwärts; andere drängen nach. Wie Tell heraustritt, empfangen ihn
alle mit lautem Frohlocken.

Alle.

Es lebe Tell, der Schütz und der Erretter!

Indem sich die vordersten um den Tell drängen und ihn umarmen, erscheinen
noch Rudenz und Bertha, jener die Landleute, diese die Hedwig umarmend.
Die Musik vom Berge begleitet diese stumme Scene. Wenn sie geendigt, tritt
Bertha in die Mitte des Volks.

Bertha.

Landleute! Eidgenossen! Nehmt mich auf
In euern Bund, die erste Glückliche,
Die Schutz gefunden in der Freiheit Land!
In eure tapfre Hand leg' ich mein Recht.
Wollt ihr als eure Bürgerin mich schützen?

Landleute.

Das wollen wir, mit Gut und Blut.

Bertha.

               Wohlan,
So reich' ich diesem Jüngling meine Rechte,
Die freie Schweizerin dem freien Mann!

Rudenz.

Und frei erklär' ich alle meine Knechte.

(Indem die Musik von neuem rasch einfällt, fällt der Vorhang.)

––––––––––––––

Erläuterungen.

Erster Aufzug.

„Das ist denn freilich kein erster Act, sondern ein ganzes Stück, und zwar ein fürtreffliches", gab Goethe zur Antwort, als er die Handschrift des ersten Actes durchgesehen. Und Iffland schrieb von Berlin: „Ich habe gelesen, verschlungen, mein Knie gebogen, und mein Herz, meine Thränen, mein jugendes Blut hat Ihrem Geiste, Ihrem Herzen mit Entzücken gehuldigt. Welche Fülle, Kraft, Blüte und Allgewalt!" In der That ist die Exposition meisterhaft und wol das Gelungenste des Werks. Ganz idyllisch hebt sie an: wir sehen das Volk in seiner harmlosen Tüchtigkeit, seinem Leben in und mit der großen Natur; da bricht sogleich die Tyrannei herein, aber auch der Manneszorn gegen dieselbe, und für den Verfolgten ist der Retter da. Vom Ufer des Sees, Schwyz gegenüber, führt uns die zweite Scene in diesen Canton; Stauffacher's Sorge um das eigne Haus und das eigne Land wird durch Zusprache der Gattin in muthigen Entschluß verwandelt; und wenn nun der geflüchtete Baumgarten hier Aufnahme findet, so ist die erste Scene an die zweite angeknüpft. Die dritte führt uns nach Uri, wo die Zwingburg gebaut, der Hut aufgerichtet wird; Stauffacher schreitet mit Tell hindurch, als Bindeglied, er wirbt für den Bund und weist damit auf das Folgende, ähnlich wie Tell's Wort: „Was Hände bauten, können Hände stürzen, das Haus der Freiheit hat uns Gott gegründet." Stauffacher's Ziel ist Walther Fürst's Wohnung, dort ist Melchthal aus Unterwalden. Wie es eine treffliche Erfindung Schiller's war, den Tell, den Mann der That, sogleich in der ersten Scene als Retter Baumgarten's einzuführen, so erscheint es hier als glückliche Wendung und steigert das dramatische Leben, daß Melchthal das Jammergeschick seines Vaters durch Stauffacher hört; und wie nun die drei den Bund beschwören, so ist auch hier wieder mit der Noth des Volkes die sichere Aussicht auf Hülfe da. So bewegt sich der erste Act um das obere Ende des Sees, und in der Stetigkeit der Zeitfolge ist neben dem Wechsel des Orts der gemeinsame Schauplatz bewahrt.

Erste Scene. Kuhreigen: eine Reihenfolge von Tönen ohne Worte, von schwärmerisch und wehmüthig ergreifender Melodie im verhallenden Klang, dessen Erinnerung das Heimweh weckt; die Kühe werden auf den Alpen damit zusammengerufen. — Das Lied des Fischerknaben, wie Goethe's „Fischer" der Hylasmythe verwandt, hat seine Grundlage bei Scheuchzer, I, 314. Der See Calandari auf Arosenalp ziehe die Menschen, so dabei einschlafen, an sich. — Alpen sind Bergweiden, die man nicht mäht, sondern wo das Vieh im Sommer grast. Das Lied des Alpenjägers hat sein Motiv in Sulzer's Vorrede zu Scheuchzer: Ein Reisender, der einen mit Wolken behangenen Berg besteigt, sieht nichts anderes als einen dichten nassen Nebel. Ist er durch die Wolken, so kommt er in eine neue Welt. Die Sonne zeigt sich ihm, er sieht über die Wolken hin wie von einem Vorgebirge ins Weltmeer; wie Inseln tauchen die Bergkuppen darin empor. Unbeschreiblich vergnügt es, „wenn sich etwa die Wolken an einem Orte öffnen, daß man vom Himmel einen Blick auf die tiefe Erde herunter thun kann. Wie sich die Untern freuen, wenn sie den blauen Himmel durch die zerrissenen Wolken sehen können, so hat dieser ein unbegreifliches Vergnügen, wenn er durch ebendiese Oeffnung ein Land sieht." Daß es auch noch im Seespiegel widerscheint, ist Schiller's Zusatz. — Naue, sanskritisch nau, navis, ναῦς, ein Frachtschiff. — Der graue Thalvogt kommt, sagen sie zu Engelberg, wenn dunkles Gewölk aufzieht; es ist ein Wettergeist. Die Wetterzeichen nahm der Dichter aus Scheuchzer; dieser sagt auch, daß Regen drohe, wenn der Berg Stirwitz abends mit Wolken gleich einer Kappe umgeben sei. Die Luft, die aus Höhlen und Bergspalten strömt, wird besonders beim Temperaturwechsel empfindlich; „droht ein Unwetter, so hört man in den Windlöchern ein Brummen, sie blasen stärker." Der Myten und Haggen sind die Berge bei Schwyz. — Wie schön der Kuh das Band zu Halse steht. Ebel, I, 150, berichtet wie der Aelpler einige Kühe mit breiten Bändern schmückt, daran Glocken hangen, die harmonisch zusammenklingen. Die schönste oder am weitesten gehende Kuh hat die größte Glocke. „Es ist auffallend, wie voll Stolz und Selbstgefühl die mit den Glocken gezierten Kühe einhertreten, und wer sollte es glauben, daß diese Thiere ihren Rang fühlen und von Eitelkeit und Eifersucht geplagt werden. Wird der großen Glockenträgerin ihr Schmuck genommen, so schreit sie beständig, frißt nicht und fällt ab." — Ueber die Gemsen: Scheuchzer, I, 73. — Die Ausdrücke: das Bad rüsten, das Bad gesegnen, sind aus Tschudi. — Der Föhn heißt in den Alpen der Scirocco — Simons und Judä: der 28. October. Die Zeit des Tagens war im Spätherbst und Wintersanfang; bei Schiller haben wir sonnigheitere farbenreiche Herbstzeit im „Tell", wie oft zu Ende September und Anfang October in den Alpen.

Zweite Scene. Gertrud spricht zu Stauffacher wie Portia zu Brutus, vgl. Shakespeare's „Julius Cäsar", II, 1. — Ueber das Haus

ſagt Joh. Müller: „Schweizergeſchichte" I, 18, „Als Geßler bei Stauf=
ſacher's Hauſe vorbeiritt und ſah wie es, wo nicht ſteinern, von wohl=
gezimmertem Holze nach eines reichen Landmanns Art, mit vielen
Fenſtern, mit Namen oder Sinnſprüchen bemalt, weitläuſtig und
glänzend erbaut war, ſagte er vor dem Stauſſacher: Kann man wol
leiden, daß das Bauernvolk ſo ſchön wohnt!" — Bei Tſchudi fragt der
Vogt, weß das Haus wäre; und Stauſſacher antwortet: „Meines
Herrn des Königs, und Euer, und mein Lehen." Dann ſieht die weiſe
ſinnreiche Frau des Mannes Kummer, erwähnt wie auch anderwärts
das Volk gedrückt werde, „darumb wäre gut und vonnöthen, daß
üwer etlich die einander vertrumen dörfſtind, heimlich zu Rath zu=
ſammen gingind, wie ihr des muthwilligen Gewalts abkommen möch=
tind, und einander verhießind bizeſtan und bi der Gerechtigkeit zu
ſchirmen, ſo wurd euch Gott ohne Zwiſel nit verlaſſen und die Un=
billigkeit helſen dämmen." Schiller folgt ihm treu, läßt aber dann
aus ſeiner eigenen edeln Seele heraus die Geſinnung von Mann und
Weib noch tieſer ſich ausſprechen. Dabei ſind die Anklänge an Homer
deutlich: das εὔχομαι εἶναι, ich rühme mich zu ſein, kommt oft vor,
wie hier: Des edeln Iberg Tochter rühm' ich mich. Iberg iſt
in der Geſchichte ein ehrenvoll bekannter Name. Auch: nach dem
Richtmaß ordentlich geſügt, erinnert an Odyſſee, V, 244. Man
beachte: Im „Weißen Buch" heißt es: „ein hübſch Haus"; die Chro=
niſten malen darnach ein ſtattliches hölzernes Bauernhaus ihrer Zeit;
Müller ſetzt hinzu: „wo nicht von Stein"; der Dichter ſchildert das
Ganze noch anſchaulicher: ſo ſteigert ſich die Phantaſie und bildet das
Detail aus!

Dritte Scene. Tell's Vergleichung der Zwingburg mit
den Bergen, dem von Gott gegründeten Haus der Freiheit,
erinnert an Scheuchzer, I, 147: „Unſere Feſtungen, innert welchen
wir ruhig ſchlafen, wo nicht entſchlafen, ſind unſere hohen Gebirge,
angelegt nicht durch Menſchenwitz und Hände, ſondern durch die all=
mächtige Weisheit Gottes, und beſchützen innert dieſer unſerer Mauern
unſere geiſt= und leibliche Freiheiten ſowol unter und gegen einander
als gegen fremde Potenzen. — Faſtnachtsauszug. „Faßnachts=
auszug" hatte die erſte Ausgabe; nicht von faſten, ſondern von faſen,
ſchwärmen, hat die Nacht den Namen. — Die Worte des Ausruſers
ſind treu nach Tſchudi. — Wenn ſich der Föhn erhebt aus
ſeinen Schlünden, löſcht man die Feuer aus. Noch heute
zündet man am Vierwaldſtätterſee beim Föhn kein Feuer an in den
hölzernen Häuſern.

Vierte Scene. Die Erzählung über Melchthal iſt trefflich
dialogiſirt, im weſentlichen nach Tſchudi, bei Schiller aber alles mit
innigſter Empfindung durchtränkt, aus der Subjectivität entfaltet. —
Meinrads Zell. Meinrad, Graf von Hohenzollern, kam als Mönch
aus dem Kloſter Reichenau auf einer Inſel im Bodenſee an den Fuß

des Berges Ezel in Schwyz; und baute sich dort 832 eine Zelle. Er
ward von Räubern erschlagen. 946 stiftete dort Otto der Große das
Benedictinerkloster Unsrer lieben Frau Maria zu Einsiedeln; es ist ein
noch heute vielbesuchter Wallfahrtsort. — Flüelen liegt am Nordende
des Sees; von da südwärts liegt Treib und Rütli, eine Matte am
Fuß des Selisberges mit drei Quellen, die entsprungen sein sollen
wo die Eidgenossen standen; rechts Brunnen, der Landungsplatz des
Cantons Schwyz.

Zweiter Aufzug.

Eine Morgenscene im Edelhof Attinghausen's oberhalb Altorf an
der Reuß; und dann die Nachtscene im Rütli. Nach Tschudi war
der Adel volksthümlich gesinnt, mit Ausnahme des Burgvogts Wolfenschießen. Schiller macht Rudenz zum Stellvertreter der vornehmen
Jugend, die um äußern Glanzes willen in fremde Dienste tritt: so
gewinnt er einen anziehenden Contrast, indem er uns zugleich die
damalige Weltlage veranschaulicht. Die nächtliche Tagsatzung auf dem
Rütli ist ein Meisterstück, wie der polnische Reichstag im „Demetrius";
Schiller's Genius bewährt sich hier in seiner Bestimmung für die
Poesie der Geschichte, für „der Menschheit große Gegenstände" im
öffentlichen Leben. Die Form des Zusammenseins wird bestimmt und
vollzogen; die geschichtlichen Erinnerungen werden eingeführt, wo es
gilt daß sie das Recht der Gegenwart begründen; über die zukünftige
Wahrung dieses Rechts, über die Befreiung des Vaterlands wird be-
rathen und beschlossen; der Eid des neuen Bundes wird beschworen:
so entfaltet sich das Kunstwerk ganz naturwüchsig vor unsern Augen.
Tell's wird gedacht, und gerade in Bezug auf Geßler bleibt eine Lücke
im Plan, für die niemand Rath weiß, obwol Baumgarten sich zum
Schwersten erbietet. Herrlich leuchtet der Sonnenaufgang über dem
Freiheitsmorgen des Volks.

Erste Scene. Eine Pfauenfeder war in den Zeiten des
Kriegs mit Oesterreich das Zeichen seiner Anhänger in der Schweiz. —
Pair, par, der an Rang und Recht Gleiche. — Saumroß, Lastroß,
vom italienischen soma, mittelalterlich salma, lateinisch sagma. —
Hochflug: Trappen, Auerhähne, Haselhühner, Fasanen; Hochgewilde:
Hirsche, Rehe, Schweine. — Bannen, etwas für heilig und un-
verletzlich erklären, der gewöhnlichen Benutzung entziehen; so später:
die Bäume sind gebannt, III, 3. — Favenz: Faenza in Ober-
italien, bei dessen Belagerung 1241 die Waldstätte um ihrer Freiheitsbriefe willen dem Kaiser Friedrich II. gute Dienste thaten.

Zweite Scene. Windlichter: Fackeln, weil man sie auch
in der bewegten Luft gebrauchen kann. — Das Mettenglöcklein,
das zur Mette, matutina, Frühmesse ruft. — Den Mondregenbogen über dem See in der Nacht vom 31. October 1705 beschreibt

Scheuchzer, I, 253. — Zurennen: eine Felskette zwischen Uri und Unterwalden, über welche ein Paß aus Engelberg, einem Dorfe und Kloster in Unterwalden, nach Uri führt. — Der Gletscher Milch: milchweißes Gletscherwasser, weil es Thon und Felstheilchen feingelöst mit sich führt, die es so färben. — Runsen: Rinnsale. — Tschudi berichtet, daß ein Winkelried einen Drachen getödtet und dabei umgekommen, indem ihm das Blut an den Leib sprang. — Der zu einer Versammlung bestimmte Tag überträgt seinen Namen auf diese selbst; daher tagen: zur Berathung zusammenkommen, Tagsatzung: Zusammenkunft zur Aufrechthaltung des Bundes und zur Beschluß fassung über öffentliche Angelegenheiten. — Die Schwerter der Gewalt. Vor dem Ammann oder Gemeindevorstand werden zwei Schlachtschwerter aufgerichtet. Die Gebräuche nach Ebel, I, 92. — Waibel, von weben, bewegen: ein Beauftragter, Diener und Bote der ausübenden Gewalt. — Wie's in den Liedern lautet. Das sogenannte Ostfriesenlied, das von der Einwanderung der Schweden in die Waldstätte berichtet, ist in Rocholtz' „Eidgenössischer Lieder chronik" abgedruckt. Schiller folgt der Chronik Etterlin's, wo es heißt, daß die Wanderer ein Häuslein fanden, „da einer saß, der des Fars wartet"; aber es war ein greulicher Wind, sodaß sie nicht weiter nach Italien hin kommen konnten; „da besahent sie die Land schaft und funden da hübsch Holz, frisch gut Brunnen, als sie bedacht irem Lande in Sweden nit unglich." Der schwarze Berg: Brünig, hochdeutsch Brauneck, zwischen dem Berner Oberland und Unter walden; Weißland heißt Oberhaßli, wol wegen der Gletscher und des Schnees. In andern Zungen. In Wallis wird eine Misch sprache geredet. Kernwald, nach dem Flecken Kerns. — Frei willig wählten wir den Schirm der Kaiser. Die Urkunde Kaiser Friedrich's besagt, daß die Waldstätte freiwillig als freie Männer des Kaisers und Reichs Oberhoheit erwählt. — Heribann, heribanus, Aufgebot zum Krieg. — Blutbann: peinliches Gericht. Joh. Müller: „Das Blutgericht wurde in des Kaisers Namen vom Reichsvogt öffentlich und im Lande gehalten; es war kein anderes Mittel wider die Blutrache als das höchste Ansehen kaiserlicher Ma jestät." — Ein großer Graf. „Die alten Kaiser ernannten einen großen Grafen, welchem die Schweizer, wann Blutschuld kam, in das Land baten." — Des Streites mit Einsiedeln ist in der Einleitung gedacht; Schiller erwähnt ihn nach Joh. Müller. — Pfalz, palatium, nach den Kaiserpalästen des Palatinischen Hügels in Rom: Hofburg, Sitz des Kaisers. Rheinfeld zwischen Basel und Schaffhausen. — Der großen Frau zu Zürich: dem Frauenmünster zu Zürich. — Wer einen Herrn hat, dien' ihm pflichtgemäß. Fast wört lich so bei Joh. Müller: „Bei der Erneuerung ihres Bundes nach Rudolf's Tod sagten die Schwyzer: Wer einen Herrn hat, gehorche ihm pflichtgemäß." — Bei euerm Eide, Ruh! Ebel, II, 76. 81. 321, berichtet, daß, wer bei seinem Eid aufgefordert einem Gebote nicht gehorcht, dem Volk als Eidbrüchiger, Ruchloser gilt. Daher

haben die Worte: Ich gebiete bei euerm Eid Friede! eine mächtige
Wirkung auf die Gemüther. — Weiſen = zurechtweiſen. — Ueber
Roßberg und Sarnen, vgl. die Einleitung. — Das Zeichen mit
dem Rauch. Scheuchzer, IV, 148: „Ein anderer auch politiſcher
Nutzen, den die Schweizer von ihren Bergen haben, beſteht darin,
daß vermittels des Feuers und anderer dergleichen von einem Berg
zu dem andern gehender Zeichen, durch Mittel der ſogenannten Hoch=
wachten, dieſe ganze Nation innert einem oder zweien Tagen in die
Waffen gerathen kann.‟ — Schanze, von chance, Würfelſpiel und
Wurf; in die Schanze ſchlagen: aufs Spiel ſetzen, wagen.

Dritter Aufzug.

Die idylliſche Familienſcene in Tell’s Hauſe iſt, gleich dem Anfang
des erſten Aufzugs, doch nicht ohne den Hinblick auf die Noth des Volks,
auf die drohende Gefahr; und ganz vortrefflich iſt Schiller’s Erfindung
von der Begegnung Tell’s und Geßler’s im wilden Schächenthal bei
Bürglen, ſie motivirt des Landvogts Furcht und Haß, und damit ſeinen
grauſamen Befehl in der dritten Scene. In der zweiten wird Rudenz
durch die Liebe zu Bertha wieder zum Vaterland geführt. Die
dritte läßt uns den Apfelſchuß mit erleben, indem uns der Dichter
den Blick in das Herz der handelnden und zuſchauenden Geſtalten
eröffnet. Da mögen wir Tell’s erſchütterndes Seelenleid nun auch
als die tragiſche Sühne nehmen dafür daß er, der Starke, am
liebſten allein ſein wollte: ſo muß er die Noth des Ganzen denn am
härteſten ſpüren. Auch das iſt ein glücklicher Griff, daß die Sinnes=
änderung und kräftige Rede von Rudenz unſere Aufmerkſamkeit in
dem Augenblick feſſelt wo der Schuß geſchieht. Die Fürbitte der
ältern Eidgenoſſen, Melchthal’s ungeduldiger Zorn über das Ver=
ſchieben der Befreiungsthat, die gleich einem Chor mahnende Stimme
des Pfarrers Röſſelmann, der auf die göttliche Gerechtigkeit hinweiſt,
ergänzen einander, und wir vertrauen mit dem gebundenen Tell, daß
Gott ihm helfen wird.

Erſte Scene. Hedwig’s Worte von den Gefahren der Gems=
jagd nach Ebel, II, 201. —
　　　Dann erſt genieß’ ich meines Lebens recht,
　　　　Wenn ich mir’s jeden Tag aufs neu erbeute.
Zu dieſem Spruch Tell’s vergleiche man jene letzten Worte des
Goethe’ſchen „Fauſt‟:
　　　Nur der verdient die Freiheit und das Leben,
　　　　Der täglich ſie erobern muß. —
Armen Laut iſt die richtige und urſprüngliche Lesart ſtatt des Druck=
fehlers andern in ſpätern Ausgaben. — Ehni: Ahni, Ahn, Großvater.

Dritte Scene. Sigriſt, altdeutſch sigiristo, mittelalterlich
sacrista, von sacrum, Gottesdienſt: der Kirchner, Meßner. — Einen

Bannberg bei Altorf erwähnt Scheuchzer, II, 8: es sei verboten dort einen Baum zu fällen, damit nicht Bäume oder Steine auf das Dorf herabfallen; Schiller's eigene Deutung ist sinnreicher. — Wär' ich besonnen, hieß' ich nicht der Tell. Das alte Tall mit tiefem a klang leicht wie toll, erinnert an balen oder talen: einfältig reden. — So lang die Berge stehn auf ihrem Grunde. Scheuchzer, IV, 106 erwähnt die Redensart: So lang Grund und Grath (Felsrücken) staht.

Vierter Aufzug.

Er schließt sich eng an den vorhergehenden. Der Sturm auf dem See und Tell's Rettung eröffnet ihn; dann finden wir seine Gattin und hervorragende Eidgenossen am Sterbelager Attinghausen's, und vermissen nur das eine in der Verkettung der Scenen, daß der Beschluß, nun unmittelbar die Burgen zu brechen, nicht so sehr zur Rettung Tell's, als durch Rudenz zur Befreiung seiner Geliebten gefaßt wird. Nun erscheint Tell in der hohlen Gasse. Er hat in der Seelenangst vor dem Apfelschuß sich gelobt der Tyrannei ein Ende zu machen, Gewalt mit Gewalt zu vertreiben. Vortrefflich ist wieder Schiller's Erfindung, daß Geßler über die Armgard und ihre Kinder hinwegreiten und „ein neu Gesetz geben" will, als Tell's Geschoß ihn trifft.

Erste Scene. Der Ausruf des Fischers: Raset, ihr Winde! u. s. w., um den ganzen Schmerz des gedrückten und verlassenen Volks zu kennzeichnen, erinnert an Shakespeare's Lear im Sturm auf der Heide, III, 2. — Kulm, culmen: Bergkuppe. — Handlos und schroff ansteigend u. s. w. Die genaue Schilderung der Felswände am See nahm Schiller aus Scheuchzer, I, 112, S. 113 heißt es: Eine Steinwand ist eine senkrecht aufsteigende Wand, κρημνὸς εἰς βάθος μέγιστον ἀπορρὼξ bei Herodian, VIII, 2, eine hohe jähstotzige Felswand. — Mit des Raubthiers Angst. Die Vergleichung des Sturms in der Felskluft mit dem Raubthier ist eins der Bilder, die so lange vielleicht gesucht erscheinen, bis sie im Erlebniß sich von selbst darbieten. — Fluh: jähe von Gras und Bäumen entblößte Oerter. — Tell's Seefahrt und Rettung lautet nach Tschudi: „Wie sie nun uff den See kamend und hinuff furend bis an Achsen das Eck [die Ecke oder Strecke bis an den Achsen], so fugt Gott daß ein solcher grusamer ungestümer Sturmwind infiel, daß sie sich all verwegen hattend ärmlich zu ertrinken. Nun was der Tell ein starker Mann und kondt fast wohl uf dem Wasser; do sprach der Dienern einer zum Landvogt: Herr, Ir sechent ümre und unsre Not und Gfar unsres Lebens, darin wir stand, und daß die Schiffmeister erschrocken und des Farens nit wol bericht; nun ist der Tell ein starker Mann und kann wol schiffen, man solt In jetz in der Not bruchen. Der Landvogt war der Wasser-

not gar erklupft, sprach zum Tellen: Wenn du uns getruwist uß
dieser Gfar zu helfen, so wölt ich dich diner Banden ledigen.　Der
Tell gab Antwurt: Jo Herr, ich getruwe uns mit Gottes Hilf wol
hiedannen zu helfen.　Also ward er uffgebunden, stund an das Stür=
ruder und fur redlich dahin [stellte sich an das Steuer und fuhr
kundig dahin], doch lugt Er allweg uff den Schießzüg der zc nächst
bi Jm lag, und uff ein Vorteil hinus zu springen, und wie er kam
nah zu einer Blatten, beducht Jm daß Er daselbst wol hinus ge=
sprungen und entrünnen möcht, schry den Knechten zu, daß sie hand=
lich zugind, bis man für dieselb Blatten käme [daß sie tüchtig ruderten
bis sie über die Platte hinausgekommen wären], wann sie hattend das
Bösist überwunden, und als Er nebent die Blatten kam, truckt Er
den hintern Gransen mit Macht, wie Er denn ein starker Mann
was, an die Blatten, erwischt sein Schießzüg, und sprang hinus uff
die Blatten, stieß das Schiff mit Gewalt von Jm, ließ sie uff dem
See schwanken und schweben.“　Der Dichter, der dem Chronisten
treu folgt, hat drei Stellen misverstanden, deren richtige Uebersetzung
ich in Klammern einschaltete; dit Germanisten O. Jänicke, R. Hille=
brand, A. Peppmüller haben neuerdings darauf hingewiesen. — Gransen
ist das spitze Ende des Schiffs.

　　Zweite Scene.　Attinghausen, vor dem Tode hellsehend wie
Sterbende in der antiken Tragödie, läßt durch seine Weissagung den
Fortgang der Geschichte erkennen: Adel und Städte vereinen sich mit
den Bauern und gründen den freien Bundesstaat.　Die Schlachten
von Morgarten und Sempach werden angedeutet nebst Winkelried's
Opfertod, wie er wol auch aus Liedern seine Gestalt in der Geschichts=
erzählung gewonnen hat, indem bildliche Ausdrücke wörtlich genommen
wurden. — Die Tage ihrer Herrschaft sind gezählt, vgl.
Daniel, 5, 26. — Das Uechtland ist ein nun verschollener Name
für die ehemals sumpfige Gegend zwischen den Juraseen von Neuen=
burg, Murten, Biel und der Aar; nach Joachim Meyer soviel als:
Nachtland, schwarzes Land. — Botensegel: Postschiff.

　　Dritte Scene.　Bringer bitterer Schmerzen.　μελαινέων
ἔρμ' ὀδυνάων, der Träger dunkler Schmerzen heißt bei Homer, Ilias, IV,
117, der Pfeil, πικρὸς οἰστός, das bittere Geschoß.　„Er war voll
bitterer Todesgeschosse“, heißt es wiederholt vom Köcher des Odysseus.
Odyssee, XVII, 5, sagt Odysseus, nachdem er den Schuß durch die
Eisen vollbracht und nun den Bogen gegen die Freier spannt:
　　Dieser Wettkampf nun, der furchtbare, wäre vollendet;
　　Jetzo ein anderes Ziel, das noch kein Schütze getroffen,
　　Wähl' ich mir, ob ich es treff' und Ruhm mir gewähret Apollou.
Grat: der scharfe Rand, die Spitze; Gratthiere heißen die
Gemsen, weil sie auf den Kanten und Spitzen der Felsberge hausen.
(Ebel, II, 200.)　Tell's Worte über die Gefahr des Gemsjäger, der
den Wagesprung thut, mit dem eigenen Blute sich an=

leimt, s. bei Scheuchzer, I, 43. — Klostermeier von Mörlischachen: Rentmeister des Klosters Engelberg, das im Dorf Mörlischachen am Vierwaldstättersee begütert war. — Senten: Sennereien,
Hütten und Ställe auf den Alpen. — Ruffi, Bergsturz. (Scheuchzer,
I, 136.) — Baden, ein Städtchen an der Limmat, jetzt zum Canton
Aargau gehörig. In V, 1 wird der Stein zu Baden, eine Burg,
als Stätte der kaiserlichen Hofhaltung erwähnt. — Die Geschichte vom
Pferd und den Hornissen aus Tschudi; „das bedeutet nichts Gutes",
sagt dort Herzog Albrecht zu dem Ritter, der sie ihm mittheilt. — Ueber
die Wildheuer, vgl. Scheuchzer, II, 66. — Der Mönchsorden der
Barmherzigen Brüder, die sich der Krankenpflege und der Bestattung
Erschlagener widmen, ward erst 1540 von Jean de Dieu gestiftet. —
Es stürzt, es reißt ihn fort, lautet die ursprüngliche Lesart, statt
der falschen Correctur: er stürzt. Das neutrale Es oder Das liebt
Schiller und gibt dem Satze dadurch ein Colorit; schauerlich klingt's
im „Taucher": „Da kroch's heran, regte hundert Gelenke zugleich"; etwas
verächtlich in „Wallenstein's Lager": „Aber das denkt wie ein Seifen-
sieder!" ähnlich wie im „Tell", I, 3: „Das schlendert wie die Schnecken!"

Fünfter Aufzug.

Zwing-Uri wird gebrochen, der Fall der andern Burgen, die Ver-
treibung der Vögte wird kurz berichtet; es kommt die Kunde vom
Tode des Kaisers, die Schweizer brauchen seine Rache nicht zu fürchten.
Sie ziehen nach dem Hause Tell's, wo vorher Parricida eingetroffen
war; sie danken dem Schützen, dem Erretter.

Erste Scene. Stier von Uri: der Hornbläser des Cantons,
der ein großes Ur- oder Auerochsenhorn führt; vom Ur soll Uri den
Namen haben. — Urphede, Urfehde: das eidliche Gelöbniß sich
wegen einer Verhaftung oder sonstigen Kränkung nicht rächen zu
wollen. — Den Hut als Zeichen der Freiheit kennen schon die
Römer, die ihn dem Sklaven bei der Freilassung aufsetzten. „Piccolo-
mini", IV, 5:

Des Menschen Zierath ist der Hut; denn wer
Den Hut nicht sitzen lassen darf vor Kaisern
Und Königen, der ist kein Mann der Freiheit. —

Die Erzählung von Albrecht's Tod, von der Botschaft der Königin Elsbeth und der Antwort der Schweizer getreu nach Tschudi. —
Eine alte große Stadt. An der Stelle des Mordes soll die Römer-
stadt Vindonissa gestanden haben, die in der Völkerwanderung zerstört
ward. — Gemordet von den Seinen, auf dem Seinen. —
Tschudi: „in und uff dem Seinen und von den Seinen erschlagen".
— Von Agnes, der Witwe Königs Andreas III. von Ungarn, sagt derselbe: „die wütet mer dann unmenschlich, und anders dann einem
Weibsbilde gebürt." Bei der Eroberung der Feste Farwangen, heißt

es weiter, habe sie sich so unbarmherzig gezeigt, „daß sie in der Entleibten Blut umherspaziert und gesagt: sie bade im Maienthau."

Zweite Scene. Die Gotthardtstraße ist seit 1820 fahrbar; früher war sie gefährlich; jetzt ist die Teufelsbrücke höher gelegt, das Urnerloch weiter gesprengt. Die stäubende Brücke war ein an Ketten hängender Steg über der Reuß um den Teufelsfelsen herum. Das heitere Thal ist das von Urseren. Auf der Höhe des Gotthardt sind sieben Seen.

Druck von F. A. Brockhaus in Leipzig.